國家社科基金重大委托項目"《子海》整理與研究"成果

山東省社科規劃重大委托項目成果

子海精華編

主編　王承略　聶濟冬

續世說

[宋]　孔平仲　撰　李輝　校注

山東人民出版社·濟南

國家一級出版社　全國百佳圖書出版單位

圖書在版編目（CIP）數據

續世説/（宋）孔平仲撰；李輝校注．－－濟南：山東人民出版社，2018.9

（子海精華編/王承略，聶濟冬主編）

ISBN 978－7－209－11532－2

Ⅰ．①續… Ⅱ．①孔… ②李… Ⅲ．①筆記小説—中國—北宋 Ⅳ．①I242.1

中國版本圖書館 CIP 數據核字（2018）第 178650 號

責任編輯：劉嬌嬌
封面設計：武　斌

續世説
XUSHISHUO
［宋］孔平仲 撰　李輝 校注

主管部門　山東出版傳媒股份有限公司
出版發行　山東人民出版社
出 版 人　胡長青
社　　址　濟南市英雄山路 165 號
郵　　編　250002
電　　話　總編室（0531）82098914
　　　　　市場部（0531）82098027
網　　址　http：//www.sd－book.com.cn
印　　裝　山東臨沂新華印刷物流集團有限責任公司
經　　銷　新華書店

規　　格　32 開（148mm×210mm）
印　　張　9.5
字　　數　180 千字
版　　次　2018 年 9 月第 1 版
印　　次　2018 年 9 月第 1 次
ISBN 978－7－209－11532－2
定　　價　66.00 圓

如有印裝質量問題，請與出版社總編室聯繫調換。

國家社科基金重大委托項目"《子海》整理與研究"成果之一

《子海精華編》

工作委員會

主　　任：樊麗明　王清憲

副主任：李建軍　胡金焱　劉致福　張志華

委　　員(按姓氏筆畫排列)：

王　飛　王　偉　王君松　王學典　方　輝　巴金文

邢占軍　杜　福　李平生　李劍峰　吳　臻　胡長青

孫鳳收　陳宏偉　劉丕平　劉洪渭

編纂委員會

學術顧問：安平秋　周勛初　葉國良　林慶彰　池田知久

總編纂：鄭傑文(首席專家)　王培源

副總編纂：王承略　劉心明

委　　員(按姓氏筆畫排列)：

王　瑋　王　震　王小婷　王國良　李　梅　李士彪

李玉清　何　永　宋開玉　苗　菁　郝潤華　姜　濤

馬慶洲　秦躍宇　高海安　陳元峰　黃懷信　張　兵

張曉生　單承彬　蔡先金　漆永祥　鄧駿捷　劉　晨

聶濟冬　蘭　翠　竇秀豔

《子海精華編》出版説明

　　"子海"，即"子書淵海"的簡稱。"《子海》整理與研究"課題係國家社科基金重大委托項目、山東省社科規劃重大委托項目。該課題分《珍本編》《精華編》《研究編》《翻譯編》四個版塊，力圖把子部珍稀文獻、精華文獻進行深層次的整理、研究和譯介，挖掘子部文獻的價值，促進子學研究的發展。

　　山東大學向來以文史見長。古籍整理與子學研究，是其中的傳統研究方向。"《子海》整理與研究"，是在山東大學前輩學者高亨先生積三十年之力陸續做成的《先秦諸子研究文獻目録》的基礎上，由已故著名古籍整理與研究專家董治安先生參與策劃、設計的大型綜合研究課題。課題立項後，得到了宣傳部、教育部、財政部、山東省政府和山東大學的大力支持，學界同仁踴躍參與。《精華編》的整理研究團隊近兩百人，來自海内外四十八所高校和研究機構。在組織管理上，《精華編》努力探索傳統文化研究協同創新的新體制、新機制，現已呈現出活力和實效。

　　華夏文明是由多元文化構築而成的。中國古代子部典籍，以歷代士人個性化作品的形式,系統性地展示了華夏民族的世界觀和方法論,立體性地反映了中華民族對世界文明發展的貢獻。其中,無論是宏篇大論,還是叢殘小語,都激蕩着歷史的聲音,閃爍着智慧的光芒,構成中國古代思想、藝術、科技和生活方式的主體內容。《精華編》通過對子部最优秀的典籍的整理,一方面擷英取粹,爲華夏文明的傳播提供可靠的資源和文本;另一方面以古鑒今,爲當下社會的發展提供智力支持和精神支撑。並希望進而梳理中華傳統文化的多元結構,繼承中華優秀傳統文化的一貫文脈。

根據漢代以後子學發展和子部典籍的實際情況,參照官私目録的分類與著録,《精華編》選取先秦諸子、儒學、兵家、法家、農家、醫家、曆算、術數、藝術、雜家、小説家、譜録、釋道、類書等十四個類目的要籍幾百種,編爲目録,作爲整理的依據,而在成果展現上則不出現具體的類目。爲統一體例,便於工作,《精華編》編有詳細的《整理細則》,并有簡明的《整理要則》,供整理者遵循使用。

《精華編》整理原則是,對每種子書的整理,突出學術性、資料性和創新性,力求吸納已有的整理成果,推出更具參考價值、更方便閱讀的整理文本。所採用的整理方式,大體有三種:一、部頭較大且前人未曾整理者,采用標點、校勘的方式整理;二、前人曾經標點、校勘者,或采用抽換更好或別具學術特色底本的方式整理,或采用集校、集注的方式整理,或采用校箋、疏證的方式整理，或綜合使用以上方式；三、前人已有較好的注本者，則采用集注、彙評、補正等方式整理。

《精華編》采用五次校審、遞進推動的管理程式，即：一、初校全稿。子海編纂中心組織碩、博研究生，修改文稿錯別字，規範異體字，調整格式，發現並標明校點中的不妥之處。二、初審文稿。子海編纂中心的編纂人員根據情況，解決初校時發現的問題，並判斷書稿的整體質量。三、匿名評審。聘請資深教授通審全稿，全面進行學術把關，消滅硬傷，寫出審稿意見。四、修改文稿。子海編纂中心及時把專家審稿意見反饋給整理者。整理者根據審稿意見修改，做出新文稿。五、終審文稿。待新文稿返回子海編纂中心後，總編纂做最後的學術質量把關。五步程序完成後，將文稿交付出版社。

五次校審的目的是爲了保證學術質量，提高整理水平，減少錯訛硬傷。但校書如掃塵埃落葉，隨掃隨有，《精華編》雖經多道程序嚴加把關，仍難免有錯，懇請方家不吝指教。子海編纂中心將及時總結經驗，吸取教訓，把工作做得更好，以實現課題設計的初衷。

目　録

整理説明

《續世説》十二卷，北宋孔平仲撰。全書十餘萬言，記述了南朝劉宋至唐五代五百多年的史事。該書爲分門別類記事的筆記體小説，内容多選自正史及前代筆記小説，選材依類而立，要而不繁，是研究宋代"世説體"小説的重要文本。

孔平仲，字義甫，一作毅父，又作毅甫，臨江軍新淦縣（江西峽江縣）人，《宋史》本傳、《四庫全書總目提要》、清修《新喻縣志》均稱其爲臨江新喻（今江西新餘）人；明清修《臨江府志》稱其爲臨江峽江人；黄宏在《北宋三孔籍貫新考》一文中比較詳盡地梳理了其籍貫歸屬地，平仲籍貫應爲宋時的臨江軍新淦縣，自明代嘉靖五年析新淦地峽江鎮置峽江縣至今，即今峽江縣人。

孔平仲生活在北宋中後期，少年得志，中年以後仕途坎坷，一生在黨爭漩渦中沉浮掙扎。《宋史》本傳云：

> 平仲字義甫。登進士第，又應制科。用吕公著薦，爲祕書丞、集賢校理。文仲卒，歸葬南康。詔以平仲爲

1

江東轉運判官護葬事，提點江淛鑄錢、京西刑獄。紹聖中，言者詆其元祐時附會當路，譏毀先烈，削校理，知衡州。提舉董必劾其不推行常平法，陷失官米之直六十萬，置獄潭州。平仲疏言："米貯倉五年半，陳不堪食，若非乘民闕食，隨宜泄之，將成棄物矣。儻以爲非，臣不敢逃罪。"乃徙韶州。又坐前上書之故，責惠州別駕，安置英州。徽宗立，復朝散大夫，召爲戶部、金部郎中，出提舉永興路刑獄，帥鄜延、環慶。黨論再起，罷，主管兗州景靈官，卒。①

二百多字勾畫出了其一生的履歷。孔平仲是孔子後裔，屬江西支脈，因受家族文化薰陶和江西豐厚的地域文化浸染，他博學多識，剛正守義，與兄文仲、武仲并稱"清江三孔"。兄弟三人於嘉祐、治平間連科進士及第，聲名大振，在政壇和文壇都享有極高聲譽。宋代王庭珪在《故孔氏夫人墓志銘》曾給予"三孔"極高的評價："孔氏崛起，震驚南斗。一時聲名，風聲雷吼。江西氏族，無出其右。"黃庭堅在《和答子瞻和子由常父憶館中故事》譽其："二蘇上連壁，三孔立分鼎。"兄弟三人中，孔平仲著述豐富，影響最大，《宋史》稱其"長史學，工文詞"。

---

① ［元］脫脫等：《宋史》卷三四四，中華書局，1985年新1版，第10933－10934頁。

其著述流傳廣泛，歷代目録作品多有記載，現對其著作存佚加以陳述。

《釋稗》一卷，已佚，《遂初堂書目》《宋史·藝文志》及平仲本傳均有著録，自《郡齋讀書志》《直齋書録解題》以迄元代以後官私書目均無著録。

《良史事證》一卷，已佚，《宋史·藝文志》有著録。《容齋隨筆》云："世傳孔毅甫《野史》一卷，凡四十事，予得其書於清江劉靖之所……予謂決非毅甫所作，蓋魏泰《碧云騢》之流耳。"《野史》後世未見著録，是否即《良史事證》俟考。

《孔氏談苑》四卷，《四庫全書總目提要》有著録。《寶顏堂秘笈》作"談苑四卷"，《藝海珠塵》稱爲"五卷"。《四庫全書總目提要》以爲"多録當時瑣事，而頗病叢雜"。

《珩璜新論》四卷。《四庫全書》《説郛》《墨海金壺》《宋人小説》均著録《珩璜新論》一卷；《古今説海》《格致叢書》《説庫》又作《孔氏雜説》一卷；《寶顏堂秘笈》作《孔氏雜説》四卷；獨《學海類編》作《珩璜新論》四卷；今池潔先生整理本亦爲四卷。《四庫全書總目提要》云："是書又題《孔氏雜説》。吳曾《能改齋漫録》引作《雜説》，而此本卷末有淳熙庚子吳興沈誴跋，稱渝川丁氏刊版，已名《珩璜論》。"此書皆考證舊聞，亦托古事以發議，其説多精核可取。

《詩戲》三卷，《郡齋讀書志·附志》《宋史·藝文志》均作一卷。《四庫全書總目提要》云：“別出《詩戲》三卷，皆文、集句之類，蓋仿《松陵集》雜體別爲一卷例也。”三卷本計收錄雜體詩共九十六題百餘首，約十數種。

《清江三孔集》是孔平仲詩文著錄最早最全的詩文集。三孔詩文集的編刻始於南宋。《直齋書錄解題》云：“慶元中，濡須王遘少愚守臨江，裒輯刊行。”① 該書版本源流大致如下：“南宋臨江守王遘於寧宗慶元五年（1199）收輯三孔詩文遺文，合刻爲《三孔先生清江問集》行世，據王跋可知該書共四十卷，雖非完璧，但已是三孔詩文存世數量最多之編集。《宋史·藝文志》亦題《三孔清江集》四十卷。陳振孫《直齋書錄解題》中著錄《清江三孔集》四十卷，並云：‘其著述各數十篇，多散逸弗得。今其存者，文仲纔二卷、武仲十七卷、平仲二十一卷而已。’但此慶元刻本原本早佚，此後，《清江三孔集》多以抄本形式流傳，現存十餘種明清善本中，除嘉慶二十二年（1817）孔氏水北本是刻本外，其餘均爲抄本。陸心源《皕宋樓藏書志》集部題舊抄本《三孔先生清江文集》四十卷，傅增湘《藏園群書經眼錄》集部錄有《三孔先生清

---

① ［宋］陳振孫：《直齋書錄解題》卷十七，上海古籍出版社，1987 年，第505 頁。

江文集》四十卷抄本兩種（其一爲殘本）、《三孔先生清江文集》三十卷抄本三種。民國胡思敬綜合南京丁氏抄本與江西孔氏水北本又成三十四卷本。因此，清江三孔集传世版本从卷数上分有四十卷本、三十四卷本和三十卷本。"① 這些詩文，或是寫出使遠遊，登覽弔古，或人情世故的經歷，對了解作者的生活環境及思想變化提供了真實史料。

孔平仲長於史學，尤精於考證。周必大《清江三孔集·序》云："毅尤精史學，更踐中外，天下共稱其文。"孔氏對魏晋以迄五代掌故了若指掌，且熟悉各國歷史及相關記載，但作爲擅長史學的文學家，其所撰詩文現存較少，傳世者多爲隨筆雜文，尤以《續世説》最能體現其良好的史學功底。

《續世説》十二卷，是繼南朝宋劉義慶《世説新語》之後較有代表性的世説體著作，《直齋書録解題》《宋史·藝文志》均歸入小説家類。本書依《世説新語》體例，"分門隸事、以類相從"。《世説》有三十六門，《續世説》分三十門，缺《豪爽》門，新增《直諫》《邪諂》《奸佞》三門，共一千九十九條。全書"依人而述，品第褒貶"，各條篇幅短小，

---

① 张剑：《现存清江三孔集版本源流考》，《文献》，2003 年第 4 期，第110－111 頁。王蓮，《直齋書録解題》作"王遷"。

語言簡賅，凡所記士人軼聞趣事，多源自各朝代政治、社會、典章、故實、風土人情相關記錄及考釋，頗具史料價值，既有對《世説新語》的繼承和模仿，也有一定創新和發展，對我們研究唐宋歷史、文學及政治均大有裨益。

《續世説》有秦果原序，其中有云："學士孔君毅甫平仲，囊括諸史，派引群義，疏剔繁辭，揆叙名理，釐爲十二卷。"將此書取材定在史書範圍內。阮元《揅經室外集》卷一云："《續世説》……取宋、齊、梁、陳、隋、唐、五代事迹，依劉義慶《世説》之目而分隸之。"又錢熙祚《續世説·跋》云："（本書）録自劉宋迄後周，仍分三十八門，於南北朝取李延壽，於唐取劉昫，於五代取薛居正，其訛脱處，并得諸書訂正。今薛史從《永樂大典》重輯，有數條可轉據此書補之，惜余姚邵學士分纂時未見也。"《中國古代小説總目提要》中對《續世説》取材範圍進一步闡述："編次南北朝至隋唐五代事迹，多采李延壽《南北史》、劉昫《舊唐書》、薛居正《舊五代史》。亦兼取前人筆記小説，如《雅量》篇婁師德唾面自干事，出唐劉餗《隋唐嘉話》和劉肅《大唐新語》；《排調》篇何尚之與顔延年互嘲事出梁謝綽《宋拾遺》等。"因孔平仲"長史學，工文詞"，能够融匯變通，精於梳理材料，《續世説》取材的不僅有《晋書》《宋書》《南齊書》《梁書》《陳書》《魏書》《北齊書》《周書》《隋書》

《南史》《北史》《舊唐書》《新唐書》《舊五代史》《資治通鑒》等史書外，還有前人的筆記小説《宋拾遺》《大唐新語》等，全文因其精於考證，在選材上注重文學性、故事性，熔裁精審，多數小説能以精彩片段昭示題旨，表現人物性格，叙事風格輕鬆、簡練、含蓄、幽默，寥寥數筆就把人物形象勾勒出來，做到形以神似，意在言外。與注重言談、軼事的筆記體短篇小説《世説新語》相比，《續世説》更重視"發史氏之英華，便學者之觀覽"。

"'世説'之名肇劉向"①，"世説體"筆記小説以表現士大夫階層的理想、思想和審美情趣爲重點，對人物進行品評，注重道德修養，暗寓褒貶。《世説新語》的成書，是這一體式的最高成就，《續世説》對其有繼承有創新，每一標題即標志同一主旨的史實的集合，而在一個標題下，作者往往把性質相近的内容放在一起，分門別類地集中提供資料，從而省去檢索浩繁史書的功夫，如《德行》門"崔仁師治青州逆獄"以下，理獄斷案事四條，一目了然，省時省力，又如内容繁多的卷十《直諫》一門，爲我們提供了81條各種勸諫的材料，其中有關唐太宗納諫的故事多達18條，故事人物性格鮮明，富有生活情趣，真可謂洋洋大觀。書中遵奉儒家忠孝

① ［宋］黄伯思：《跋〈世説新語〉後》，《東觀余論》卷下，宋刻本，卷下第10頁。

7

仁義思想和史學秉筆直書、精於考證、經世致用的思想，在
《德行》《言語》《政事》門都有側重，作者大力推崇古人的
嘉言爵行，正如郭豫適先生《文白對照歷代世説精華・序》
中所言："或深念社稷，爲國憂心；或以國事爲重，不以私隙
廢公；或居官清廉，身無長物；或知有凶險，不願嫁禍於人；
或剛正不阿，寧遭禍而不説假話；或忠於友道，冒死不肯敗
義求生；或知過必改，斷然棄舊圖新；或面臨殺戮而無懼色；
或視金玉如瓦石，絲毫不爲所動，或不以學問爲個人私產，
將自己的私得慷慨獻助於他人。"

　　《續世説》一書，篇幅短小，文字精煉，語言幽默，
能在短小的篇幅里，以生動的筆觸記載一些人物故事。作
者所選的這些精采片段，排列成書，可讀性强。從一個個
小故事中，反映的是歷史長河中，各朝代的政治事務、人
際關係、及當時人們的精神面貌，有利於世人瞭解歷史，
得到教益和啓示，爲研究孔平仲及宋人的思想提供資料價
值。四庫館臣在孔平仲又一筆記小説《珩璜新論》的提要
云其書"皆考證舊聞，亦簡托史事以發議，其説多精核可
取，蓋清江三孔在元佑、熙寧之間，皆卓然以文章名，作
言無根柢者可比也"。指出了孔平仲雜筆小説在宋代文學
史與政治史上的地位。

　　《續世説》成書之初，多爲抄本，流傳概況秦果在《續
世説》序中有詳盡的叙述：

惜其書成，未及刊行，轉相傳寫，不無烏焉成馬之
弊。今兹善本，從義郎李君敏得之於前靖守王君長孺，
相與鏤板而藏焉。王親授於孔，知其不謬。李今爲沅人，
徒有其本，而所傳蓋未廣也。紹興丁丑春，雒陽王公無
染濯守沅之明年，郡學鼎新，人材益進，嘗顧謂僚佐曰：
"沅爲郡僻遠，史書尤不易備，會史之要，莫善於《世
説》，《續説》又盡善也。"俄李氏以其書板來售，即加
是正，復命鑱刻，以補其不足，將俾人得其傳，其利
溥哉！①

此序爲時人所作，且與作者時代相去不遠，且有附於原
書刊刻，是原始可靠的史料。通過此序及書後牒記可知，《續
世説》最早的刊本當爲紹興二十七年沅州公使庫本。《東都
事略》卷九四、《古今紀要》卷一九、《宋史·孔平仲傳》
《遂初堂書目》《文獻通考·經籍考》《宋史·藝文志》均有
著録。此書刊本當時爲世人所多見。

《續修四庫全書總目提要》題"《續世説》十二卷，宋孔
平仲撰，影印清嘉慶間鈔宛委別藏本"，阮元作《續世説》
提要云：

> 此書平仲無自序，有紹興戊寅長沙秦果序。序言
> "平仲書成未刊，從義郎李敏得善本於前靖守王長孺，相

---

① ［清］陸心源：《皕宋樓藏書志》卷六十二《续世説》，本卷第 16－17 頁。

與鋟版。王親受於孔，知其不繆。丁丑之春，雒陽王濯來守沅之明年，李氏以其書版來售，即加是正鑱刻，以補其不足"云云。後有沅州公使庫總計紙版數目，并印造紙墨、裱褙、工食錢數目。後又有右迪功郎司法兼監使庫翁灌、右從事郎軍事判官閔敦仁、右迪功郎州學教授胡搏、左朝奉郎通判軍州事秦果、左朝散大夫知軍州事王濯五人題名，皆沅州官也。此從宋沅州刻本傳寫者，卷袠完整無闕，特書中部次錯雜，有兩條合爲一條者，抑且時代先後往往倒置，蓋校勘之時不免有私爲竄改之弊，必非平仲原本之誤也。①

阮元對其版本來源及流傳情況做了詳盡的叙述，并且對書中行文訛誤也加以指正，蓋宋本亡佚後當爲最精良傳本，清以後流傳也大都出於此本。據《讀書敏求記》卷三、《蕘圃藏書題識續録》卷二、《增訂四庫簡明目録標注》卷一四、《藏圃群書經眼録》卷九、《藏圃訂補邵亭知見傳本書目》卷一一，《書林清話》卷三等書目著録，在清代"沅州公使庫本"仍見於時，廣爲傳世的版本有《宛委別藏》傳寫宋沅州公使庫本、《守山閣叢書》刊本、《粵雅堂叢書》刊本。《中國小説總目提要》在《續世説》

---

① ［清］阮元:《揅經室外集》卷一《〈續世説〉十二卷提要》,清道光刻本,第7-8頁。

條云：“經《宛委別藏》《守山閣叢書》《粤雅堂叢書》分別收入，方廣爲流傳。”查《中國古籍善本書目》，另有上海圖書館藏明抄本《續世説》十二卷、清張蓉鏡抄本《續世説》十二卷（清孫原湘、蔣鳳藻跋）；南京圖書館藏清抄本《續世説》十二卷。

《宛委別藏》是清朝學者阮元收集、編纂、抄録而成的，其中《續世説》在扉頁上有“宛委別藏傳寫宋刻本”字樣，卷末有紹興二十七年沅州司法兼監使庫翁灌等五人銜名及沅州公使庫修補工價紙張用錢數，可知此本即清影寫宋沅州公使庫本。1988 年江蘇古籍出版社出版《續世説》，以此爲底本，在扉頁上有“宛委別藏傳寫宋刻本”，卷端有阮元作“《續世説》十二卷提要”。1996 年上海東方中心出版了一套“文白對照歷代世説精華”，内收孔平仲《續世説》，亦以此本爲底本。

《守山閣叢書》本爲清道光二十四年金山錢氏據《墨海金壺》殘版及《借月山房匯鈔》殘板，重新增補刊刻，《守山閣叢書》本中《續世説》錢熙祚跋云：“《續世説》十二卷，世事傳抄，今所傳乃影宋沅州公庫使刊。”知其底本亦宋沅州公使庫本。1935 年商務印書館出版《叢書集成初編》，所收録《續世説》即以此爲底本，在書的卷端有“金山錢熙祚錫之校”。《四部備要》收録的《續世説》以守山閣本爲底本。

《粤雅堂叢書》本《續世說》，伍崇曜文後跋云："且北宋舊帙，流傳日尠，雖無裨正史，未足爲考訂。"可知其底本仍爲宋本。2006 年大象出版社"全宋筆記"第二編《續世說》點校本以此本爲底本。

《粤雅堂叢書》本與《守山閣叢書》本《續世說》條目數量雖不同，但是文中的内容并没有不同，只是在具體分類中有細微的差別，或是在文中出現的順序有所變化，如卷一《德行》門中，《守山閣叢書》將"楊綰久積公輔之望""郭子儀事上盡誠""李勉爲江西觀察使"這三條移到最末，可推測，《守山閣叢書》在刻書之初缺失了這三條，後經對照其他版本做了補充，并置於本門末尾。《續世說》各門大體依時間順序排列，唯獨以上三條置於唐后五代時間段后，顯得比較突兀，而《粤雅堂叢書》與《宛委別藏》均依時間順序排列在唐代，應爲合理的安排。

《宛委別藏》本與前兩部書内容相比，缺失了三條，包括卷三《方正》門中一條：

> 石晉命兵部尚書王權使契丹，權以前世累爲將相，未嘗有稱臣於戎虜者，謂人曰："我雖不才，今耋矣，豈能稽顙於穹廬之長乎？違詔得罪，亦所甘心。"坐此停任。王起曾孫也。

卷七《尤悔》門中貳條：

> 石晉末年，契丹連歲入寇，中國疲於奔命。契

丹人畜亦多死，國人厭苦之。述津太后謂契丹曰：
"使漢人爲胡主可乎？"曰："不可。"曰："然則汝
何故欲爲漢王？"曰："石氏負恩，不可容。"太后
曰："汝今雖得漢地，不能居也。萬一蹉跌，悔何所
及！"

周世宗時，河東劉崇召契丹入寇。崇見周軍少，
悔召契丹，謂諸將曰："吾自用漢軍可殺也，何必契
丹。今日不惟克周，亦可使契丹心服。"既戰，崇敗
遁歸。

這三條内容都對少數民族政權存在不敬之辭，清乾嘉時
期的文化高壓政策下，阮元作爲漢族知識分子，很可能將這
三條内容所刪除。

《宛委別藏》《守山閣叢書》《粤雅堂叢書》皆出於宋
沅州公使庫本。《守山閣叢書》《粤雅堂叢書》已校改過，
似有損原貌，而《宛委別藏》仍宋本之舊，基本保存了本
書原貌。本次整理以《宛委別藏》本爲底本，以《守山閣
叢書》本和《粤雅堂叢書》本作爲校本，以《全宋筆記》
中池潔整理的點校本爲參校本，並參校相關史書訂正錯
譌。《守山閣叢書》本簡稱"守山閣本"，《粤雅堂叢書》
本簡稱"粤雅堂本"，《全宋筆記》中池潔整理本，簡稱
"全宋筆記本"。原書中雙行小字注文，本書中以小五號宋
體字標注出。

　　爲便於讀者閱讀原著，本書整理進行了如下幾項工作，首先，標點全書，整理運用現代標點符號對全書做了標點。其次，校勘文字，此整理本校勘記與注釋文字合併書寫，置於每一段文字之後，校勘記有疑義者，出校説明；有誤或者空缺者，據校本或有關文獻、今人論著改正，出校並加以説明。再次，校改誤字，校改底本中所用之簡化字、俗字及避諱字，如“范曄”改字爲“范煜”，“邱”字改爲“丘”，“玄”改字爲“元”。“琰”避諱爲“炎”，“寧”以“甯”代，“曆”，避諱爲“歷”，“王弘之”，避諱爲“王宏之”。“胤”，避諱爲“允”，“弘倧”，避諱爲“宏淙”。避諱改字在文中第一次出現時，改回原字，并出校説明，以後出現直接改回。同音誤字如“服”寫成“伏”，“嘉”寫成“加”，“寶”原作“豆”，“素”原作“累”，“明”原作“平”，“價”原爲“榾”，“如”原作“入”，等等。筆畫寫錯誤筆錯字如“厚”寫成“原”，“下”寫成“不”，“忠”寫成“宗”，“少”原作“沙”，“本”原作“不”，“十”原作“千”，“奉誠”原作“湊成”，等等，均據校本改正并出校。底本缺字如“作齋”“崛”“元”等原書均爲空格，均據校本與參校本補足，據有關文獻或今人論著改正、出校並加以説明。

　　再是訓釋詞語。《續世説》語言較爲淺顯，内容多爲生活瑣事，甚少難解之處，多個別詞語、名物等比較冷僻，對此則加以簡單解釋。凡注釋，均爲首次出現的生僻人名、地名、職官、詞語等，常見者及與與理解本文內容無關者不出注。底本與校本文意兩通的字詞不出校。

由於本人能力有限，校注中難免會有各種紕漏，敬請方家不吝賜教。

序

　　史書之傳，信矣，然浩博而難觀。諸子百家之小説，誠可悦目，往往或失之誣。要而不煩，信而可考，其《世説》之韙歟。舊本分纂前言以爲要覽，略而未備，爰有博雅君子，效而增廣之，此《續世説》之所以作也。學士孔君毅甫平仲，囊括諸史，派引群義，① 疏剔繁辭，揆叙名理，釐爲十二卷，可謂發史氏之英華，便學者之觀覽，豈曰小補之哉！惜其書成，未及刊行，轉相傳寫，不無烏焉成馬之弊。今兹善本，從義郎李君敏得之於前靖守王君長孺，相與鏤板而藏焉。王親授於李，② 知其不謬。李今爲沅人，徒有其本，而所傳蓋未廣也。紹興丁丑春，雒陽王公無染濯，守沅之明年，郡學鼎新，人材益進，嘗顧謂僚佐曰：“沅爲郡僻遠，史書尤不易備，會史之要，莫善於《世説》，《續説》又盡善也。”俄李

---

　　① “派”，原爲空格，據《守山閣叢書》（以下稱“守山閣本”）及《粵雅堂叢書》（以下稱“粵雅堂本”）補。
　　② “李”，原作“孔”，守山閣本及粵雅堂本作“李”，按上文“從義郎李君敏得之”，當改爲“李”。

1

氏以其書板來售，即加是正，復命鑱刻，以補其不足，將俾人得其傳，其利溥哉！此書載言行美惡，區以別之，學者博古考類，擇善而從，去古人何必有間，不但資談說而已，然後知公措意，豈苟然哉！後之爲政者，能謹其藏，勿斬其傳，是亦公之用心也。三月初一日，長沙秦果序。

卷 一

德 行

梁劉遵爲皇太子中庶子,① 卒。太子深悼惜之，與其從兄孝儀令曰:②“賢從弟中庶，孝友淳深，立身貞固。內含玉潤，外表瀾清。言行相符，終始如一。文史該富，琬炎爲心，辭章博瞻,③ 玄黃成采。④ 既以鳴謙表性，又以難進自居。益者三友，此實其人。及宏道下邑，未申善政，而能使人結去

---

① 劉遵(488—535),字孝陵,彭城(今江蘇徐州)人,南朝梁詩人。中庶子:官職名,戰國時國君、太子、相國的侍從之臣。秦、漢爲太子侍從官。歷代沿置。傳見《南史》卷三九。

② 孝儀,劉孝儀(484—550),名潛,以字行。南朝梁文學家。初爲始興王蕭法曹行參軍,隨同出鎮益州,兼記室。後又隨晉安王蕭綱出鎮襄陽。曾出使北魏。累遷尚書左丞,兼御史中丞。歷任臨海太守、豫章內史。大寶元年(550)病逝。

③ “博瞻”,原作“該博”,粵雅堂本作“該博”,守山閣本作“博瞻”,《南史·劉遵傳》作“博瞻”。據上下文意,當改爲“博瞻”。

④ “玄”,原作“元”,係避諱改字。徑改。下同。

思。野多馴翟，此亦威鳳一羽，足以驗其五德。"

梁明山賓性篤實，[①] 嘗乏困，貨所乘牛，既售錢，乃謂買主曰："此牛經漏蹄，[②] 療差已久，恐後脱發，無容不相語。"買主遽追取錢。處士阮孝緒聞之，[③] 嘆曰："此言足使還淳反樸，激薄停澆矣。"

梁庾域母，[④] 好鶴唳，域孜孜營求。一旦，雙鶴來下，人以爲孝感。子子輿亦有孝行，父卒於蜀，子輿奉喪歸。至巴東灩澦石瞿塘大灘，秋水猶壯，子輿撫心長號，其夜五更，水忽退減，安流南下。及度，水壯如舊。時人爲之語曰："灩澦如㢠本不通，瞿塘水退爲庾公。"

梁顧協清介有志操。[⑤] 初爲廷尉正，[⑥] 冬服單薄，寺卿蔡法度欲解襦與之，憚其清嚴，不敢發口，謂人曰："我願解身上襦與顧郎，顧郎難衣食者。"竟不敢以遺之。

---

① 明山賓，字孝若，平原鬲（今山東德州）人，南朝梁人。七歲能言名理，十三博通經傳，居喪盡禮。梁台建，爲尚書駕部郎，遷治書侍御史，右軍記室參軍，掌治吉禮。時初置《五經》博士，山賓首膺其選。傳見《南史》卷五〇。

② 漏蹄：牲畜的蹄胎腐爛叫漏蹄。

③ 阮孝緒，字士宗，南朝梁陳留尉氏（今河南尉氏）人。南朝梁目録學家。

④ 庾域，字司大，新野人。傳見《南史》卷五六。

⑤ 顧協，字正禮，吳郡吳（今江蘇蘇州）人，南朝梁學者、文學家。

⑥ 廷尉正：官名，秦置。漢沿置，秩千石，東漢減爲六百石。魏、晋、南北朝均有此官。傳見《南史》卷六二。

　　宋甄彬有行誼，① 常以一束苧就州長沙寺庫質錢，② 後贖苧還，於苧束中得金五兩，以手巾裹之。彬送還寺庫，寺僧以半與，彬堅然不受，曰：“五月披羊裘而負薪，豈受遺金者邪！”

　　宋郭世通於山陰市貨物，③ 誤得一千錢。當時不覺，分背方悟，追還本主。錢主驚嘆，以半與之，世通委之而去。

　　唐河間王孝恭次子晦，④ 私第有樓，下臨酒肆。其人嘗候晦，言曰：“微賤之人，雖則禮所不及。然家有長幼，不欲外人窺之。家迫明公之樓，出入非便，請從此辭。”晦即日毀其樓。

　　温大雅改葬祖父，⑤ 筮者曰：“葬於此地，害兄而福弟。”大雅曰：“若得家弟永康，我將含笑入地。”葬訖，歲餘卒。弟彦博官至端揆，⑥ 年六十四。大有爲中書侍郎。

────────────

　　① 甄彬，南朝梁國中山(今河北定縣)人。傳見《南史》卷七〇。

　　② 苧(zhù)：苧麻，指多年生草本植物，莖皮含纖維質很多，是紡織工業的重要原料。

　　③ 郭世通，會稽永興(今浙江蕭山)人。元嘉四年，大使巡行天下，散騎常侍袁愉表其淳行，文帝嘉之，敕榜表門閭，蠲其租調，改所居独枫里爲孝行焉。傳見《南史》卷七三。

　　④ 孝恭(591—640)，李孝恭，隴西成紀(今甘肅秦安)人。唐朝宗室，父親李安，隋朝時任領軍大將軍，唐初封爲西安王。貞觀十四年(640)，李孝恭暴病而死，時年五十歲。傳見《舊唐書》卷六〇。

　　⑤ 温大雅(572—629)，字彦弘，隋末唐初思想家、史學家。唐初并州祁縣(今山西祁縣)人。傳見《舊唐書》卷六一。

　　⑥ 温彦博(573—637)，字大臨，隋朝至唐初并州祁縣(今山西祁縣)人，温大雅之弟。端揆，指相位，宰相居百官之首，總攬國政，故稱“端揆”。

陳叔達賜食於御前，① 得蒲萄，執而不食。高祖問其故，對曰：“臣母患口乾，求之不能致，欲歸以遺母。”高祖喟然流涕曰：“卿有母可遺乎。”因賜物百段。

霍王元軌，② 高祖之第十四子。魏徵與之言，未嘗不自失也。爲徐州刺史，與處士劉玄平爲布衣之交。或問玄平王之所長，答曰：“無長。”人問其故，玄平曰：“夫人有短，所以見長。至於霍王，無所不備，吾何以稱之哉？”

太宗謂虞世南有五絕：③ 一德行，二忠直，三博學，四文詞，五書翰。

薛元敬與伯收、族兄德音齊名，④ 時人謂之“河東三鳳”。⑤ 收爲長离，德音爲鷟鷟，元敬年最小，爲鵷鶵，天策府參軍兼記室。时房杜處腹心之寄，深相友托。元敬畏於權

---

① 陳叔達(573—635)，字子聰，吳興長城(今浙江長興)人，陳宣帝頊之第十六子。傳見《舊唐書》卷六一。

② 霍王(？—688)，李元軌，唐高祖李淵第十四子。武德六年(623)，封蜀王。八年(625)，封吳王。垂拱四年(688)，坐與越王李貞連謀起兵，徙居黔州，仍令載以檻車，行至陳倉而死。傳見《舊唐書》卷六四。

③ 虞世南，越州余姚(今浙江余姚)人。官至秘書監，封永興縣子，故世稱“虞永興”，享年八十一歲，賜禮部尚書。傳見《舊唐書》卷七二、《新唐書》卷一〇二。

④ 薛元敬，字子誠，蒲州汾陰(今山西萬榮)人，薛收的侄子。唐太宗十八學士之一，長於文學。高祖武德初(618)曾任秘書郎。秦王李世民召爲天策府參軍兼值記室，杜如晦稱之爲“小記室”。

⑤ “河東三鳳”：薛收(591—629)，字伯褒，河東汾陰(今山西萬榮)人。薛德音(？—621)，蒲州汾陰(今山西萬榮)人。其中薛收爲長雛；薛德音爲鷟鷟；薛元敬爲鵷鶵，傳見《舊唐書》卷七三。

勢，竟不知狎。如晦常云：“小記室不可得而親，不可得而疏。”

崔仁師治青州逆獄，[①] 惟坐魁首十餘人，[②] 餘皆原免。敕使至青州，更訊諸囚，咸曰“崔公仁恕”，皆無異詞。又刑部以《賊盜律》反逆緣坐兄弟沒官爲輕，請改從死。仁師駁議，以爲父子天屬，兄弟同氣，誅其父子，足累其心，此而不顧，何爱兄弟。竟從仁師之議。

唐臨爲萬泉丞，[③] 有輕囚十數人。會春暮，时雨，臨令歸耕種，與之約，令事已自歸。令爭之，臨曰：“請自當其罪。”令在假，臨出囚，囚皆感恩貸，至时畢集詣獄。臨由是知名。後爲大理卿，高宗親録死囚，前卿所斷者叫號稱冤，臨所入者獨無言。帝怪，問状，囚曰：“唐卿所斷，既非冤濫，所以絶意爾。”帝嘆曰：“爲獄者，不當如此耶！”

张文瓘爲大理卿，[④] 嘗有疾，諸囚相與齋禱，願其視事，当时咸稱执法平恕。上元二年，文瓘拜侍中，諸囚聞改官，一时慟哭，其感人心如此。

---

① 崔仁師，定州安喜（今河北定縣）人。青州：在古代是《禹貢》“九州”之一，大體指泰山以東至渤海的一片區域，現指山東省青州市，由濰坊市代管。傳見《舊唐書》卷七四。

② 坐，定罪。魁首，居首位之人。

③ 唐臨（601—660），字本德，京兆長安（今陝西西安）人。傳見《舊唐書》卷八五。

④ 張文瓘（605—677），字稚圭，清河郡（今河北邢臺市清河縣）人，傳見《舊唐書》卷八五。大理卿：大理寺少卿，官職名。

徐有功爲蒲州司法，[①] 吏人感其恩信，相約曰：“若犯徐司法杖，衆必斥罰之。”由是人爭用命，[②] 終於代滿，不戮一人。时周興、來俊臣用事，[③] 有功爲理官，以執改枉獄，[④] 前後三經斷死，而執志不渝，酷吏爲之少衰，時人比之于、张焉。[⑤] 或曰：“若獄官皆然，刑措何遠。”

陸象先清净寡欲，[⑥] 不以细務介意，言論高遠，雅爲時賢所服。[⑦] 崔湜每謂人曰：“陸公加於人一等矣。”太平公主用事，宰相岑羲、蕭至忠、崔湜咸傾附之，唯象先孤立，未嘗造請，亦以此免禍。

狄仁傑爲并州法曹，[⑧] 有同府法曹鄭崇質，母老且病，當使絕域。仁傑曰：“太夫人有疾，而公遠使，豈可貽親萬里之憂。”乃詣長史藺仁基，請代崇質行。时仁基與司馬李孝廉

---

① 徐有功（641—702），字有功，名宏敏，唐河内濟源青龍里人。傳見《舊唐書》卷八十五。

② “人”，原缺，據守山閣本及《舊唐書·徐有功傳》補。

③ 周興，原作周興嗣，据《舊唐書·徐有功傳》改。周興，来俊臣，武則天时的酷吏。

④ “執改”，原作“執政”，據《舊唐書·徐有功傳》改。

⑤ 于、张：指于定國，張釋之。于定國爲汉宣帝时廷尉，張釋之爲汉文帝时廷尉，二人均以執法公允著稱。

⑥ 陸象先（665—736），蘇州吳（今江蘇蘇州）人。傳見《舊唐書》卷八八。

⑦ “服”，原作“伏”，守山閣本及《舊唐書·陸象先傳》作“服”，今據改。

⑧ 法曹，古代司法機關或司法官員的稱謂。《新唐書·百官志》：“法曹，司法參軍事，掌鞫獄麗法，督盗賊，知贜賄没入。”唐代縣令下屬司户、司法等曹。京縣設司功、司倉、司法、司岳、司士、司户等六曹；畿縣有司法等五曹，無司兵曹。上、中、下縣均設司户、司法兩曹。

不協，因謂曰：“吾等獨無愧耶！”相待如宾。① 後爲平章事，則天謂曰：“卿在汝南时，有譖卿者，欲知其人乎?”仁傑謝曰：“陛下以臣爲過，臣當改之；陛下明臣無過，臣之幸也。不願知譖者。”則天嘆息。

杜暹弱冠便自誓不受親友贈遺，以終其身。及卒，尚書省及故吏賻贈者，其子孝友，遵其素約，皆拒而不受。

杨縉久積公辅之望，② 及大拜，詔下，朝野相贺。縉素以德行著聞，質性廉貞，車服儉樸，居廟堂未數日，人心自化。御史中丞崔寬，家富於财，有別墅在皇城之南，池館臺榭，爲當时第一，寬即日毁拆。中書令郭子儀在邠州行營，聞縉拜相，座内音樂減散五分之四。京兆尹黎幹驕馭百餘，亦即日減損，留十騎而已。其餘望风變奢從儉者，不可勝數。其鎮俗移风若此，人以爲在杨震、丙吉、謝安、山濤之上。③

郭子儀事上盡誠，臨下寬厚，所至之處，必得人心。田

---

① “宾”，原作“初”，粤雅堂本及《舊唐書·狄仁杰傳》作“宾”，今據改。

② 楊縉，字公權，華州華陰（今陝西華陰）人。以清廉節儉的品德而著稱。傳見《舊唐書》卷一一九。

③ 楊震（59—124），字伯起，弘農華陰（今陝西華陰）人。爲官清廉，不謀私利。他始終以清白吏爲座右銘，嚴格要求自己，不受私謁；丙吉：字少卿，魯國人。學《詩》《禮》，能通大義，人深沉忠厚，不誇耀自己的長處；謝安（320—385），字安石，號東山，東晋政治家，軍事家，浙江紹興人，祖籍陳郡陽夏（今河南太康）人。從小受家庭的影響，在德行、學問、風度等方面都有良好的修養；山濤（205—283），字巨源，河内懷縣（今河南武陟西）人，“竹林七賢”之一，西晋大臣。

承嗣方跋扈魏州，① 傲狠無禮，子儀嘗遣使至承嗣處，承嗣西望拜之曰："兹膝不屈於人若干歲矣，今爲公拜。"李靈曜據汴州，② 公私財賦一皆遏絕，獨子儀封幣經境，持兵衛送，其爲豺虎所服如此。代宗不名，呼爲大臣，天下以其身爲安危者二十年。校中書令者二十四，權傾天下而朝不忌，功蓋一代而主不疑，侈窮人欲而君子不之罪。富貴壽考八十，③ 繁衍安泰，哀榮終始。人道之盛，此無缺焉。

李勉爲江西觀察使，④ 部人有父病，以蠱道爲木偶人，署勉名位，瘞於其壠。或以告勉，勉曰："爲父禳災，亦可矜也。"舍之。

權皋爲安禄山從事，察禄山有異志，欲潛去，又慮禍及老母。天寶十四年，禄山使皋獻戎俘於京師，過福昌，福昌尉仲謩，皋妹婿也，密以計約之。比至河陽，詐以疾亟召謩，謩至，皋示已暗，瞪謩而瞑。謩乃勉哀而哭，手自唅襲，既逸皋而葬其棺，人無知者。從吏以詔書還。皋母初不知，聞皋之死，慟哭傷行路。禄山不疑其詐死，許其母歸。皋時微

---

① 田承嗣，生於行伍世家。開元末年，在安禄山軍中任職，後隨之起兵叛唐，叛軍失勢後，投降唐軍，封爲魏博節度使，割據一方，成爲唐末河北三藩鎮之一。

② 曜據：曜占據汴州作亂。

③ 富貴壽考：指既有財有勢又得享高壽。考：高壽。

④ 李勉（717—788），字玄卿，曾祖李元懿爲唐高祖李淵第十三子。傳見《舊唐書》卷一三一。

服匿迹，候母於淇門，①既得侍其母，乃奉母晝夜南去。及渡江，禄山已反矣。由是名聞天下，其子德興爲相。

涇師作亂，駕幸奉天。兵部侍郎劉乃臥疾在私第，②賊泚遣使以甘言誘之，乃稱疾篤。又令其僞宰相蔣鎮日来招誘，乃托瘴疾，③灸灼遍身。鎮再至，知不可劫脅，嘆息曰：“鎮亦嘗忝列曹郎，苟不能死，以至於斯，寧以自辱膻腥，復欲污穢賢哲乎？”歔欷而退。乃聞駕再幸梁州，搏膺呼天，絶食而卒。

淮西之師汴帥韓宏，驕矜倔强，常倚賊勢，索朝廷姑息。惡李光顔力戰，④陰圖撓屈，計無所施。遂舉大梁城，求得一美婦人，教以歌舞、弦管、六博之藝，飾之以珠翠金玉衣服之具，計費數百萬。⑤乃命使者送遺光顔，冀光顔一見悦惑，而怠於軍政也。使者即賷書先造光顔壘，曰：“本使令公，憂公暴露，欲進一妓，以慰公征役之思。”光顔曰：“今日已暮，明旦納焉。”詰朝，光顔乃大宴軍士，三軍咸集，命使者進妓。妓至，則容止端麗，殆非人間所有，一座皆驚。

----

　　①　淇門：地名，位於浚縣城西南三十公里處，因處淇河入衛河之口故名。古爲重鎮、重要官道渡口、驛站碼頭和軍事要沖。今屬浚縣新鎮鎮。

　　②　劉乃，字永夷，洺州（今河北永年）人。傳見《舊唐書》卷一五三。

　　③　瘴疾：指因感受山嵐瘴氣而發的一種瘧疾。表現有寒多熱少，或熱多寒少，每日發作或間日發作，煩悶身重、昏沉不語，或狂言譫語。

　　④　李光顔（760—？），字光遠，李光進之弟，河曲（今山西河曲）人，傳見《舊唐書》卷一六一。

　　⑤　“萬”，原缺，據守山閣本及《舊唐書·李光顔傳》補。

光顏謂來使曰：“令公憐光顏離家室久，捨美妓見贈，誠有以荷德也。然光顏受國家恩深，誓不與逆賊同生日月下。今戰卒數萬，皆棄妻子，蹈白刃，光顏奈何獨以女色爲樂！”言訖，泣涕嗚咽。堂下兵士數萬，皆感激流涕。乃厚以縑帛酬其來使，俾領其妓自席上而迴。自此兵衆彌加激勵。

柳公綽丁母崔夫人之喪，① 三年不沐浴。事繼母薛氏三十年，姻戚不知公綽非薛氏所生。

柳仲郢爲牛僧孺辟客，② 李德裕知其無私，奏爲京兆尹。仲郢謝曰：“下官不期太尉恩獎及此，③ 仰報盛德，敢不如奇章公門館。”德裕不以爲嫌。仲郢常感德裕之知。大中朝，李氏無祿仕者，仲郢領鹽鐵時，取德裕兄子從質爲推官，知蘇州院事，令以祿利贍南宅。令狐綯爲宰相，不悦。仲郢與綯書曰“任安不去，常自愧於昔人；吳咏自裁，亦何施於今日。李太尉受責既久，其家已空，遂絶蒸嘗，誠增痛惻。”綯深嘆，與從質正員官。

徐晦爲楊憑所薦，憑貶臨賀尉，交親無敢祖送者，晦遂

---

① 柳公綽(763—830)，字寬，小字起之，唐朝大臣、書法家，唐代京兆華原人。傳見《舊唐書》卷一六五。

② 柳仲郢(？—864)，字諭蒙，京兆華原（今陝西銅川耀州區東南）人。柳公綽之子。傳見《舊唐書》卷一六五。辟客，招納門客。

③ “下官不期太尉恩獎及此”，原爲空格，守山閣本爲“自不期太尉恩獎及此”。《舊唐書·柳公綽傳》爲“下官不期太尉恩奖及此”，按，上下文意，在本處爲卑謙自稱，當改爲“下官不期太尉恩獎及此”。

至藍田。时權德輿爲相，與憑交分最深，聞晦之行，謂晦曰："無乃爲累乎？"晦曰："布衣受楊公之眷，方兹流播，何忍不送？如相公他日爲奸邪所譖，失意於外，晦安得與相公輕別？"德輿稱之於朝。中丞李夷簡请晦爲監察，曰："聞公送楊臨賀，肯負國乎？"

任迪簡爲李景略判官，① 性厚重。嘗有軍宴，行酒者誤以醯進，② 迪簡以景略性嚴，勉爲盡之，歸而殿血，军士聞之泣下。及景略卒，軍士皆曰："判官仁者。"奉以爲帥。

王義方坐與刑部尚書張亮交通，③ 貶儋州吉安丞。④ 贞觀二十三年，改洹水丞。时張亮兄子皎，配流在崖州，⑤ 来依義方而卒，臨終托以妻子及致尸還鄉。義方與皎妻自誓於海神，使奴負柩，令皎妻抱其赤子，乘義方之馬，徒步而還。先之原武葬皎，白告張亮，送皎妻子歸家，乃之洹水。

元德秀，字紫芝，以不及親在而娶，終身不婚。曰："兄有子以祀先人矣。"先是兄子無乳媪，德秀自乳之，數日湩

---

① 任迪簡，京兆萬年（今陝西西安）人。傳見《舊唐書》卷一八五。

② 醯（xī）：醋。

③ 王義方，泗州漣水（今江蘇漣水）人，傳見《舊唐書》卷一八七上。交通：交往。

④ 儋州，古稱"儋耳"，漢朝元封元年，得海上大洲，始設儋耳郡，唐高祖武德五年（622）改郡爲州，將"儋耳郡"改爲"儋州"。

⑤ "配流"，守山閣本及粤雅堂本作"流配"。崖州，梁大同間（535—546），以廢儋耳郡地置崖州，治義倫（今海南儋州），屬廣州都督府。唐武德五年（622），改珠崖郡爲崖州。

流，兄子能食，乃止。其後兄子婚娶，以家貧無以爲禮，求爲魯山令，以誠信化人，① 秩滿，結盧陸渾山，有長往之志。屬歲飢，庖厨不爨，彈琴讀書，怡然自得。房琯每見德秀，嘆息曰："見紫芝眉宇，使人名利之心都盡。"及卒，門人相與謚爲"文行先生"。

元德秀爲魯山令，有盜繫獄，會縣界有虎暴，盜請殺虎贖罪，德秀許之。胥史爭曰："盜詭計苟免，擅放官司囚，恐爲累也。"德秀曰："吾不欲負約，如有累，吾自當之。"即破械出之。明日，盜負虎而還。

後唐刑部侍郎鄭韜光，② 字龍府，自襁褓迨於懸車，凡事十一君，③ 越七十載，所任無官謗，無私過，三持使節，不辱君命。士無賢不肖，皆恭已接納。晚年背傴，時人咸曰："鄭傴不迁。"平生交友之中無怨隙，親族之間無愛憎，恬和自如，性尚平簡，及致政歸洛，甚愜終焉之志。卒年八十。

後唐趙光逢，④ 幼嗜墳典，動守規檢，人目爲"玉界尺"。弟光允爲平章事，時謁問於私第，語及政事。他日，光

① "人"原缺，據守山閣本及《舊唐書·元德秀傳》補。
② 鄭韜光（861—940），字龍府，洛京清河（今河南孟津西南）人。自京兆府參軍，歷秘書郎、集賢校理、太常博士、虞部比部員外郎、司門户部郎中、河南京兆少尹、太常少卿、諫議大夫、給事中。莊宗平梁，遷工、禮、刑部侍郎。天成、長興中，歷尚書左右丞，以户部尚書致仕。傳見《舊五代史》卷九二。
③ "凡"，原爲空格，據守山閣本及《舊五代史·鄭韜光傳》補。凡，總共。
④ 趙光逢，字延吉，因其風神秀異，品行端莊，故稱"玉界尺"。傳見《舊五代史》卷五十八。

14

逢署其户曰："請不言中書事。"清浄寡欲端默如此。光逢兩
登廊廟，四退丘園，百行五常，不欺暗室。搢紳咸仰，以爲
名教主。

吕兗爲滄州節度判官，① 劉守光攻陷滄州，兗被擒，族
誅。子琦年十五，將就戮，有趙玉者，幽薊義士也，久游兗
門，見琦臨危，紿謂監刑者曰：②"此子，某之同氣也，幸無
濫焉。"乃引之俱去。琦病足，玉負之而行，逾數百里，變姓
名，乞食於路，乃免於禍。琦仕石晋，至兵部侍郎，高祖將
以琦爲相，忽遇疾而逝。常以玉免已於難，欲厚报之。玉遇
疾，琦親爲扶持，供其醫藥。玉卒，代其家營葬事。玉之子
曰文度，即孤而幼，琦誨之甚篤。及其成人，登進士第，尋
升宦路，琦之力也。时議者以非玉之義，不能存吕氏之嗣；
非琦之仁，不能撫趙氏之孤。惟仁義，二公得之。燕趙之士，
流爲美談。

言 語

宋武帝永初二年，祀南郊，大赦。裴子野論曰："夫郊祀
天地，修歲事也。赦彼有罪，夫何爲哉？"

---

① 吕兗，爲晋朝滄州判官，傳見《舊五代史》卷九二。滄州，北魏孝明帝熙
平二年(517)設立，轄浮陽、樂陵和安德等三郡。
② 紿(dài)，古同"詒"，欺騙，欺诈。

魏群臣請增修京城及宮室，曰："《易》曰：'王公設險，以守其國。'又蕭何云：'天子以四海爲家，不壯不麗，無以重威。'"魏主曰："古人有言'在德不在險'，屈丐蒸土築城，而朕滅之，豈在城也？今天下未平，方須民力，土功之事，朕所未爲。蕭何之對，非雅言也。"

宋孝武奢侈無度，多所造立，賦調繁嚴，徵役過苦。前廢帝即位，悉皆削除。由紫極殿南北馳道之屬，①皆被毀壞。自孝建以來，至大明末，凡諸制度，無或存者。蔡興宗於坐，慨然謂顏師伯曰："先帝雖非盛德，要以道終始，三年無改，古典所貴。今殯宮始徹，山陵未遠，而凡諸制度興造，不論是非，一皆刊削。雖復禪代，亦不至爾。天下有識者，當以此窺人。"師伯不能用其言。

周顒清貧寡欲，②終日食蔬。雖有妻子，獨處山舍，甚機辯。王儉問曰："卿山中何所食？"答曰："赤米白鹽，綠葵紫蓼。"文惠太子問顒："菜食何味最勝？"答曰："春初早韭，秋末晚菘。"

梁何遠言不虛妄，③蓋其天性。每戲語人云："卿能得我

---

① "殿"，原爲空格，據守山閣本及粵雅堂本補。
② "顒"，原作"容"，係避諱改字，徑改。周顒，字彥倫，汝南安城人。言辭婉麗，工隸書，兼善老、易，長於佛理。傳見《南史》卷三四。
③ 何遠，字子遠，自號韓青老農，浦城人。傳見《南史》卷七〇。

一妄語，則謝卿一縑。"① 眾共伺之，不能記也。

顧歡黨道教，② 袁粲崇佛説。③ 張融曰：④ "道之與佛，遥極無二。吾見道士與道人戰儒墨，道人與道士論是非。昔有鴻飛天首，積遠難亮，越人以爲鳧，楚人以爲乙，人自楚越，鴻常一爾。"

周賀若敦以有怨言，⑤ 爲宇文護所殺。臨刑呼子弼，謂曰："吾欲平江南，然心不果，汝當成吾志。吾以舌死，汝不可不思。"因引錐刺弼舌出血，誡以慎口。後弼果平陳。

唐太宗謂侍臣曰："君依於國，國依於民，刻民以奉君，猶刻肉以充腹，腹飽而身斃，君富而國亡。故人君之患不自外來，常由身出。夫欲盛則費廣，費廣則賦重，賦重則民愁，民愁則國危，國危則喪矣。朕常以此思之，故不敢縱欲也。"

太宗時有上書請去佞臣者。上問佞臣爲誰，對曰："臣居山澤，不能的知其人，願陛下與群臣言，或陽怒以試之，彼執理不屈者，直臣也；畏威順旨者，佞臣也。"太宗曰："君

---

① 縑，雙經雙緯的粗厚織物之古稱。《釋名·釋采帛》："縑，兼也，其絲細緻，數兼於絹，染兼五色，細緻不漏水也。"《説文》云：縑就是雙絲的繒。漢以後，多用作賞贈酬謝之物，或作貨幣。唐制布帛四丈爲匹，亦謂匹爲縑。

② 顧歡（420—483），字景怡，一字元平。爲南朝齊著名道教學者。

③ 袁粲，字景倩，陳郡陽夏（今河南省太康縣）人。

④ 張融（444—497），南朝齊文學家、書法家。字思光，一名少子。吳郡（今江蘇蘇州）人。初仕宋爲封溪令。後舉秀才，對策中第，爲儀曹郎。官至黃門郎，太子中庶子，司徒左長史，世稱"張長史"。

⑤ 賀若敦（517—565），北周將領，以勇猛而聞名，任金州（今陝西安康）刺史。傳見《北史》卷六十八。

自爲詐，何以責臣下之直乎？朕方以至誠治天下，見前世帝王，好以權譎小數，① 接其臣下，② 常竊恥之，卿策雖善，朕不取也。”

治書侍御史權萬紀上言：③ “宣、饒銀大發，④ 采之可得數百萬緡。”上曰：“朕貴爲天子，所乏者，非財也，但恨無嘉言可以利民爾。與其多得數百萬緡，何如得一賢才。卿未嘗進一賢退一不肖，而專言稅銀之利。昔堯、舜抵璧於山，投珠於谷；漢之桓、靈，乃聚錢爲私藏。卿欲以桓靈待我耶？”是日，黜萬紀，使還家。

太宗指殿柱謂侍臣曰：“治天下如建此屋，營構既成，勿數改易。苟易一榱，正一瓦，踐履動搖，必有所損。若慕奇功，變法度，不常其德，勞費實多。”

肅宗欲敕諸將克長安日發李林甫冢，焚骨揚灰。李泌曰：“陛下方定天下，奈何讎死者？彼枯骨何知？徒示聖德之不宏爾。且方今從賊者，皆陛下之讎也。若聞此舉，恐阻其自新之心。”上不悅，曰：“此賊昔日百方危朕，當是時，朕不保朝夕。朕之全，天幸爾。林甫亦惡卿，但未及害卿而死爾，奈何矜之？”泌曰：“臣非不知所以言。上皇有天下向五十

---

① 權譎小數，權術和詭詐的小計謀。
② 接，對待。
③ 權萬紀（？—643），祖籍甘肅天水，後遷居京兆萬年（今陝西西安）。
④ “發”，原爲空格，據守山閣本及粵雅堂本補。

年，太平娛樂，一朝失意，遠處巴蜀。南方地惡，上皇春秋
高，聞陛下此敕，意必以爲用韋妃之故，内慚不懌。萬一感
憤成疾，是陛下以天下之大不能安君親。”言未畢，上流涕被
面，降階仰天拜曰：“朕不及此，是天使先生言之也。”遂抱
泌頸泣不已。

　　太宗幸翠微宫，房玄齡在京城留守。太宗以李緯爲民部
尚書，有自京師來者，太宗問曰：“玄齡聞李緯拜尚書如
何？”對曰：“玄齡但云‘李緯好髭鬚’，更無他語。”太宗遽
改授緯洛州刺史。其爲當時準的如此。①

　　太宗謂侍臣曰：“朕每日坐朝，欲出一語，即思此言於百
姓有利益否，所以不能多言。”杜止倫進曰：“君舉必書，史
記言動。臣職當修起居注，不敢不盡愚直。若陛下一言乖於
道理，② 則千載累於聖德，非直當今損於百姓，願陛下
慎之。”

　　魏徵謂太宗曰：“願陛下使臣爲良臣，勿使臣爲忠臣。”
帝曰：“忠良有異乎？”徵曰：“良臣，稷、契、皋陶是也；③
忠臣，龍逢、比干是也。④ 良臣使身獲美名，君受顯號，子
孫長世，福禄無疆；忠臣身陷誅夷，君陷大惡，家國并喪，

---

① 準的，標準，準則。
② 乖，違背。
③ 稷、契、皋陶，傳説中舜時賢臣。
④ 龍逢，夏桀時忠臣；比干，商紂時忠臣。

空有其名。以此而言，相去遠矣。"帝深納其言。

高宗責侍臣不進賢良，衆皆莫對。李安期對曰："天下至廣，非無英俊。但比來公卿有所薦引，① 即遺囂謗，以爲朋黨。沉屈者未申，而在位者已損，所以人思苟免，競爲緘默。若陛下虛己招納，務於搜訪，不忌親讎，惟能是用，讒毀亦既不入，誰敢不竭忠誠。此事由陛下，非臣等所能致也。"高宗深然其言。

高宗謂侍臣曰："朕思養人之道，未得其要，公等爲朕思之。"來濟對曰：② "昔齊桓公出遊，見老而飢寒者，命賜之食。老人曰：'願賜一國之飢者。'賜之衣，曰：'願賜一國之寒者。'公曰：'寡人之廩府，安足以周一國之飢寒？'③ 老人曰：'君不奪農時，則國人皆有餘食矣；君不奪蠶妾，則國人皆有餘衣矣。'故人君之養人，在省其征役而已。今山東役丁，歲則數萬，役之則人太勞，取庸則人太費。臣願陛下量公家所須外，餘悉免之。"上從之。

尚方監裴匪躬，欲鬻苑中果菜，收其利，蘇良嗣爲西京留守，駁之曰："昔公儀相魯，拔葵去織。未聞萬乘之主鬻果菜，與下人爭利也。"

少府監裴匪舒善營利，奏賣苑中馬糞，歲得錢二十萬緡。

---

① 比來，近來，近時。
② 來濟（610—662），揚州江都人，唐朝詩人。
③ 周，通"賙"。周濟，救濟。

上以問劉仁軌，對曰：“利則厚矣，恐後代稱唐家賣馬糞，非佳名也。”乃止。

馬周有機辯，[1] 能敷奏。太宗曰：“我於馬周，暫不見便思之。”岑文本謂所親曰：“吾見馬君論事多矣，援引事類，揚摧古今，[2] 舉要刪蕪，會文切理，一字不可加，一言不可減，聽之靡靡，令人忘倦。昔蘇、張、終、賈，正應此耳。”

程名振奏對失旨，[3] 太宗動色詰之，名振酬對逾辯。太宗意解，謂左右曰：“房玄齡常在我前，每見別嗔餘人，[4] 顏色無主。名振平生不見我，向來責讓，[5] 而詞理縱橫，亦奇士也。”擢爲右驍衛將軍。

劉仁軌平百濟，[6] 浮海西還。仁軌初行，謂人曰：“天將富貴此公耳。”於州司請曆日一卷，并七廟諱，人怪其故，答曰：“擬削平遼海，頒示國家正朔，使夷俗遵奉焉。”[7] 至是，皆如其語。

---

① 馬周（601—648），字賓王，博州茌平（今河北茌平）人。

② 揚摧，略舉大要，扼要論述。

③ 程名振（？—662），洺州平恩（今河北曲周）人，唐朝將領，龍朔二年（662），程名振去世，追贈右衛大將軍，謚號烈。

④ “別”，原爲空格，據粵雅堂本及《舊唐書·程务挺傳》補。

⑤ 向來，先前。

⑥ 劉仁軌（601—685），字正則，汴州尉氏人（今河南尉氏縣），唐朝名將。歷任給事中、青州刺史。百濟：別稱南扶餘，屬於朝鮮半島。

⑦ “夷”，原爲空格，據守山閣本及《舊唐書·劉仁軌傳》補。

中書舍人徐堅，① 以集賢院學士多非其人，所司供膳太厚，②
嘗謂朝列曰："此輩於國家何益？如此虛費。"將建議罷。張說
曰："自古帝王功成，則有奢縱之失，或興池台、或玩聲色。今
聖王崇儒重道，親自講論，刊正圖書，詳延學者。今麗正書
院，③ 天子禮樂之司，永代規模，不易之道也。所費者細，所蓋
者大。④ 徐子之言，何其隘哉！"玄宗知之，由是薄堅。

張嘉貞欲杖裴伷先，張說爭之，嘉貞不悅，曰："何言事
之深也？"說曰："宰相，時來則爲之，豈能長據。若貴臣盡
當可杖，恐吾輩行自及矣。此言非爲伷先，乃爲天下士君
子也。"

鄭元璹謂頡利曰："漢與突厥，風俗各異，漢得突厥，既
不能臣，突厥得漢，復何所用？且抄掠資財，皆入將士，在
於可汗，一無所得。不如和好，國家必有重賚；幣帛皆入可
汗，坐受利益。"頡利納其言，即引還。

唐制，財賦皆入左藏庫，⑤ 太府四時以數聞。⑥ 比部覆其

---

① 徐堅(660—729)，字元固，長城(今浙江長興)人。自幼廷訓，博覽群書，後進
士及第，授太子文學。武周聖曆二年(699)，任判官，擅長文章典實，又精三禮之學。
② "所司供膳太厚"，原本做"所供膳太原"，根據文意當改之。
③ 麗正書院，唐開元六年(718)改乾元院爲麗正修書院，改修書官爲麗正殿直學
士。十三年，又改爲集賢殿書院。
④ 原作"所費者大"，守山閣本及粵雅堂本作"所費者細，所蓋者大"，據文意，當
改之。
⑤ 左藏庫：古代國庫之一，以其在左方，故稱左藏。
⑥ 太府，即太府寺，掌錢谷金帛諸貨幣。

出入，上下相轄，奸無所容。至第五琦，以京師多豪將，求取無節，乃盡輸大盈庫，[1] 以天下公賦爲人君私藏。中官領事几三百人，[2] 有司不能窺其出入者，殆二十年矣。楊炎作相，頓首於上前論之，乞以歸有司，度禁中所費，一歲几何，進入不敢虧，如此乃可議政。德宗下詔從之。炎以片言移人主意，議者以爲難，中外稱之。

崔祐甫爲相，淄青李正已畏德宗威德，表獻錢三十萬貫，上欲納之，慮正已反覆，欲以計止之，又未有其詞。延問宰相，祐甫曰：“請遣使往淄青宣慰將士，便以此錢賜之，使將士深荷聖恩，又令外藩知朝廷不重財貨。”上悦而從之，正已大慚，心畏服焉。

魚朝恩惡郭子儀，[3] 使人發其父墓。及自涇陽入，朝議者慮其構變，公卿憂之。子儀見，帝勞之，子儀號泣，奏曰：“臣久主兵，不能禁暴，軍士殘人之墓，固亦多矣。此臣不忠不孝，上獲天譴，非人患也。”朝廷聞其言，乃安。

周墀初作相，私謂韋澳曰：“才小任重，何以相救？”澳曰“願相公無權”，墀愕然不喻其旨。澳曰：“爵賞、刑罰，非公共欲行者，願不以喜怒愛憎行之，但令百司群吏各舉其職，則公斂袵於廟堂之上，天下自理。何要權也。”墀深

---

① 大盈庫，唐玄宗私庫。
② 几，總共、總計。
③ 魚朝恩(722—770)，唐瀘州瀘川(今四川瀘州)人，宦官。

然之。

崔群爲翰林學士，① 以讜言正論聞於時。② 憲宗嘉賞，降宣旨云："自今後，學士進狀，并取崔群連書，然後進來。"群以禁密之司，動爲故事，自爾學士或惡直醜正，則其下學士無由上言。③ 群堅不奉詔，三疏論奏，方允。

崔群曰："人皆以天寶十五年，禄山自范陽起兵，是治亂分時。臣以爲開元二十年，罷賢相張九齡，專任奸臣李林甫，治亂自此分矣。用人得失，所繫非小。"

殷侑欲舍王廷湊，④ 專討李同捷，其疏末云："伏願以宗社安危爲大計，以善師攻心爲神武，以含垢安人爲遠圖，以網漏吞舟爲至誠。"文宗雖不納，然深嘉其言。李訓之亂，上問以治安之策，侑極言委任責成，宜任朝之耆德，新進小生，無宜輕用。帝深嘉之，⑤ 賜以錦彩黄金。

文宗召趙宗儒，問以理道，對曰："堯舜之化，慈儉而已，願陛下守而勿失。"上嘉納之。

韋温在朝時，與李珏、楊嗣復周旋，及楊、李禍作，嘆

---

① 崔群，字敦詩，清河武城人。十九登進士第，又制策登科，授秘書省校書郎，累遷右補闕。傳見《舊唐書》卷一五九。

② 讜（dǎng），丛言，正直。

③ "下"，原作"不"，守山閣本及《舊唐書·崔群傳》作"下"，按文意，當改之。

④ 殷侑（767—838），陳郡人。父懌。貞元末，以《五經》登第，精於歷代沿革禮。傳見《舊唐書》卷一六五。

⑤ "嘉"，原作"加"，守山閣本及粤雅堂本作"嘉"按文意，當改之。

曰："楊三、李七若取我語，豈至是耶!"① 初，温勸楊、李
徵用德裕，釋憾解慍，二人不能用，故及禍。

憲宗季年鋭於服餌。② 裴潾疏曰："君之藥，臣先嘗之；
親之藥，子先嘗之，臣子一也。臣願所有金石煉藥人及所薦
之人，皆先服一年，以考其真偽，則自然明驗矣。"

訓、注之禍，③ 宦者氣盛，淩轢南司。延英議事，中貴
語必引訓、注，以折文臣。李石、鄭覃謂之曰："京師之亂，
始自訓、注。而訓、注之起，始自何人?"仇士良等不能對，
其勢稍抑。縉紳賴之。

幽州楊志誠逐李載義自爲帥。文宗聞之驚，急召宰相。
時牛僧孺先至，上曰："可奈何?"僧孺曰："此不足煩聖慮，
臣被召，疾趨氣促，容臣稍緩息以對。"上良久曰："卿以爲
不足憂，何也?"僧孺對曰："陛下以范陽非國家所有，前時
劉總向化，以土地歸闕。朝廷約用錢八十萬貫，而未嘗得范
陽尺布斗粟上供天府，則今日志誠之得，猶前日載義之得也。
陛下但因而撫之，亦事之宜也。且范陽，國家所賴者，以其

---

① "豈"，原作"言"，據守山閣本及粵雅堂本改。

② 服餌，古代養生術語，指服食中的服金餌丹活動。

③ 訓、注之禍，唐大和九年(835)，李訓、鄭注策劃誅殺宦官，奪回皇帝喪失
的權力。11 月 21 日，唐文宗以觀露爲名，將宦官頭目仇士良騙至禁衛軍的後院欲
斬殺，被仇士良發覺，雙方激烈戰鬥，結果李訓、鄭注等朝廷官員被宦官殺死，其家
人也受到牽連而滅門，在這次事變後受株連被殺的有一千多人，史稱"甘露
之變"。

北捍突厥，不令南寇。若假志誠節鉞，錫其土地，必自爲力，則爪牙之用，固不計於逆順。"上大喜曰："如卿之言，吾灑然矣。"

張公藝，①鄆州人，九代同居。高宗有事泰山，親幸其宅，問其義居所以久。其人請紙筆，但書百餘"忍"字。高宗爲之流涕，賜以縑帛。

司馬承禎，睿宗問以理國，對曰："順物自然而無私焉，而天下理。《易》曰'聖人與天地合其德'，是知天不言而信，不爲而成，無爲之旨，理國之道也。"睿宗嘆息。

玄宗問吳筠以道法，對曰："道法之精，② 無如五千言，其餘枝詞蔓説，徒費紙札耳。"

玄宗幸東都，過崤谷，道隘不治，上欲免河南尹及知頓使，宋璟諫曰："陛下方事巡幸，今以此罪二臣，恐將來民受其弊。"上遽命釋之。璟曰："陛下罪之，以臣釋之，是代陛下受德。請令待罪朝堂，而後赦之。"從之。

憲宗誅李錡，有司籍錡家財輸京師。翰林學士裴垍、李絳上言以爲："李錡僭侈，割剥六州之人，以富其家，或枉殺

---

① 張公藝,唐代鄆州壽張縣古賢村(今河南台前縣橋北張村)人。
② "玄宗問吳筠以道法,對曰:'道法之精'"原作"玄宗問吳筠以道法之精",脱"對曰:道法"四字,據守山閣本補。吳筠,魯中儒士。少通經,善屬文,舉進士不第。性高潔,不奈流俗。乃入嵩山,依潘師正爲道士,傳正一之法,苦心鑽仰,乃盡通其術。傳見《舊唐書》卷一九二。

其身，而取其財，陛下閔百姓無告，故討而誅之，今輦金帛以輸上京，恐遠近失望，願以逆人資財，賜浙西百姓，代今年租賦。"上嘉嘆久之，即從其言。

憲宗從容問李絳曰："諫官多謗訕朝政，① 皆無事實，朕欲謫其尤者一二人，以儆其餘，何如？"對曰："此殆非陛下之意，必有邪臣欲壅蔽陛下之聰明也。② 人臣死生繫人主喜怒，故敢發口諫者有几。就有諫者，皆晝度夜思，③ 朝删暮減，比達，什無二三。故人主孜孜求諫，猶懼不至，況罪之乎？如此杜天下之口，④ 非社稷之福也！"上善其言而止。

石晉桑維翰，恐與敵失歡，上疏曰："議者以陛下於契丹有所供億，謂之耗蠹；有所卑遜，謂之屈辱。微臣所見，則曰不然。且以漢祖英雄，猶輸貨於冒頓；神堯武略，尚稱臣於可汗。此謂達於權變，善於屈伸，所損者微，所利者大。必若因茲交構，遂成釁隙，自此歲歲徵發，日日轉輸，困天下之生靈，空國家之府藏，此爲耗蠹，不亦甚乎？兵戈既起，將帥擅權，武吏功臣，過求姑息，邊藩遠郡，得以驕矜，外剛内柔，上凌下替，此爲屈辱，又非多乎！"

晉天福初，頻有肆赦。張允進《駁赦論》曰："《管子》

---

① 謗訕，毀謗譏刺。
② 聰明，聽覺和視覺靈敏。
③ 度，計算，推測。
④ 杜，阻塞(sè)，堵塞(sè)。

云：'凡赦者，小利而大害，久而不勝其禍；無赦者，小害而大利，久而不勝其福。'又《漢紀》云：'吳漢疾篤，帝問所欲言，對曰：唯願陛下無赦耳。'如是何也？蓋行赦不以爲恩，不行赦亦不以爲無恩。爲赦有罪故也。竊觀自古帝王，皆以水旱則降德音而宥過，開狴牢以放囚。假有二人訟，一有罪一無罪，若有罪者見捨，則無罪者銜冤。銜冤者何踈，見捨者何親？如此，乃致災之道，非救災之術也。"帝覽而嘉之，降詔獎飾，仍付史館。

江南李昇，問道士王栖霞："何道可致太平？"對曰："王者治心治身，乃治家國，① 今陛下尚未能去'飢嗔、飽喜'，何論太平？"昇后自簾中稱嘆，以爲至言。

---

① "乃"原作"及"，守山閣本及粵雅堂本作"乃"，按文意，當改之。

卷　二

政　事

宋交州刺史杜慧度，[1] 爲政纖密，一如家吏，吏民畏而愛之，城門夜開，道不拾遺。

武帝以謝方明爲丹陽尹。方明善治郡，所至有能名。承代前人，不易其政。必宜改者，則以漸移變，使無迹可尋。

山陰劇邑三萬户，前後官長晝夜不得休，事猶不舉。顧凱之御繁以約，縣用無事。晝日垂簾，門階閒寂。宋世爲山陰務，簡而事理，衆莫及也。

顧憲之爲建康令，人號神明。權要請托，長吏貪殘，據法直繩，無所阿縱。性又清儉，強力爲政，甚得人和。故都

---

① 杜慧度（327—410），交趾朱䳒（今越南河内東南）人。本屬京兆。曾祖元，爲宁浦太守，遂居交趾。傳見《宋書》卷九二。

下飲酒醇者，輒號爲顧建康，謂其清且美焉。

梁陸襄爲番陽内史，有彭、李二家，先因忿爭，遂相誣告。襄和言解之，二人感恩，深自悔。乃爲設酒，令其歡飲，同載而歸。人歌曰："陸君政，無怨家，斗既罷，讎共車。"

梁始興王蕭憺，爲荊州刺史，有善政，被徵還朝。人歌曰："始興王，人之爹，徒我反，赴人急，如水火，何時復來哺乳我。"

梁徐勉爲侍中時，師方侵魏，候驛填委。[1] 勉參掌軍書，劬勞夙夜，動經數旬，乃一歸家，群犬驚吠。勉嘆曰："吾憂國忘家，乃至於此，他日亦是傳中一事。"

宋阮長之爲武昌太守，時郡田禄以芒種爲限，前此去官者，一年禄秩，皆入後人。長之去武昌郡，代人未至，以芒種前一日解印綬去。所蒞皆有風政，爲後人所思。宋世言善政者咸稱之。

宋傅炎與父僧祐，并有政績。炎爲武康、山陽令，二縣皆謂之"傅聖"。時云："諸傅有《理縣譜》，子孫相傳，不以示人。"臨淮劉玄明亦有吏能，[2] 政事爲天下第一。炎子翽代玄明爲山陰令，翽謂玄明曰："願以舊政告新令尹。"玄明曰："我有奇術，卿家譜所不載，臨別當以相示。"既而曰：

---

[1] 候驛填委，候驛，候堠和驛站，邊境地區伺望敵情的土堡。填委，紛集，堆積。

[2] 劉玄明，原作劉元明，係避諱改字。傳見《南史·傅炎傳》。

“作縣令，唯日食一升飯而莫飲酒。此第一策也。”

齊丘仲孚爲山陰令，[①] 有聲稱。百姓謠曰：“二傅、沈、劉，不如一丘。”謂傅炎父子、沈憲、劉玄明，相繼宰山陰，并有政績，而仲孚又過之。

齊樂預爲永世令，人懷其德，卒於官。有一老嫗擔榭蕨葉造市貨之，聞預亡，大泣，棄溪中，曰：“失樂令，我輩孤獨老姥，政應就死爾。”市人皆泣。其惠化如此。

北齊宋世良爲清河太守，[②] 獄內稆生，[③] 桃樹、蓬蒿亦滿。每日牙門虛寂，無復訴訟者，謂之神門。及代，有老人丁金剛曰：“老人年九十，記三十五政府。府君非唯善政，清亦徹底。今失賢者，人何以濟？”

北齊許惇爲司徒主簿，以明斷見知，時人號曰：“入鐵主簿。”後遷平陽太守，政爲天下第一。惇美鬚髯，下垂至帶，號“長鬣公”。文宣因酒酣提惇鬚稱美，以刀截之，惟留一握。惇懼，因不敢復長，又號“齊鬚公”。

魏源懷性寬簡，不好煩碎，常語人曰：“爲政貴當舉綱，何必須太子細。譬如爲屋，但外望高顯、楹棟平正足矣。斧斤不平，非屋病也。”

---

① “丘”原作“邱”，係避諱改字。丘仲孚，字公信，吳興烏程人。生卒年不詳，少好學，後召補主簿，歷山陰令，甚有聲稱。傳見《南史》卷七二。
② 宋世良，字元友，南北朝時期北魏廣平人。傳見《北齊書》卷四六。
③ “稆”，原爲空格，據粵雅堂本及守山閣本補。稆，同秬，自生的谷物。

隋庫狄士文爲貝州刺史，過爲嚴肅。司馬韋焜、清河令趙達，并苛刻。惟長史有惠政，時語曰：“刺史羅刹怒，司馬蝮蛇瞋，長史含笑判，清河生吃人。”

周豆盧勣爲渭州刺史，有惠政，華夏悦服，大致祥瑞。鳥鼠山，①俗呼爲高武隴，其下渭水所出。其山絶壁千尋，由來乏水，諸羌苦之。勣馬足所踐，飛泉涌出，有白烏翔止廳前。人謠曰：“我有丹陽，山出玉漿，濟我人夷，神烏來翔。”因呼其泉曰“玉漿泉”。

隋趙軌爲齊州別駕，文帝令入朝，父老將送者，各揮涕曰：“別駕在官，水火不與百姓交，是以不敢以壺酒相送。公清如水，請酌一杯水奉餞。”軌受飲之。

北齊李仲舉爲修武令，爲政寬簡，吏人號曰“寬明”。盧昌衡爲平恩令，百姓號曰“恩明”，故時稱盧、李寬恩之政。

隋于仲文，字次武，蜀中語曰：“明斷無雙有于公，不避強禦有次武。”

大業五年，郡國畢集。帝問納言蘇威、吏部尚書牛弘曰：②“其中清名天下第一者爲誰？”威等以弘化太守柳儉對。③又問其次，曰：“涿郡丞郭絢、潁川郡丞敬肅。”帝賜

---

① 鳥鼠山，在今甘肅省渭源縣城西南。

② 牛弘（545—610），本姓裛，字里仁，安定鶉觚（今甘肅省靈台）人，襲封臨涇公。少好學，博覽群書。傳見《隋書》卷四九。

③ “弘”，原作“宏”，係避諱改字，徑改。下同。

儉帛二百，絢、蕭各一百。

隋劉曠爲平鄉令，在職七年，風教大洽，獄中無繫囚，爭訟絶息，囹圄皆生草，庭可張羅。遷臨潁令，清名善政，爲天下第一。

唐皇甫無逸爲益州大都督府長史，每按部，樵采，[①] 不犯於人。嘗夜宿人家，遇燈炷盡，主人將續之，無逸抽佩刀斷衣帶以爲炷。其廉介如此。

顏游秦爲廉州刺史，撫恤境内，敬讓大行。邑里歌曰："廉州顏有道，性行同莊、老，愛人如赤子，不殺非時草。"高祖璽書勞勉之。

王方慶爲廣州都督，廉而嚴。境内清肅。議者以爲有唐以來，治廣州者，無出方慶之右。則天有制褒之，賜雜彩六十段，并瑞錦等物，以彰善政。

郭元振在涼州五年，華夏畏慕，令行禁止，牛羊被野，路不拾遺。舊涼州粟麥，斛售數千，元振置屯田，數年豐稔，至一匹絹糴數十斛。[②]

盧奐爲南海太守，遐隅之地，貪吏斂迹，人用安之。開元以來四十年，廣府節度清白者有四，謂宋璟、裴伷先、李朝隱及奐也。

---

①　樵采，即砍柴、刈山草、掃樹葉等，堆積儲藏起來，以備歲末天寒或來年梅雨季節燒用。傳見《舊唐書》卷六二。

②　糴（dí），從入從米。也就是買米的意思，引申開來是買入之意。

尹思貞爲司府少卿時，侯知一爲司府卿，亦屬威嚴。吏人爲之語曰：“不畏侯卿杖，惟畏尹卿筆。”其爲人所服如此。

裴漼父琰之，[①]永徽中，爲同州司户參軍，刺史李崇義，以少年輕之。先是州中有積年舊案數百道，崇義促琰之便斷之，命書史數人，連紙進筆，斯須，剖斷并畢。文翰俱美，且盡予奪之理。崇義大驚，謝曰：“公何忍藏鋒，以成鄙夫之過。”由是大知名，號爲“霹靂手”。

天寶十三載，連雨六十日，宰臣楊國忠，[②]惡京兆尹李峴不附已，[③]出爲長沙太守。時京師米麥碩貴，百姓謠曰：“欲得米粟賤，無過追李峴。”其爲政得人心如此。

裴遵慶判吏部南曹。天寶中，海内無事，九流輻湊，每歲，吏部選人，動盈萬數。遵慶敏識強記，精核文簿，詳而不滯，時稱吏事第一。

韋元甫、員錫同在韋陟幕中。元甫精於簡牘，錫詳於訊覆，時謂“員推韋狀”。

賈明觀恃魚朝恩之勢，恣行凶忍，毒甚豺狼。朝恩既誅，

---

① 裴漼(？—736)，絳州聞喜(今屬山西)人。世爲著姓。傳見《舊唐書》卷一〇〇。“琰”，原作“炎”，係避諱改字，徑改。

② “忠”，原作“宗”，守山閣本及粵雅堂本作“忠”，按文意，當爲“忠”。

③ 李峴(709—766)，字延鑒，爲李唐宗室，唐太宗李世民四世孫，曾二度拜相，傳見《新唐書》卷一三一。

元載納明觀奸計，令江西效用。百姓懷磚瓦候之，元載護之，獲免。在洪二年，① 魏少遊爲觀察使，② 承元載意容之。及路嗣恭代少遊，到州，即日杖殺。識者以是減魏之名，多路之政。嗣恭本名劍客，歷仕郡縣，有能名。累至神烏令，考績上上，爲天下最，賜名嗣恭。

劉晏掌計，雅得其術，賦入豐羨。李巽掌使，一年征課所入，類晏之多歲，明年過之，又一年，加一百八十萬貫。舊例，每歲運江淮米五十萬斛抵河陰，久不盈其數，惟巽三年登焉。

李勉在廣州，性廉潔，舶船來都不檢閱。先是，舶船泛海至者，歲才四五，勉之末年，至者四十餘。在官累年，器用車服無增飾。及代歸，③ 至石門，停舟，悉搜家人所貯南貨犀象諸物，投之江中。耆老以爲可繼前朝宋璟、盧奐、李朝隱之徒。

高崇文爲長武城使，練卒五千，常若寇至。永貞元年，劉闢據蜀叛，杜黃裳薦崇文討闢。中使卯時宣命，崇文辰時出師五千，器用無闕。至興元，軍中有折逆旅匕箸者，斬之以徇，遂平蜀寇。

---

① “在”，原爲空格，根據守山閣本補。

② 魏少遊（？—771），鉅鹿（今河北巨鹿）人。早以吏幹知名，歷職至朔方水陸轉運副使。

③ 代歸，朝臣出任外官者重新調回朝廷任職。

魚朝恩以郝廷玉善陣，欲觀其教閲。廷玉乃於營内列部伍，鳴鼓角而出，分而爲陣，箕張翼舒，乍離乍合，坐作進退，其衆如一。朝恩嘆曰："吾在兵間十餘年，始見郝將軍之訓練爾。治戎若此，豈有前敵耶！"廷玉凄然謝曰："此非末校所能，臨淮王李光弼之遺法也。太尉善御軍，賞罰當功過。每校旗之日，軍士小不如令，必斬之以徇。由是人皆自效，而赴蹈馳突，有心破膽裂者。太尉薨變以來，無復校旗之事矣。"

盧坦爲壽安令，時河南尹徵賦限窮，而縣人訴以機織未就，請寬十日，府不許。坦令人户但織而輸，勿顧限也，違之，不過罰令俸爾。既成而輸，坦亦坐罰。由是知名。

馬總敦儒學，長於政術。在南海累年，清廉不擾，夷獠便之。於漢所立銅柱處，以銅一千五百斤，特鑄二柱，刻書唐德，以繼伏波之迹。

淮西之師，柳公綽選卒六千屬李聽軍。[①] 既行，公綽時令左右省問其家，如疾病、養生、送死，必厚廪給之。士之

---

① 柳公綽(763—832)，字寬，小字起之，唐朝大臣、書法家，唐代京兆華原(今陝西銅川市)人。柳公權之兄，長公權十三歲。性格莊重嚴謹，喜交朋友豪傑，聰敏好學，頗有才略。累官州刺史，侍御史，吏部郎中，御史丞。傳見《新唐書》卷一六三。

妻冶容不謹者沉之於江。① 行卒相感曰：“中丞爲我輩治家事，何以報效！”故鄂人戰，每克捷。

盧鈞爲廣州刺史，爲政廉潔，請監軍領市舶使，已一不干預。自貞元以來，衣冠得罪流放嶺表，子孫貧悴，不能自還，鈞減俸錢爲之營檟櫝，② 致醫藥，畢婚嫁，凡數百家。山越之俗，服其德義。

張允濟爲武陽令，曾有行人候曉先發，遺衫於路，行十數里方覺，或謂曰：“我武陽境内，路不拾遺，但能回取，物必當在。”如言果得。遠近稱之，績政尤異。

薛大鼎爲滄州刺史，開無棣河，引魚鹽於海。百姓歌之曰：“新河得通舟楫利，直達滄海魚鹽至。昔日徒行今騁駟，美哉薛公德滂被。”大鼎與瀛州賈敦頤、冀州鄭德本，俱有美政。河北稱爲“鐺脚刺史”。

賈敦頤爲洛州刺史，有異政。百姓樹碑於大市通衢。後弟敦實爲洛州長史，又有惠政。百姓復刻石頌美，立於兄碑之側。時人號爲“棠棣碑”。

田仁會爲郢州刺史，天旱，仁會自曝祈雨，竟獲甘澤，其年大熟。百姓歌曰：“父母育我田使君，精誠爲人上天聞。

---

① 冶容，女子修飾得很妖媚。《易·繫辭上》：“慢藏誨盜，冶容誨淫。”孔穎達疏：“女子妖冶其容。”《后漢書·崔駰傳》：“揚娥眉於復关兮，犯孔戒之冶容。”李贤注：“饰其容而見於外曰冶。”

② 檟櫝，小棺材，亦泛指棺材。

田中致雨山出雲，倉廩既實禮義申。但願常在不患貧。"

馮元淑，則天時爲清漳令，有殊績，百姓號爲神明。又歷浚儀、始平縣令，皆單騎赴職，未嘗以妻子之官。所乘馬，午後則不與芻，云："令其作齋。"① 身及奴僕，每日一食而已。俸禄之餘，皆供公用，并給貧士。人或譏其邀名，元淑曰："此吾本性，不爲苦也。"

袁滋，字德深，爲華州刺史，以寬易清簡爲政，人甚愛之。徵爲金吾衛大將軍，以楊於陵代之，百姓遮道不得進。於陵宣言曰："於陵不敢易袁公之政。"然後羅拜而去。

馮立爲廣州都督，嘗至"貪泉"，嘆曰："此吳隱之所酌泉也，飲一杯水，何足道哉。吾當汲而爲食，豈止一杯，即安能易吾性乎？"

道州之民多矮，每年常配鄉户貢其男，號爲"矮奴"。陽城爲太守，不平其以良爲賤，又閔遠氓歲有離異之苦，乃抗疏論而免之。自是停歲貢。民皆賴之，無不泣荷。

玄宗時，蒲州刺史陸象先，政尚寬簡，吏民有罪，多曉諭遣之。州録事言於象先。象先曰："人情不遠，此屬豈不解吾言耶？必欲棰撻以示威，當從汝始。"録事慚而退。象先嘗謂人曰："天下本無事，但庸人擾之爾。苟清其源，何憂不治。"

---

① "作齋"，原爲空格。據守山閣本及《舊唐書·馮元常傳》補。作齋，指從事齋戒祭祀的活動。

　　玄宗賜酺三日，上御五鳳樓，觀者喧隘，樂不得奏，金吾白梃如雨，不能遏止，上患之。高力士奏河南丞嚴安之爲理嚴，爲人所畏，請使止之，上從之。安之至，以手板繞場畫地，曰："犯此者死。"於是三日，指其畫以相戒，無敢犯者。

　　五代漢劉審交爲汝州防禦使，郡人歌之，卒於官，郡人聚哭柩所，列狀乞留葬本州界，建祠立碑。詔贈太尉。馮道聞之曰："予嘗爲劉汝州僚佐，① 知其爲人廉平慈善，無害之良吏也。民之租稅不能減也，徭役不能息也，寒者不能衣也，餒者不能食也，百姓自汲汲然，使君何有於我哉！然身死之日，黎民懷感者，誠以不行鞭撲，不行刻剥，不因公以徇私，不容物以利已，薄罰宥過，謹身節用，安俸禄，守禮分而已。"

　　劉知遠謂晉高祖曰："願陛下撫將相以恩，臣請戢士卒以威，恩威兼著，京邑自安，本根安固，則枝葉不傷矣。"知遠乃嚴設科禁，宿衛諸軍，無敢犯者。有軍士盜紙錢一襆，主者擒之，左右請釋之。知遠曰："吾誅其情，不計其直。"竟殺之。由是衆皆畏服。

---

① 僚佐，官署中協助辦事的官吏。

文　學

齊謝朓長於五言詩，沈約曰：“二百年來無此詩也。”

宋謝惠連十歲能屬文，族兄靈運賞之，云：“每有篇章，對惠連輒得佳語。”嘗於永嘉西堂思詩，竟日不就，忽夢見惠連，即得“池塘生春草，園柳變鳴禽。”曰：“此語有神助，非吾語也。”

宋文帝令群臣作《赤鸚鵡賦》。袁淑文魁當時，見謝莊賦，嘆：“江東無我，卿當獨秀。我若無卿，亦一時之傑也。”

梁王筠爲詩，能用強韻。沈約嘗啓武帝言：“晚來名家無先筠者。”又謂王志曰：“賢弟子之文章，可謂後來獨步。謝朓嘗見，語云‘好詩圓美，流轉如彈丸’。近見筠數首，方知此言爲實。”

王筠字元禮，自序云：“少時抄書，老而彌篤，雖遇見瞥觀，皆即疏記。後重省覽，歡興彌深。習與性成，不覺筆倦。”

顏延年問鮑昭，已與謝靈運優劣，昭曰：“謝五言如初發芙蓉，自然可愛；君詩若鋪錦列繡，亦雕繢滿眼。”延年每薄湯惠休詩，謂人曰：“惠休制作，委巷間歌謠爾。方當誤後生。”時議者以延年、靈運，自潘岳、陸機之後，文士莫及。江右稱“潘陸”，江左稱“顏謝”焉。

齊衡陽王鈞，嘗手細寫《五經》一部，置於巾箱中，以備遺忘。侍讀賀玠問曰："殿下家有墳索，① 復何須蠅頭細書，別藏巾箱中。"答曰："以便檢閱。且一更手寫，則永不忘矣。"諸王聞而爭效之。巾箱《五經》自此始也。

梁沈約撰《四聲譜》，以爲在昔詞人累千載而不悟，而獨得之胸襟，窮其妙旨，自謂入神之作。武帝雅不好焉，嘗問周捨曰："何謂四聲？"② 捨曰："'天子聖哲'是也。"③ 然帝竟不甚遵用約也。

江淹以文章顯，晚節才思微退。云爲宣城太守時罷歸，泊禪靈寺渚，夜夢一人自稱張景陽，謂曰："前寄一匹錦，今可見還。"淹探懷中，得數尺與之。此人大恚曰："那待割截都盡！"顧見邱遲，謂曰："餘此數尺，既無所用，以遺君。"自爾淹文章躓矣。又嘗宿於冶亭，夢見一丈夫，自稱郭璞，謂曰："吾有筆在卿處多年，可以見還。"淹乃探懷中，得五色筆一以授之。爾後爲詩絕無美句。時人謂之才盡。

任昉以文才見知，時人云"任筆沈詩"，以昉能爲文，約爲詩也。昉聞病之。晚節轉好爲詩，欲以傾沈，然用事過

---

①　墳索，三墳八索的并稱，亦泛指古代典籍。

②　"四"，原作"五"，粵雅堂本及《梁書·沈約傳》作"四"，這里指《四聲譜》，按文意，當改之。

③　天子聖哲，這四字正好代表"平上去入"四個不同的聲調。

多，① 屬辭不得流便，士子慕之，轉爲穿鑿，於是有才盡之談矣。

梁鄭灼性精勤，尤明《三禮》。少時，嘗夢與皇侃遇於途，侃謂曰：“鄭郎開口。”侃因唾灼口中。自後義理益進。多苦心熱，瓜時，以瓜鎮心，起便讀誦，其篤志如此。

陳沈不害通經術，善屬文。雖博綜經典，而家無卷軸。每製文，操筆立成，曾無尋檢。汝南周宏正稱之曰：“沈生可謂無意聖人者乎！”

梁何思澄與宗人遜及何子朗，俱擅文名。世人語曰：“人中爽，有子朗。”又語曰：“東海三何，子朗最多。”思澄聞之，曰：“此言誤矣，如其不然，故當歸遜。”思澄意謂此己也。

北齊陸乂，於《五經》最精熟，館中謂之“石經”。人語曰：“五經無對有陸乂。”

後魏李謐少好學，師事孔璠，數年後，璠還就謐請業。時人語曰：“青成藍，藍謝青，師何常，在明經。”謐每曰：“丈夫擁書萬卷，何假南面百城。”遂絕迹下帷，杜門卻掃，棄産營書，手自刪削，卷無重複者四千有餘矣。

隋薛道衡每構文，必隱坐空齋，蹋壁而卧，聞户外有人，便怒，其沉思如此。煬帝即位，獻《高祖文皇帝詩》，帝覽

---

① 用事，寫作時引用典故。

之不悅，曰：“此《魚藻》之義也。”以事殺之。

唐房玄齡在秦王府十餘年，常典管記，軍符府檄，駐馬立成，文約理贍，初無藁草。高祖嘗謂侍臣曰：“此人深識機宜，足堪委任。每爲吾兒陳事，必會人心，千里之外，猶如面語。”

岑文本草詔誥，或衆務繁湊，即命書僮六七人，隨口并寫，須臾悉成，亦殆盡其妙。

太宗既平寇亂，留意儒學，乃於宮城西起文學館，以待四方文士。杜如晦、房玄齡、于志寧、蘇世長、薛收、褚亮、姚思廉、陸德明、孔穎達、李玄道、李守素、虞世南、蔡允恭、顔相時、許敬宗、薛元敬、蓋文達、蘇勖，號“十八學士”。圖其形狀，題其名字爵里，藏之書府，以彰禮賢之重也。諸學士并給珍膳，分爲三番，更直宿於閣下。每軍國務靜，參謁歸休。即便引見，討論墳籍，商略前載。預入館者，時所傾慕，謂之“登瀛州”。李守素尤工譜學，自晋宋以降，四海士流及諸勳貴華戎閥閲，莫不詳究，當時號爲“肉譜”；虞世南目爲“人物志”；劉褘之以文藻知名。高宗時與元萬頃、范履冰、苗楚客、周思茂、韓楚賓皆召入禁中，共撰《列女傳》，又密令參決，以分宰相之權。時人謂之“北門學士”。

蘇頲機事填委，文誥皆出其手，中書令李嶠嘆曰：“舍人思如涌泉，非吾所及也。”

王方慶賞徐堅文章典實，常稱曰"掌綸誥之選也"。楊再思亦曰："此鳳閣舍人樣，如此才識，走避不得。"

楊炎與常袞并掌綸誥，袞長於除書，炎善爲德音。自開元以來，言制誥之美者，時稱"常楊"焉。

肅宗賞嘆李揆曰："卿門地、人物、文章，皆當代所推。"故時人稱爲"三絕"。

李賀文思體勢，① 如崇巖峭壁，萬仞崛起。② 當時文士，從而效之，無能仿佛者。

張薦祖鷟爲兒童時，夢紫色大鳥，五采成文，降於家庭。其祖謂之曰："五色赤文，鳳也；紫文，鷟也，爲鳳之佐。吾兒當以文章瑞於明廷。"因名鷟。蹇味道嘗賞之曰："此生天下無雙矣。"凡應入舉皆登甲科。員半千曰："張子之文如青錢，萬簡選中，未聞退時。"時因之爲"青錢學士"。

權德輿於述作特盛，六經百氏，游泳漸漬，③ 其文雅正而弘博。王侯將相，洎當時名人薨殁，以銘紀爲請者十八九；時人爲宗匠焉。尤嗜讀書，無寸晷暫倦。

自魏晋以還，爲文者多拘偶對，而經誥之指歸，遷、雄之氣格不復振起。韓愈所爲文，務反近體，杼意立言，自成一家新語。後學之士，取爲師法。當時作者甚衆，無以過之，

---

① 李賀，字長吉，宗室鄭王之后，傳見《舊唐書》卷一三七。
② "崛"，原爲空格，據守山閣本及《舊唐書·李賀傳》補。
③ 漬，沾染。

故世稱“韓文”焉。

王起僻於嗜學，雖官位崇重，耽玩無斁，夙夜孜孜，忘於寢食，無書不覽，經目靡遺。

柳璨爲左拾遺，公卿朝野托爲牋奏。時譽日洽，以其博奧，目爲“柳篋子”。昭宗召爲翰林學士，即以爲相。任人之速，古無茲例。

鳳閣舍人王劇，勃之弟也。壽春等五王初出閣，同日受册，有司忘載册文，① 百寮在列，方知闕禮。宰相相顧失色。劇立召書史五人，各令執筆，口占分寫，一時俱畢。詞理典贍，人皆嘆服。

文士撰碑頌皆以徐、庾爲宗，氣調漸劣。富嘉謨與吳少微，② 屬詞皆以經典爲本，時人欽慕之，文體一變，③ 稱爲“吳富體”。

李邕早擅才名，尤長碑頌，雖貶職在外，中朝衣冠，及天下寺觀多持金帛往求其文。前後所製，凡數百首，饋遺亦巨萬。時議以自古鬻文獲財，未有如邕者。

元稹論杜甫之詩云：“上薄《風》《騷》，下該沈、宋，

---

① “忘”，原作“志”，守山閣本及粵雅堂本作“忘”，《新唐書·王勃傳》作“忘”，按文意，當改之。
② 富嘉謨（？—706），雍州武功（今陝西武功）人，唐代散文家。傳見《舊唐書》卷一九〇。
③ “一”，原作“千”，守山閣本及粵雅堂本作“一”，按文意，當改之。

言奪蘇、李，氣吞曹、劉，掩顏、謝之孤高，雜徐、庾之流麗，盡得古今之體勢，而兼前人之所獨專，能所不能，無可無不可，詩人以來，未有如子美者。"

後唐武皇議欲修好於梁祖，命李襲吉爲書云："毒手尊拳，交相於暮夜；金戈鐵馬，蹂踐於明時。"梁祖曰："李公斗絶一隅，安得此文士？如吾之智筭，得襲吉之筆才，如虎傅翼矣！"

五代周王仁裕，年二十五，方有意就學。一夕，夢剖其腸胃，引西江水以浣之，又睹水中砂石，皆有篆文，因取而吞之。及寤，心意豁然，自是性識日高。有詩萬餘首，勒成百卷。目之曰《西江集》。蓋以嘗夢吞西江文石，遂以爲名焉。

卷　三

魯國孔平仲字毅甫

方　正

梁徐勉爲吏部尚書,① 嘗與門人夜集。客有虞暠, 求詹事五官,② 勉正色答云:"今夕止可談風月, 不宜及公事。"時人服其無私。

梁朱异方貴用事, 賓客輻湊, 欲引江子一爲助。异, 子一之姑夫也。子一知异不爲物議所歸, 未嘗造門, 其高潔如此。

齊御史中丞顏見遠, 梁武帝受禪, 見遠不食, 發憤數日而卒。武帝聞之, 曰:"我自應天從人, 何豫天下士大夫, 而

---

① 徐勉,字修仁,南朝梁東海郯縣(今山東郯城)人,齊時爲國子生,射策高等,爲太學博士。入梁,任中書侍郎,領中書通事舍人,掌樞憲。遷吏部尚書,開立九品爲十八班之制。

② "五",原爲空格,據守山閣本及《梁書·徐勉傳》補。

顏見遠乃至於此。"

陶淵明，侃之曾孫，自以晋世宰輔，恥復屈身後代。自宋武帝王業漸隆，不復肯仕。所著文章，皆題其年月，義熙以前，① 明書晋氏年號；自永初以來，惟云甲子而已。

魏高道穆爲御史中尉，帝姊壽陽公主行犯清路，執赤棒卒呵之不止，道穆令卒棒破其車。公主深恨，泣以訴帝。帝曰："高中尉清直人，彼所行者公事，豈可以私恨責之也。"道穆後見帝，帝曰："家姊行路相犯，深以爲愧。"道穆免冠謝，帝曰："朕以愧卿，卿反謝朕。"②

北齊邢峙以經授皇太子，方正純厚，有儒者風。厨宰進食，有邪蒿，峙令去之，曰："此菜有不正之名，非殿下宜食。"文宣聞而嘉之，賜以被褥縑纊。

北齊蘇瓊爲清河太守，③ 性清慎，不發私書。有沙門道研求謁，意在理債，瓊每見，則談問玄理，道研無由啓口。弟子問其故，研曰："每見府君，徑將我入青雲間。何由得論地上事。"遂焚債券。

陳蕭引爲建康令時，宦者李善度、蔡脱兒多所請托，引一皆不許，或諫曰："李、蔡之權，在位皆憚，亦宜少爲身

---

① 義熙，晋安帝年號(405—418)。

② "卿"，原缺，據守山閣本及《魏書·高崇傳》補。

③ "瓊"，原作"璚"，守山閣本及粤雅堂本、《北齊書·蘇瓊傳》作"瓊"。今據改。蘇瓊，字珍之，北齊武强(今河北武强)人。傳見《北齊書》卷四六。

計。"引曰："吾之立身，自有本末，亦安能爲李、蔡致屈？就令不平，不過免職爾。"

唐高宗欲立昭儀武氏爲后，長孫無忌數言不可。帝乃密遣使賜無忌金銀寶器各一車。

張易之、昌宗，嘗命畫工圖寫武三思、李嶠、蘇味道等十八人形像，號爲"高士圖"，引朱敬則預其事，固辭不就。史以爲高潔守正如此。

張易之誣魏元忠有不順之言，引張説令證之，説皇惑迫懼，① 宋璟曰："名義至重，神道難欺，必不可黨邪陷正，以求苟免。若緣犯顔流貶，芬芳多矣，或至不測，吾必叩閽救子，與子同死。努力，萬代瞻仰，在此舉也。"説感其言，及入，乃保明元忠，竟得免死。

張昌宗私引相工李弘泰觀占吉凶，言涉不順，爲飛書所告。② 宋璟爲中丞，請窮究。則天曰："昌宗已自首。"璟曰："昌宗事露自陳，且謀反大逆，無容首免，請勒就御史臺勘鞫。"則天不悦，楊再思遽宣敕令璟出。璟曰："天顔咫尺，親奉德音，不煩宰臣擅宣王命。"則天意稍解，乃收易之等就臺。俄有敕特原之，令詣璟謝，璟拒而不見。

宋璟嘗侍宴朝堂。張易之兄弟皆爲列卿位。舉箸待璟。

---

① 皇惑，即惶惑，疑懼。
② 飛書，匿名信。

久之方至，先執酒西向拜謝，飲不盡巵，①遽稱腹痛而歸。

中宗時，韋月將告武三思與韋后通，三思諷有司論月將大逆不道，帝詔殺之。宋璟請付獄，帝怒，岸幘出側門，謂璟曰：“朕謂已誅之矣，更何請也？”璟曰：“人言三思亂宮掖，②陛下不問即斬之，臣恐有竊議者，故請按罪方行刑。”帝愈怒，璟曰：“請先誅臣，不然，終不奉詔。”帝乃免月將死，流之嶺南。張嘉貞後爲相，閱堂案，見璟危言切議，未嘗不失聲嘆息。

李元紘爲雍州司户，太平公主與僧寺爭碾磑，③元紘斷還僧寺。竇懷貞爲雍州長史，④懼太平公主勢，促令改斷。元紘大書判後曰：“南山或可改移，此終無搖動。”懷貞不能奪。

韓休爲相，萬年尉李美玉得罪，上特令流之嶺外，休進曰：“美玉位卑，所犯又非巨害，今朝有大奸，尚不能去，豈可舍大而取小也。臣竊見金吾大將軍程伯獻，恃恩貪冒，僭擬縱恣，⑤臣請先出伯獻而後罪美玉。”上初不許之，休固爭曰：“陛下若不出伯獻，臣不敢奉詔。”上以其切直，從之。

---

① 巵，一種盛酒器。
② 宮掖，宮廷和掖廷，妃嬪居住的地方。
③ 碾磑，利用水力啓動的石磨。
④ “竇”原作“豆”，守山閣本及《新唐書·竇懷貞傳》作“竇”，今據改。竇懷貞，字從一，京兆始平(今陝西興平)人，傳見《新唐書》一○九。
⑤ 僭擬縱恣，越禮放縱。

始蕭嵩以休柔和易制，引爲同列。既知政事，峭直多折正
嵩。① 宋璟聞之曰："不謂韓休乃能如此，仁者之勇也！"上
或宮中宴樂及後苑遊獵，小有過差，輒謂左右曰："韓休知
否？"言終，諫疏已至。上嘗臨鏡默然不樂，左右曰："韓休
爲相，陛下殊瘦於舊，何不逐之？"上曰："吾貌雖瘦，天下
必肥。蕭嵩奏事常順指，既退，吾寢不安。韓休常力爭，既
退，吾寢乃安。吾用韓休爲社稷爾，非爲身也。"

　　宦官李輔國專權，判行軍司馬，潛令官軍於人間聽察是
非，謂之察事。忠良被誣構者繼有之。有所迫呼，諸司莫敢
抗仰。御史臺、大理寺重囚推斷未了，追去釋放，莫有違者。
每日就銀臺門決天下事，② 便稱制敕。禁中符印，悉佩之出
入。凡敕，輔國押署，③ 然後施行。李峴爲相，叩頭論輔國
之罪，上悟，賞峴正直。輔國以此讓行軍司馬，請歸本官。
察事等并停。

　　崔祐甫性剛直，遇事不回，爲中書舍人時，中書侍郎闕，
祐甫知省事，與宰相常袞不合。隴州貓鼠同乳，袞以爲瑞，
率百官稱賀，祐甫獨不賀，中官詰之，祐甫云："物之失常
也，可弔不可賀。貓當食鼠，今受人養育，職既不修，何異

---

① 峭直，嚴峻剛正。
② 銀臺門，宮門名。唐時翰林院、學士院都在銀臺門附近，後因以銀臺門指
代翰林院。
③ 押署，簽名，畫押。

法吏不觸邪，疆吏不捍敵？恐須申戒憲司，察聽貪吏，戒諸邊吏，毋失巡檄，使貓能致功，鼠不爲害。”宗深嘉之。

興元元年，盧杞移知饒州，給事中袁高論其不可。張獻恭因紫宸殿對，言高所奏至當，德宗未悟，獻恭復奏曰：“袁高是陛下一良臣。”德宗顧謂宰臣李勉曰：“欲授杞一小州可乎？”對曰：“陛下授大州亦可，其如士庶失望何！”獻恭守正不撓如此。

張延賞與柳渾同在相位，延賞怙權矜已而疾渾守正，俾其所厚，謂渾曰：“相公舊德，但節言於廟堂，則重位可久。”渾曰：“爲吾謝張相公，渾頭可斷而舌不可禁也。”竟爲延賞所擠，罷相。

朱泚盜據宮闕，源休勸泚僞迎鑾駕，陰濟逆志，乃遣其將韓旻疾趨奉天。時德宗蒼黃之中，未有武備，段秀實陷在賊中，以爲宗社之危在頃刻，乃倒用司農印印符以追兵。旻至駱驛，①得符，軍人亦莫辨其印文，皇遽而回。秀實自度旻之來已必死，明日泚召秀實議事，語至僭竊，秀實勃然奪源休笏，唾泚面，曰：“狂賊，恨不斬汝萬段。”遂擊之，泚舉臂自捍，纔中其額，流血被面，匍匐而走。秀實遇害。

蕭宗嘗不豫，太卜云“祟在山川”②，王璵作相，遣女巫

① “駱”，原爲空格，據守山閣本及《舊唐書·段秀實傳》補。
② 祟，原指鬼怪或指鬼怪害人。

分行天下，令中使監之。所至因緣爲奸。有一巫，盛年美色，以惡少數十自隨，宿黃州傳舍。① 刺史左震晨至，驛門扃鐍，不可啓，震破鎖而入，曳女巫階下斬之，所從惡少皆斃。閱其贓，賂數十萬。震籍以上聞，② 仍以贓錢代貧民租稅，其中使遣歸京，肅宗不能詰。

肅宗欲大用李勉，會李輔國寵任，意欲勉降禮於已，勉不爲之屈，竟爲所抑，出歷汾、虢刺史，後爲相。盧杞自新州司馬除澧州刺史，袁高奏駁，遂授澧州別駕。勉謂德宗曰："衆人皆言盧杞奸邪，而陛下獨不知，此所以爲奸邪也！"時人多其正直。

杜亞爲東都留守，誣大將令狐運爲盜，朝廷遣御史楊寧按之。亞以爲不直，密表陳之，寧遂得罪。上信而不疑，宰相以獄大宜審，命李元素覆按，乃就決之。亞迎路，以獄成告元素。元素驗之五日，盡釋其囚以還。亞又誣奏元素，元素奏未畢，上叱出之。元素曰："臣一出，不得復見陛下，乞容盡詞。"上意稍緩，元素盡言運冤狀明白，上乃悟，曰："非卿孰能辨之。"後數月，竟得真盜。元素由是爲時器重，有美官缺人，必指元素。

李晟之子聽爲羽林將軍，有名馬。穆宗在東宮，令近侍

① 傳舍，原指戰國時貴族供門下食客食宿的地方。後泛指古時供行人休息住宿的處所。

② 籍，是指謂登記所有的財產加以沒收。

諷聽獻之。聽以職總親軍，不敢從。及即位，擇太原帥，宰臣進擬，上皆不允，曰："李聽不與朕馬，是必可任。"以爲河東節度使。

杜黃裳爲太常卿，方王叔文之盜權，黃裳終不造其門。嘗語其子婿韋執誼，令率百官請皇太子監國。執誼遽曰：[①]"丈人才得一官，寧可復開口議禁中事耶？"黃裳勃然曰："黃裳受恩王朝，豈可以一官見買？"即拂衣而出。尋拜平章事。

李藩爲秘書郎，[②] 王紹持權邀藩，一相見即用，終不肯就。爲給事中，制敕有不可，遂於黃敕後批之。吏白："宜別連白紙。"藩曰："別以白紙，是文狀，豈曰批敕耶？"裴垍言於帝，以藩有宰相器，擢爲平章事，與權德輿同在政府。河東節度使王鍔遺賂權幸，有密旨："王鍔可兼宰相，宜即擬來。"藩遂以筆塗"兼宰相"字，卻，奏入云："不可。"德輿失色，云："縱不可，宜別作奏，豈可以筆塗詔耶？"藩曰："勢迫矣，出今日，便不可上。日又暮，何暇別作奏。"鍔命果寢。史云："藩爲相材能不及裴垍，孤峻頗後韋貫之，然人物清整，亦其流也。"

盧坦爲中丞，裴均爲僕射，在班逾位。坦曰："姚南仲爲

---

① 遽，急，急速。

② 李藩，字叔翰，趙郡（今河北邯鄲）人，傳見《新唐書》卷一六九。"秘"，原作"校"，守山閣本及粵雅堂本作"秘"，今據改。

僕射，例如此。”均曰：“南仲何人？”坦曰：“南仲是守正而不交權幸者也！”

武儒衡，字廷碩，氣直貌莊，言不妄發。相國鄭餘慶，不事華潔，後進趨其門者，多垢衣敗服，以望其知。儒衡謁見，未嘗輒易所好，但與之正言直論，餘慶亦重之。元稹依倚內官得知制誥，[1] 儒衡深鄙之。會食瓜閣下，蠅集於上，儒衡以扇揮之，曰：“適從何處來，而遽集於此。”同僚失色，儒衡意氣自若。

韋貫之爲長安縣丞。德宗末年，京兆尹李實權移宰相，言其可否，必數日而詔行。有以貫之名薦於實者，答曰：“是與吾同里，[2] 極聞其賢，[3] 但得識其面而薦之上。”舉笏示説者曰：“實已記其名氏矣。”説者喜，驟以其語告於貫之，且曰：“子今日詣實而明日受賀矣。”貫之唯唯，終不往，亦不遷。後相憲宗。

韋澳，貫之子也。兄溫與中丞高元裕友善，溫請用澳爲御史，謂澳曰：“高二十九持憲綱，欲與汝相面，汝必得御史。”澳不答。溫曰：“高君端士，汝不可輕。”澳曰：“然恐無呈身御史。”竟不詣元裕之門。後爲京兆尹，會宰相蕭鄴判度支，而户部缺判使，澳對於延英，宣宗曰：“户部缺判

---

① “元”，原爲空格，據守山閣本及《舊唐書·武元衡傳》補。
② 里，居住的地方。
③ 極，通“亟”，多次。

使。"澳對以府事。上言"戶部缺判使"者三，又曰："卿意何如？"澳曰："臣近年心力減耗，不奈繁劇。累曾陳乞一小鎮，聖慈未垂矜允。"上默然不樂。甥柳玭曰："舅特承聖知，延英奏對，恐未得中。"澳曰："吾不爲時相所信，忽自宸衷，委以使務，必以吾他岐得之，何以自明？我意不錯，爾須知時事漸不佳，是吾徒貪爵位所致，爾宜志之。"後出鎮河陽，辭於內殿，上曰："卿自求便，我不去卿。"

路隋爲中書舍人、翰林學士，有以金帛謝除制者，必叱而卻之，曰："吾以公事接私財耶？"終無所納。

韓愈與人交，榮悴不易而觀諸權門豪士，[1] 如僕隸焉，睊然不顧。穆宗以愈爲京兆尹，六軍不敢犯法，[2] 私相謂曰："是尚欲燒佛骨，何可犯之？"

裴度爲元稹所間，罷兵權，爲東都留守。過京師，朝見，先叙朱克融、王廷湊暴亂河朔，受命討賊無功，行陳除職東都，許令入覲。辭和氣勁，感動左右。度伏奏龍墀，涕泗嗚咽。穆宗爲之動容。口自諭之曰："所謝知，朕於延英待卿。"初，人以度無左右之助，爲奸邪排擯，雖度勳德，恐不能感動人主。及度奏河北事，慷慨激切，揚於殿廷，在位無不聳動，雖武夫貴介，亦有咨嗟出涕者。

---

① 榮悴，指榮枯，喻人世的盛衰。
② 六軍，指唐代禁軍。

李甘，字和鼎，大和中爲侍御史。鄭注求入相，甘唱言於朝曰：“宰相者，代天理物，先德望而後文藝。注何人，敢兹叨竊，白麻若出，吾必壞之。”會李訓亦惡注所求，相注之事竟寢。甘猶貶封州司馬。

崔從，少以貞晦恭遜自處，不交權利，忠厚方嚴，正人多所推仰。階品合立門戟，終不之請。四爲大鎮，家無妓樂，士友多之。

孔緯，① 字化文，乾符中爲御史中丞，緯器志方雅，疾惡如讎，既總憲綱，中外不繩而自肅。僖宗幸蜀，百寮以田令孜在上左右，意不欲行，皆以袍笏不具爲詞。緯召三院御史，謂之曰：“吾輩世荷國恩，身居秋憲，雖六飛奔迫，而咫尺天顔。累詔追徵，皆無承稟，非臣之義也。凡布衣交舊，猶緩急相救，況在君親？ 策名委質，安可背也。”言竟泣下。三院云：“聊營一日之費，俟信宿繼行。”緯拂衣起曰：“吾妻危疾，旦不保夕，丈夫豈以妻子之故，忘君父之急乎？ 公輩善自爲謀，吾行決矣。”行至襃中，作相。孔氏子孫，元和後，昆仲貴盛，至正卿方鎮者六七人，未有爲宰輔者。至緯，始在鼎司。②

李輔國求爲宰相，諷僕射聯章薦已。肅宗密謂宰臣蕭華

---

① 　孔緯，字化文。曲阜（今山東曲阜）人，卒於唐昭宗乾寧二年（895），孔子第四十世孫。唐兩朝宰相。傳見《舊唐書》卷一七九。

② 　鼎司，指重臣之職位。

曰：“輔國欲帶平章事，卿等欲有章薦信乎？”華不對，出問
裴冕，① 曰：“初無此事，吾臂可截，宰相不可得也。”華復
入奏，上喜曰：“冕固堪大用。”

顏杲卿爲安禄山所擒，禄山面責之，曰：“汝昨自范陽户
曹，我奏爲判官，遂得光禄、太常二丞，便用汝攝常山太守。
負汝何事，而背我耶？”杲卿嗔目曰：“我身爲唐臣，常守忠
義，縱受汝奏署，便合從汝反乎？且汝本營州一牧羊羯奴
爾，② 叨竊恩寵，致身及此。天子負汝何事，而汝反耶？”禄
山怒甚，縛於東都中橋南頭，從西第二柱節解之。比氣絶，
大罵不息。杲卿子泉明，亦賢。

劉蕡文宗大和二年對制策，斥言宦官。考官不敢留蕡在
藉中，物論喧然不平。③ 守道正人傳讀其文，至有相感泣者。
諫官、御史扼腕憤發，④ 而執政之臣從而弭之，以避黃門之
怨。⑤ 惟登科人李郃曰：“劉蕡不第，我輩登科，實厚顏矣，
請以所授官讓蕡。”事雖不行，人士多之。⑥

---

① “冕”，原作“勉”，守山閣本及《舊唐書·李輔國傳》作“冕”，裴冕（703—
770），字章甫，河中河東（今山西永濟）人，傳見《舊唐書》卷一一三，今據改。
② 羯，古代北方少數民族，源於小月氏，曾附屬匈奴。魏晋時散居上黨郡
（今山西潞城附近各縣）與漢人雜處，從事農業，被稱“羯胡”。
③ 物論，輿論。
④ 扼腕，扼，握住，抓住。“扼腕”就是用一隻手握住另一隻手的手腕，表示
振奮或激憤的情緒。
⑤ 黃門，官名，侍奉皇帝及其家族，皆以宦官充任。故後世亦稱宦官爲
黃門。
⑥ 多，推重，贊賞。

中宗時，斜封官皆不由兩省而授，兩省莫敢執奏，即宣示所司。吏部員外郎李朝隱，前後執破一千四百餘人，怨謗紛然，朝隱一無所顧。

順宗時，叔文之党方盛，侍御史竇群，① 奏屯田員外劉禹錫挾邪亂政，不宜在朝。又嘗謁叔文，揖之曰：“事固不可知。”叔文曰：“何謂也？”群曰：“去歲李實怙恩挾貴，氣蓋一時，公當此時，逡巡路旁，乃江南一吏爾。今公一旦復據其地，安知路旁不復有如君者乎？”韋執誼以群素有強直名，止之。

裴垍作相，器局峻整，人不敢干以私。嘗有故人子自遠詣之，垍資給優厚，從容欸狎。② 其人乘間求京兆判司，垍曰：“公才不稱此官，不敢以故人之私傷朝廷至公。他日有盲宰相憐公者，不妨得之。垍則必不可。”

僧鑒虛自貞元以來，以財交權幸，受方鎮賂遺，③ 厚自奉養，吏不敢詰。憲宗時，于頔以賂求出鎮，事發連鑒虛，權倖爭爲之言，上欲釋之，中丞薛存誠不可。上遣中使詣臺宣旨，曰：“朕欲面詰此僧，非釋之也。”存誠對曰：“陛下

---

① “竇”，原作“豆”，守山閣本、粵雅堂本及《新唐書·竇群傳》作“竇”，竇群，字丹列，京兆金城人，傳見《新唐書》卷一七五，今據改。
② 欸狎，欸，殷勤招待，狎，親近親熱。
③ 方鎮，即節度使，掌握財政，軍政方面大權。安史之亂後，不受中央政權節制，成爲藩鎮，父死子襲，亦稱方鎮。

必欲面釋此僧，請先殺臣，然後取之，不然，臣期不奉詔。”
上嘉而從之，杖殺鑒虛，没其所有之財。

憲宗時，柳公綽爲京兆尹。公綽初赴府，有神策小將躍
馬橫沖前導，公綽駐馬杖殺之。明日，入對延英，上色甚怒，
詰其專殺之狀。對曰：“陛下不以臣無似，使待罪京兆。京兆
爲輦轂師表，今視事之初，而小將敢爾唐突，此乃輕陛下詔
令，非特慢臣。臣知杖無禮之人，不知其爲神策軍將也。”上
曰：“何不奏？”對曰：“臣職當杖之，不當奏。”上曰：“誰
當奏者？”對曰：“本軍當奏。若死於街衢，金吾街使當奏。
在坊内，左右巡使當奏。”[1] 上無以罪之，謂左右曰：“汝曹
須作意，此人朕亦畏之。”

裴均子持萬縑詣韋貫之，求作先銘。貫之曰：“吾寧餓
死，豈肯爲此哉。”

吐突承璀欲立聖德碑，請敕學士撰文，且言“臣已具萬
縑欲酬之”。憲宗以命李絳，絳力陳立碑爲非，詔毁碑樓。

韓公武以財結中外，户部牛侍郎錢千萬不納。穆宗大喜，
以爲相，乃僧儒也。

憲宗時，吐突承璀方貴寵用事，爲淮南監軍。李鄘爲節
度使，性剛嚴，與承璀元相敬憚，未嘗相失。承璀歸，引鄘

---

① “使”，原缺，守山閣本作“巡使”，據改。

爲相。郞恥由宦官進，及將佐出祖，① 樂作，郞泣下曰："吾
老安外鎮，宰相非吾任也。"既至京師，辞疾不入見，不視
事，百官到門者，皆不見。固辞相位。憲宗以爲户部尚書。

　　武宗聞揚州倡女善爲酒令，敕淮南監軍選十七人獻之。
監軍將請節度使杜悰同選，且欲更擇良家美女，教而獻之。
悰曰："監軍自受敕，悰不敢預聞。"監軍再三請之，不從。
監軍怒，具表其狀，上覽表，默然。左右請敕節度使同選，
上曰："敕藩方選倡女入宫，豈聖天子所爲。杜悰不徇監軍
意，得大臣體，真宰相，朕甚愧之。"遂敕監軍勿復選。擢悰
爲平章事。悰入謝，上勞之曰："卿不從監軍之言，朕知卿有
致君之心。今相卿，如得魏徵矣。"悰，佑之孫，② 岐陽公主
之夫。

　　憲宗爲陳弘志所弑，宣宗疑郭太后預其謀。又宣宗之母
鄭太后，本郭后侍兒，有宿怨，故宣宗即位，待郭太后殊薄。
太后意怏怏。一日，登勤政樓欲自隕。宣宗聞之，大怒。是
夕，太后崩。外人頗有異論。宣宗以鄭太后故，不欲以郭后
祔憲宗。③ 有司請葬景陵外園。禮院檢討官王暤奏："宜合葬

---

　　①　出祖，指古人外出時祭路神。
　　②　"孫"，原作"子"，《新唐書・杜佑傳》：子式方，字考元，以蔭授揚州參軍
事，再遷太常寺主簿，考定音律，卿高郢稱之，佑既相，出爲昭應令，遷太僕卿。子
悰，尚公主。按，當改爲孫。
　　③　祔，合葬。

景陵，神主配憲宗室。"奏入，宣宗大怒。宰相白敏中召皞詰
之，皞曰："太皇太后，汾陽王之孫。憲宗在東宮爲正妃。逮
事順宗爲婦，憲宗猒代之夕，① 事出曖昧。② 太皇太后母天
下，歷五朝，豈得以曖昧之事，遽廢正嫡之禮乎？"敏中怒
甚，皞詞氣愈厲。諸相會食，周墀立於敏中之門以候之。敏
中使謝曰："方爲一書生所苦，公但先行。"墀入，至敏中
廳，見皞爭辨方急。墀舉手加額，嘆皞孤直。明日，皞貶句
容令。懿宗時，皞還爲禮官，申抗前論，卒以郭后祔廟。

昭宗在鳳翔，韋貽範爲相，多受人賂，許以官。既丁母
憂，日爲債家所譟，③ 故急於起復，日遣人詣兩中尉、樞密
及李茂貞求之。命翰林學士韓偓草《貽範起復制》，偓曰：
"吾腕可斷，此制不可草。"即上疏論貽範遭憂未數月，遽令
起復，實駭物聽，傷國體。學士院二中使怒曰："學士勿以死
爲戲。"偓以疏授之，解衣而寢。二使不得已，奏之，上即命
罷草。仍賜敕褒美之。

後唐李愚行高學贍，有史魚、蘧瑗之風。④ 侃然正色，
不畏強禦。衡王入朝，重臣李振輩皆致拜，惟愚長揖。梁末

---

① 猒代，謂帝王去世。
② 曖昧，模糊，不清晰。
③ 譟，喧鬧。
④ 史魚，名佗，字子魚，春秋時衛國大夫，又稱史鰍；蘧瑗，字伯玉，謚成子，春秋時期衛國大夫；皆爲"先賢"。

帝責之曰：“衡王，朕之兄，朕猶致拜，崇政使李振等皆拜，爾何傲耶？”對曰：“陛下以家人禮兄，振等私臣，臣居朝列，與王無素，① 安敢諂事。”其剛毅如此。

蜀主以李昊領武信節度使，右補闕李起上言：“故事，② 宰相無領方鎮者。”蜀主曰：“昊家多冗費，以厚禄優之爾。”起性悻直，李昊嘗語之曰：“以子之才，苟能謹默，當爲翰林學士。”起曰：“俟無舌乃不言爾。”

雅　量

宋徐羨之起自布衣，又無學術，直以局度。一旦居廊廟，朝野推服，咸謂之有宰臣之望。沉密寡言，不以憂喜見色。頗工弈棋，觀戲常若未解，當世倍以此推之。傅亮、蔡郭常言：“徐公曉萬事，安異同。”常與傅亮、謝晦宴聚，亮、晦才學辨博，羨之風度詳整，③ 時然後言。鄭鮮之嘆曰：“觀徐、傅言論，不復以學問爲長。”

梁武帝開講於同泰寺，會者數萬人，南越所獻馴象，忽狂逸，衆皆駭散，惟臧盾、裴之禮巋然不動，帝甚嘉焉。

---

① “素”，原作“累”，守山閣本及粤雅堂本作“素”，無素，無往來，按文意，當改之。

② 故事，先例，舊日的典章制度。

③ 詳整，指處事周詳完善。

宋明帝賜王景文死，敕至之夜，景文在江州，方與客棋，看敕訖，① 置在局下，神色恬然，爭劫竟，斂子納奩畢，徐謂客曰：“奉敕見賜以死。”方以敕示客，乃默啓答敕，② 舉賜鴆謂客：“此酒不可相勸。”自仰而飲之，卒。

齊蕭鏗，左右誤排楠瘤屏風，倒壓其背，顏色不異，言談無輟。

隋牛弘弟弼，好酒而酗，常醉，射殺弘駕車牛。弘還宅，其妻迎謂曰：“叔射殺牛。”弘聞，無所怪問，直答曰：“作脯。”其妻又曰：“叔忽射牛，大是異事。”弘曰：“已知。”顏色自若，讀書不輟，其寬和如此。

李元道嘗事李密爲記室，密敗，官屬爲王世充所虜，餘人懼死，皆達旦不寢。獨元道起居自若，曰：“死生有命，非憂可免。”衆服其識量。

唐劉仁軌、戴至德，高宗時同爲僕射，更日受牒訴，仁軌常以美言悦人，至德必據理詰難。由是譽皆歸仁軌。有嫗陳牒，誤詣至德，覽之未終，嫗曰：“本謂是解事僕射，乃是不解事僕射，歸我牒。”至德笑而授之。時人稱其長者。

李昭德、婁師德同秉政，俱入朝。師德體肥行緩，昭德

---

① “訖”，原爲空格，據守山閣本補。
② “答敕”，原作爲“答曰敕”，守山閣本及《南史·王景文傳》删，據改。答敕，敕答，指帝王的批答。

屢待之不至，怒罵曰"田舍夫"。① 師德徐笑曰："師德不爲田舍夫，誰當爲之！"其弟除代州刺史，將行，師德曰："吾備位宰相，汝復爲州牧，寵榮過盛，人所疾也，將何以自免？"弟長跪曰："自今雖有人唾其面，某拭之而已，庶不爲兄憂。"師德愀然曰："此所以爲吾憂也。唾汝面，怒汝也。汝拭之，乃逆其意，所以重其怒。夫唾不拭而自幹，當笑而受之。"後討吐蕃，兵敗，師德坐貶原州員外司馬，因署移牒。② 驚曰："官爵盡無耶！"既而曰："亦善，亦善。"不復介意。

　　唐許圉師，嘗有官吏犯贓，事露，圉師不令推究，但賜《清白》詩以激之，犯者愧懼，遂改節爲廉。

　　河間王孝恭討輔公祏，李勣等并受孝恭節度，將發，與諸將宴集，命取水，忽變爲血，在坐皆失色，孝恭舉止自若，徐諭之曰："公祏惡積禍盈，今承命致討，碗中之血，授首之徵也。"遂盡飲而罷。人服其識度能安衆。竟擒公祏。

　　裴行儉平敵，大獲瑰寶。蕃酋將士願觀之，行儉設宴出之。有瑪瑙盤廣二尺余，文彩殊絕。軍吏王休烈捧盤歷階，足跌，碎之。休烈皇恐，叩頭流血。行儉笑曰："非爾故也。"更不形顏色。有醫人合藥，失犀麝而逃。令史試賜馬，

---

　　① 田舍夫，對農民的蔑稱，因婁師德多年掌管屯田事，故李昭德戲稱他"田舍夫"。
　　② 移牒，以正式公文通知平行機關或人。

馬倒毀鞍而竄，行儉曰：“皆失誤爾。”遣人招致，待之如故。

魏元忠陷周興獄，詣市將刑。則天以元忠嘗有功，特免死，配流貴州。承敕者將至市，先令傳呼，監刑者遽釋元忠，令起，元忠曰：“未知敕虛實，豈可造次。”徐待宣敕，然後起謝。觀者咸嘆其臨刑而神色不撓。

狄仁傑未入相時，婁師德薦之。及仁傑爲相，不知師德薦已，數排毀之，令充外使。則天出薦表示之，仁傑大慚，謂人曰：“吾爲婁公所含如此，① 方知不逮婁公遠矣！”

郭元振就突厥首領烏質牙帳，計議軍事。時大雪，元振立於帳前，未嘗移足，烏質年老，不勝苦寒。會罷而死。其子娑葛，以元振故殺其父，謀勒兵攻之。或勸元振夜遁，元振曰：“吾以誠信待人，何所疑懼？且深在寇庭，遁將安適？”乃安臥帳中。明日，親入軍帳，哭之甚哀。娑葛感其義，復與通好。

賈耽在滑州，與淄青李納相鄰。納時雖外奉朝旨，而常蓄併吞之謀。淄青歸卒數千人，路由滑州，大將請館之城外。耽曰：“與我鄰道，奈何野處其兵。”遂館之城內。淄青將士皆心服之。耽善射好獵，每出畋不過百騎，往往獵於李納之境。納聞之大喜，心畏其度量，不敢異圖。

汴州節度使李萬榮病甚，鄧惟恭自領州事，朝廷以董晋

_____

① “含”，原爲空格，據守山閣本及《舊唐書·婁師德傳》補。

爲汴帥。晋將僚從十餘人赴鎮。至鄭州，宣武迎候，將吏無
至者。官吏皆懼，勸晋遲留以候事勢。晋云："準敕赴官，何
可妄爲逗留？"人皆憂其不測，晋獨恬然。未至汴州十數裏，
惟恭方來，晋俾其不下馬，既入，仍委惟恭以軍政。衆服晋
達於事體機變，莫測其深淺也。

陸贄出李吉甫爲明州長史。久之遇赦，起爲忠州刺史。
時贄以謫在忠州。議者謂吉甫必逞憾於贄，重構其罪。及吉
甫至部，與贄甚歡，不以宿嫌介意。

張建封死，杜兼誣奏李藩搖動軍中。德宗大怒，密詔杜
佑殺之。佑素重藩，懷詔旬日不忍發。因引藩論釋氏曰："因
報之説，信有之否？"藩曰："信然。"曰："審如此，君宜遇
事無恐。"因出詔，藩覽之，無動色。曰："某與兼信爲報
也。"佑曰："慎勿出口。吾已密論，持百口保君矣。"① 德宗
怒不解，追藩赴闕，及召見，望其儀形，曰："此豈作惡事人
耶？"除校書郎。

歸登自右拾遺轉右補闕，三任十五年，同列常出其下者，
多以馳鶩至顯官。② 而登與右拾遺蔣武退然自守，③ 不以淹退
介意。嘗使僮飼馬，馬踶僮，僮怒，擊折馬足，登知而不責。
晚年頗好服食，有饋金石之藥者，且云先嘗之矣，登服之不

---

① 百口，全家近親一族。
② 馳鶩，奔走。
③ 退然，謙卑，恬退。

疑。藥發毒，几死，方云未之嘗。他人爲之怒，登無愠色。常慕陸象先之爲人，議者以爲登過之。

錢徽爲禮部侍郎，段文昌、李紳皆以私書保薦人求名第，徽俱黜之，文昌、紳大怒。文昌鎮蜀，辞日，面奏徽所放進士不公。徽坐貶爲江州刺史。或令徽以私書進呈，徽曰："苟無愧心，得喪一致。修身謹行，安可以私書相證耶？"令子弟焚之。人士稱徽長者。

裴度在中書，左右忽白失印，聞者失色，度飲酒自如。頃之，左右白曰："復於故處得印。"度不應。或問其故，度曰："此必吏人盜之，以印書卷爾。急之，則投諸水火；緩之，則復還故處。"人服其識量。

裴度之平淮西，領洄曲降卒萬人入蔡。又以蔡卒爲牙兵。或以爲反側之子，其心未安，不可自去其備。度笑而答曰："吾受命爲彰義軍節度使，元惡就擒，蔡人即吾人也。"蔡之父老，無不感泣。[①] 申、光之民，即時平定。

孔述睿爲史館修撰，性謙和退靜，與物無競。每親朋集會，恂恂似不能言者，人皆敬之。時令狐峘亦充修撰，與述睿同職，多以細碎之事侵述睿。述睿皆讓之，竟不與爭。時人稱爲長者。

陽城召爲諫議大夫，見諸諫官紛紜言事細碎，無不聞達，

---

① "不"，原缺，據守山閣本及《舊唐書·裴度傳》補。

天子獻苦之。而城方與二弟痛飲，人莫窺其涯際。有謁城者，城引之與坐，輒強以酒，客辭，城輒自飲，客不得已，乃與城酬酢。或客先醉，仆於席上，或城先醉，臥客懷中，竟不能聽客語。城約其二弟云："吾所得月俸，汝可度吾家有几口，月食米當几何，貿薪菜鹽凡用几錢。先具之，餘悉以送酒家，無留也。"

楊行密馳射武伎皆非所長，而寬簡有智略，善撫士卒，與同甘苦，推心待物，無所猜忌。嘗早出，從者斷馬鞦，取其金。行密知而不問。他日，復早出如故。人服其度量。

裴度不信術數，不好服食。每語人曰："雞豬魚蒜，逢著則吃。生老病死，時至則行。"

處士丁重能閱人。觀于琮，謂路巖曰："某比不熟識于侍郎，今日見之，風儀秀整，禮貌謙抑，如百斛重器，所貯尚空其半，安使不益於祿位哉！苟逾月，不居廊廟，則某無復更至門下矣。"其後浹旬，于果登台鉉。①

魏銀槍軍最爲凶悍。唐莊宗爲晉王時，張彥作亂，引五百人謁王。王斬張彥及其黨七人，餘衆股栗。王召諭之，曰："罪止八人，餘無所問。自今當竭力爲吾爪牙。"衆皆拜伏呼萬歲。明日，王緩帶輕裘而進，令張彥之卒，擐甲執兵，翼

---

①　鉉，古代舉鼎器具，用以提鼎兩耳，鼎被視爲立國重器，是政權的象徵，所以把鉉喻三公等重臣。

馬而從，仍以爲帳前銀槍軍，衆心由是大服。

石晋安彦威，少帝母安氏近屬也，① 帝以渭陽待之，而彦威未嘗掛於齒牙。及卒，太妃親至彦威汴京舊第，預其喪事，人方知爲太妃之親，聞者服其謹重。

後唐明宗時，史圭爲右丞，判銓事，馮道在中書，以堂判衡銓司所注官。圭怒，力爭之，道亦微有不足之色。圭後罷免。晋高祖登極，徵爲刑部侍郎，判監鹽鐵副使，皆道之奏請也。圭方愧度量不及道遠矣。

石晋時，馮道出鎮同州，胡饒時爲副使。道以重臣，希於接狎，饒忿之，每乘酒於牙門詬道，道必延入，待以酒肴，致敬而退。道謂左右曰：“此人爲不善，自當有報，吾何怒焉？”後作亂被殺。

馮道、趙上交、王度迎劉贇爲漢嗣。既而，周太祖已副推戴，左右知其事變，欲殺道等。上交、度皇怖不知所爲，惟道偃仰自適，略無懼色，尋亦獲免焉。道微時，常賦詩云：“終聞海岳歸明主，未省乾坤陷吉人。”至是，其言驗矣。

五代周鄭仁誨初事唐驍將陳紹光。紹光恃勇使酒，嘗乘醉抽劍將俟刃於仁誨，左右無不奔避。惟仁誨端立以俟，略無懼色。紹光擲劍於地，曰：“汝有此器度，必當享人間富

---

① “少”，原作“沙”，守山閣本及粤雅堂本作“少”，少帝，名重貴，高祖之從子也。考諱敬儒，母安氏，以唐天祐十一年六月二十七日生帝於太原汾陽里，傳見《舊五代》卷九一，今據改。

貴。"後至樞極。①

　　錢鏐與羅隱唱和，隱好譏諷，言鏐微時騎牛操挺之事。鏐怡然不怒，其通恕如此。然又有人獻詩於鏐者，云："一條江水檻前流。"鏐以爲譏己，殺之。

　　唐明宗詔張從賓發河南兵數千擊范延光，遂與延光同反，引兵入洛陽，又扼汜水關，將逼汴州。時羽檄縱橫，從官在大梁者無不惱懼，獨桑維翰從容指畫軍事，神色自若。接對賓客，不改常度。衆心差安。維翰嘗一制指揮節度使十五人，無敢違者，時人服其膽略。

　　石晋以劉知遠爲河東節度使。知遠微時，爲晋陽李氏贅婿，常牧馬犯僧田，僧執而笞之。知遠至晋陽，首召其僧，命之坐，慰諭贈勞，衆心大悦。

　　石晋高祖時，張彦澤殘虐不法，②刑部郎中李濤伏閣極論彦澤之罪，語甚切至。彦澤削一階降爵一級。及契丹入京師，彦澤恣行殺戮，士民不寒而栗。濤時爲中書舍人，謂曰："吾與其逃於溝瀆而不免，不若往見之。"乃投刺謁彦澤，曰："上疏請殺太尉人李濤，謹來請死。"彦澤欣然接之，謂濤曰："舍人今日懼乎？"對曰："濤今日之懼，亦猶足下昔年之懼也。鄉使高祖用濤之言，事安至此！"彦澤大笑，命酒

----

① "樞極"，指斗樞與北極星，亦以喻中樞權力。
② "虐"，原缺，據守山閣本補。殘虐，殘害虐待；不法，違背法律、法度。

飲之。濤引滿而去。旁若無人。

江南李氏齊王景遂爲皇太弟。嘗與宮僚宴集，贊善大夫張易有所規諫。景遂方與客傳玩玉杯，弗之顧。易怒曰："殿下重寶而輕士。"取杯抵地，碎之。衆皆失色，景遂斂容謝之。

箴　規

齊王儉少時，叔父僧虔曰："我不患此兒無名，政恐名太盛。"

王忱嗜酒，醉輒累旬。范泰規之，以爲酒既傷生，[①] 所宜深戒，其言甚切。忱嗟嘆久之，曰："見規者衆，未有若此者也。"

隋煬帝時，五月五日，百僚上饋，多以珍玩。蘇威獻《尚書》一部，微以諷，帝意不平。

隋文帝時，蘇威見宮中以銀爲幔鈎，因盛陳節儉之美，以諭上。上爲之改容。雕飾舊物，悉命除毀。

唐劉子翼性不容非。門僚有短，常面折之。友人李百藥常稱曰："劉四雖復駡人，人都不恨。"

玄宗欲討吐蕃，張説密奏乞與通和，以息邊境，玄宗不從。及瓜州失守，王君㚟計之，説因獲雟州鬪羊，表獻之，

---

① "既"，原爲空格，據守山閣本及《南史·范泰傳》補。

以申諷諭。曰："使羊能言，必將曰'若鬭而不解，立有死者'。所賴至仁無殘，量力取歡焉。"玄宗深悟其意。

韓滉專政，每奏事，或日旰，他相充位而已。柳渾雖滉所引，心實惡之，正色議滉曰："先相公以狷察爲政，不滿歲，罷相。今相公杖吏省中至死。省中非刑人之地，奈何蹈前非而又甚焉？"滉感悟愧悔，爲霽威焉。①

德宗令王叔文直東宮，太子欲言宮市之敝，人皆贊美，叔文獨無言。罷坐，太子謂叔文曰："君獨無言，何也？"叔文曰："太子視膳、問安外，不合輒預他事。陛下在位歲久，如小人離間，謂殿下收取人心，則安能自解？"太子謝之曰："苟無先生，安得聞此言。"

陸贄以受人主殊遇，不敢愛身，事有不可，極言無隱。朋友規之，以爲太峻。

湖南觀察辛京杲，嘗以忿怒殺人，論合死，德宗從之。忠臣奏曰："京杲合死久矣。"②上問之，對曰："渠伯叔某，於某處戰死。兄弟某，於某處戰死。渠嘗從行，特不死，是以知渠合死久矣。"上亦閔然，改授王傅而已。

蔣文本名武，因憲宗召對，奏曰："陛下已誅群寇，偃武

---

① 霽威，收斂威怒。
② "忠臣"，原爲空格，據《舊唐書·辛京杲傳》補。"杲"原作"果"，守山閣本及《舊唐書·辛京杲傳》作"杲"。辛京杲，字京杲，蘭州金城（今甘肅蘭州）人，傳見《舊唐書》卷一四五，今據改。

修文，臣名於義未允，請改名文。"上忻然從之。時帝方用兵兩河，文亦因此諷諭耳。

穆宗問："禳災祈福，其可必乎？"韋綏對曰："齊景一言，而星退三舍。此禳災以德也。漢文除祝，言福不可求致也。如失德以祈災消，媚神以求福至，神苟有知，當以致譴，非其禳之道也。"時人主失德，綏因以諷之。

高宗出獵，在途遇雨，問："油衣若爲得不漏？"谷那律曰："能以瓦爲之，必不漏矣。"意欲上不畋獵。高宗悅，賜物二百段。

齊高帝幸華林園宴集，使群臣效伎藝。褚彥回彈琵琶，王僧虔、柳世隆彈琴，沈文季歌《子夜來》，張敬鼠舞。王儉曰："臣無所解，惟知誦書。"因跪上前誦相如《封禪書》。上笑曰："此盛德之事，吾何以堪之。"

中宗數引近臣及修文學士，與之宴集，令各效伎藝以爲笑樂。張錫爲《談容娘舞》，宗晉卿舞《渾脫》，張洽舞《黃麞》，杜元炎誦《婆羅門咒》，李行言唱《駕車西河》，盧藏用效道士上章。郭山惲獨奏曰："臣無所解，請誦古詩兩篇。"帝從之，於是誦《鹿鳴》《蟋蟀》之詩。未畢，中書令李嶠以其詞有"好樂無荒"之語，恐忤旨，遽止之。翌日，帝降詔褒美曰："志在正時，潛申規諷，謇謇之誠彌切，諤諤之操逾明。"賜時服一副。

穆宗見夏州觀察判官柳公權書迹，愛之。以爲右拾遺翰林侍書學士。上問公權："卿書何能如是之善？"對曰："用筆在心，心正則筆正。"上默然改容。知其以筆諫也。

後唐豆盧革，爲中山王處直辟客，因牡丹會，賦詩諷處直，以桑柘爲意，言甚古雅。

蜀主王衍奢縱，嘉州司馬劉贊獻後主三閣圖，并作歌以諷。

唐明宗與馮道語及年穀屢登，四方無事。道曰："臣常記昔在先皇幕府，奉使中山，歷井陘之險，臣憂馬蹶，① 執轡甚謹，幸而無失，逮至平路，放轡自逸，俄至顛隕。凡爲天下，亦猶是也。"上深以爲然。上又問："今歲雖豐，百姓贍足否？"道曰："農家歲凶則流於餓殍。歲豐則傷於穀賤。豐凶皆病，惟農家爲然。嘗記進士聶夷中詩云：'二月賣新絲，五月糶新穀。醫得眼下瘡，剜卻心頭肉。我願君王心，化爲光明燭。不照綺羅筵，惟照逃亡屋。'語雖鄙俚，曲盡田家之情狀。農於四民之中，最爲勤苦，人主不可不知也。"命左右錄之，常諷誦之。

石晉和凝爲端明殿學士，大署其門，不通賓客。前耀州團練推官襄邑張誼致書於凝，以爲"切近之職，爲天之耳目，宜周知四方利病，奈何拒絕賓客！身爲便，如負國何！"凝奇之。

---

① 井陘，山名，井陘山位於現在河北省井陘以北五十里。地勢險要，是河北與河東地區的關要之處。

卷　四

魯國孔平仲字毅甫

品　藻

齊何點常稱："陸慧曉如照鏡，遇形觸物，無不朗然；王思遠常如懷冰，暑月亦有霜氣。"當時以爲實録。

劉孝標云："劉訏超然越俗，如天半朱霞；劉歊矯矯出塵，如雲中白鶴。皆儉歲之梁稷，寒年之纖纊。"

陳武帝嘗與諸將宴，杜僧明、周文育、侯安都各稱功伐。帝曰："卿等皆良將也，然并有所短。杜公志大而識暗，狎於下而驕於尊，矜其功不收其拙；周侯交不擇人，而推心過差，① 居危履險，不設猜防；侯郎傲誕而無厭，輕佻而肆志。并非全身之道。"卒皆如言。

梁丘遲詞采麗逸，鍾嶸著《詩評》云："范雲婉轉清便，

---

① "差"，原爲空格，據守山閣本及《陳書·侯安都傳》補。

如流風回雪。遲點綴映媚，似落花依草。雖取賤文通，而秀於敬子。”其見稱如此。

北齊李緯，梁使來聘，問緯安平諸崔。緯曰：“子玉以還，雕龍絕矣。”崔暹聞之怒，緯詣門謝之，暹上馬不顧。

東魏劉晝制《六合賦》一首，言甚古拙，自謂絕倫。以呈魏收而不拜。收忿之，曰：“賦名六合，已是大愚，文又愚於六合，君四體又甚於文。”晝不忿，以示邢子才，子才曰：“君此賦，正似疥駱駝，伏而無妩媚。”

唐太宗嘗面談群臣得失，目長孫無忌曰：“善避嫌疑，應對敏速，求之古人，亦當無比，而總兵攻戰，非所長也；高士廉涉獵古今，心術聰悟，臨難既不改節，爲官亦無朋黨，所少者，骨鯁規諫爾；唐儉言詞俊利，善和解人，酒杯流行，發言可喜，事朕二十載，遂無一言論國家得失；楊師道性行純善，自無愆過，而稟性怯懦，未甚更事，緩急不可得力；岑文本性本敦厚，文章論議其所長也，謀常經遠，自當不負於物；劉洎性最堅正，言多有益，而不輕然諾於朋友，能自補闕，亦何以尚；馬周見事敏速，性甚貞正，至於論量人物，直道而行，朕比任使，多所稱意；褚遂良學問優長，性亦堅正，既寫忠誠，甚親附於朕，譬如飛鳥依人，自加憐愛。”

太宗與群臣謂王珪曰：“卿識鑒清通，尤善談論。自房玄

齡等，咸宜品藻，① 又可自量，孰與諸子賢？"對曰："孜孜
奉國，知無不爲，臣不如玄齡。才兼文武，出將入相，臣不
如李靖。敷奏詳明，出納惟允，臣不如溫彥博。濟繁理劇，
衆務必舉，臣不如戴胄。以諫諍爲心，恥君不及堯、舜，臣
不如魏徵。至如激濁揚清，② 疾惡好善，臣於諸子，亦有一
日之長。"太宗深然其言。

穆質兄弟，俱有令譽而和粹，世以"珍味"目之。贊少
俗而有格，爲酪；質美而多人，爲酥；員爲醍醐；賞爲乳腐。
近代士大夫言家法者，以穆氏爲高。

徐堅問張説文人優劣，説曰："李嶠、崔融、薛稷、宋之
問之文，如良金美玉，無施不可；富嘉謨之文，如孤峰絶岸，
壁立萬仞，濃雲鬱興，震雷俱發，誠可畏也，若施於廊廟，
駭矣；閻朝隱之文，如麗服靚妝，燕歌趙舞，觀者忘疲，若
類之風雅，則罪人矣。"問後進優劣，曰："韓休之文，如大
羹元酒，雖有典則，而薄於滋味；許景先之文，如豐肌膩理，
雖穠華可愛，而微少風骨；張九齡之文，如輕縑素練，實濟
時用，而微窘邊幅；王翰之文，如瓊杯玉斝，雖爛然可珍，
而有玷缺。"堅以爲然。

後唐命相，安重誨欲用崔協，任圜邱欲用李琪。圜曰：

---

① 品藻，指品評、鑒定。
② 激濁揚清，激，沖去；濁，髒水；清，清水。沖去污水，讓清水上來。比喻清
除壞的，發揚好的。

“朝廷有李琪者，學際天人，奕葉軒冕，① 論才校藝，可敵時輩百人。必舍琪而相協，如棄蘇合之丸，取蛣蜣蜋之轉也。”②

後唐張文禮素不知書，亦無方略，惟於懦兵之中，姜菲上將。言甲不知進退，乙不識軍機，以此軍人推爲良將。

識　鑑

齊徐勉、王融一代才俊，特相悅慕，嘗請交焉。勉謂所親曰：“王郎名高望促，難可輕敞衣裾。”後果陷法，以此見推識鑒。

隋吏部侍郎高孝基，鑒賞機晤，清慎絶倫。然俊爽有餘，③ 迹似輕薄，時宰多以此疑之。惟牛弘深識其真，推心委任。隋之選舉於斯爲最。時論彌服弘識度之遠。

開皇中，平陳之後天下一統。論者咸云將致太平。房彦謙私謂李少通曰：“主上性多忌剋，不納諫諍。太子卑弱，諸王擅威，在朝惟行苛酷之政，未施宏大之體。天下雖安，方憂危亂。”少通初謂不然，及仁壽、大業之際，其言皆驗。

李密爲隋左親衛，嘗在仗下。煬帝顧見之，謂宇文述曰：

---

① 奕葉，指累世，代代；軒冕，借指官位爵禄。

② 棄蘇合之丸，取蛣蜣蜋之轉也。蘇合之丸即蘇合香丸，是一味中藥，有芳香開竅的作用；蛣蜣之轉是指蜣蜋在屎糞里翻轉打滚而成的糞丸，常指無用之物。

③ 俊爽，英俊清朗。

"向者左仗下黑色小兒爲誰？"對曰："故蒲山公李寬子也。"帝曰："個小兒瞻視異常，勿令宿衛。"

唐劉文靜察高祖有四方之志，深自結納。竊觀太宗，謂裴寂曰："非常人也。大度類於漢高，神武同於魏祖。其年雖少，乃天縱矣。"

侯君集平高昌，自負其才，潛有異志。江夏王道宗常因侍宴，從容言曰："君集必爲戎首。"太宗曰："何以知之？"道宗曰："見其恃有微功，深懷矜伐，恥在房玄齡、李靖之下，常有不平之語。"太宗曰："不可臆度猜貳。"俄而君集謀反，太宗笑曰："果如公所揣。"

楊素稱賞封倫，每引與論宰相之務，因撫其牀曰："封郎必據吾此坐。"又善李靖，拊其牀曰："卿終當坐此。"

隋時，天下寧晏，論者咸以國祚方永。房玄齡密告其父者，"隋帝本無功德，但誑惑黔黎，不爲後嗣長計，混諸嫡庶，使相侵奪，儲后藩枝，競崇淫侈，終當內相誅戮，不足保全國家。今雖清平，其亡可翹足待也。"其父彥謙驚而異之。

隋吏部侍郎高孝基，號爲"知人"。見房玄齡，時年十八，深相嗟挹。謂裴矩曰："僕閱人多矣，未見如此郎者。必成偉器。但恨不睹其縱壑凌霄耳。"

杜如晦少聰悟，好談文史，高孝基深器重之。曰："公有應變之才，當爲棟梁之用。願保崇令德。"如晦果爲良相，以孝基有知人之鑒，爲樹神道碑以紀其德。

高宗幸東都，時關中飢饉，上慮道路多草竊，命監察御史魏元忠檢校車駕前後。元忠受詔，即閱視赤縣獄，得盜一人，神采語言異於衆。命釋桎梏，襲冠帶，乘驛以從，與之共食宿，托以詰盜。其人笑而許諾。比及東都，士馬萬數，不亡一錢。

高季輔爲吏部侍郎，凡所銓叙，時稱允當。太宗賜以金背鏡一面，以表其清鑒。

則天問狄仁傑曰：“朕要一好漢任使，有之乎？”仁傑曰：“作何任使？”則天曰：“朕欲待以將相。”對曰：“臣料陛下若求文章資歷，則今宰臣李嶠、蘇味道，亦足爲文吏矣。豈非文士齷齪，思得奇才用之，以成天下之務乎？”則天悦曰：“此朕心也。”仁傑曰：“荆州長史張柬之，其人雖老，真宰相才也，但久不遇。若用之，必盡節於國家矣。”則天乃召拜洛州司馬。他日，又求賢，仁傑曰：“臣前言張柬之，猶未用也。”則天曰：“已遷之矣。”對曰：“臣薦之爲相，今爲洛州司馬，非用之也。”又遷爲秋官侍郎，①竟召爲相，果能

---

① 《周禮》分設天、地、春、夏、秋、冬六官。秋官以大司寇爲長官，掌刑獄，所屬有士師、司刺、司厲、大行人、小行人等官。北周依《周禮》置六官，設秋官府，以大司寇卿爲主官，正七命，所屬有司憲、刑部、布憲、蕃部、賓部五中大夫，掌朝、司隸等下大夫，以及各大夫所屬官員。唐光宅元年(684)，曾改刑部爲秋官，刑部尚書爲秋官尚書。神龍元年(705)，復原名。後以秋官爲刑部的通稱。

興復中宗。蓋仁傑推薦之力也。

姚崇爲靈武軍使，將行，則天令舉外司堪爲宰相者，崇亦對曰：“張柬之沉厚有謀，能斷大事，且其人年老，惟陛下急用之。”則天即日召見，以爲鳳閣鸞台平章事。

婁師德爲江都尉，揚州長史盧承業奇其才，嘗謂之曰：“吾子台輔之器，當以子孫相托，豈可爲官屬常禮待也？”

安禄山討奚、契丹，敗衄，張守珪執禄山送京師，請行朝典。張九齡奏劾曰：“穰苴出軍，必誅莊賈，孫武教戰，亦斬宮嬪。守珪軍令必行，禄山不宜免死。”上特舍之。九齡奏禄山狼子野心，面有反相，臣請因事戮之，冀絕後患。上曰：“卿勿以王夷甫知石勒故事誤害忠良。”遂放歸藩。後禄山反，玄宗幸蜀，思九齡之先覺，下詔褒贈，遣使就韶州致祭。

張守珪爲幽州果毅，儀形瑰壯，善騎射，性慷慨，有節義。刺史盧齊卿深禮遇之，常共榻而坐，謂曰：“足下數年外必節度幽、凉，爲國良將，方以子孫相托，豈得以寮屬常禮待耶！”

于邵一見樊澤，曰：“將相之材也。”不十五年，澤爲節將。崔元翰年近五十始舉進士，邵異其文，擢登甲科，且曰：“不十五年，當掌誥令。”竟如其言。

蕭昕與張鎬友善，表薦之曰：“如鎬者，用之則爲王者師，不用則幽谷一叟耳。”玄宗擢鎬爲拾遺。不數年，出將入相。及安禄山反，昕舉贊善大夫來瑱堪任將帥，思明之亂，瑱功居多。

李吉甫拜相，詔下之夕，感激出涕。謂裴垍曰："吉甫自尚書郎流落遠地，十餘年方歸，便入禁署，今才滿歲。後進人物，罕所接識。宰相之職，宜選擢賢俊，卿多精鑒，今之才傑，爲我言之。"垍取筆疏三十餘人，數月之內，選用俱盡，人翕然稱之。

柳公綽伯父子華，有知人之明。公綽生三日，子華視之，謂其弟子溫曰："保惜此兒，福氣吾兄弟不能及，興吾門者，此人也。"因以起之爲字。

裴度自蔡州行營宣諭還，憲宗問諸將之才。度曰："臣觀李光顏見義能勇，終有所成。"不數日，光顏奏大破賊軍於洄曲。帝尤嘆度之知人。

韓滉有知人之鑒。見楊於陵，甚悅。滉有愛女，方擇佳婿，謂其妻柳氏曰："吾閱人多矣，無如楊生貴而有壽，生子必有宰相。"於陵自句容尉秩滿，寓居揚州而生嗣復。滉見之，撫其首曰："名位果逾於父，楊門之慶也。"因字曰慶門。於陵更踐中外，以右僕射致仕，終年七十八。嗣復作相。

王、楊、盧、駱謂之"四傑"，裴行儉曰："士之致遠，先器識而後文藝。勃等雖有文才而浮躁淺露，豈享爵祿之器耶！楊子沉靜，應至令長，餘得令終爲幸。"其後，勃溺南海，照鄰投潁水，賓王被誅，炯終盈川令，皆如行儉之言。

孫逖爲考功員外郎，選貢士二年，多得俊才。初年則杜鴻漸至宰相，顔眞卿爲尚書。後年拔李華、蕭穎士、趙驊登上第。謂人曰：“此三人，便堪掌綸誥。”

李華爲進士，著《含元殿賦》萬餘言。蕭穎士見而賞之，曰：“《景福》之上，《靈光》之下。”① 華疑其誣詞，乃爲《祭古戰場文》，燻污之如故物，置於佛書之閣。華與穎士因閱佛書得之，華謂穎士曰：“此文如何？”穎士曰：“可矣。”華曰：“當代秉筆者誰及於此？”穎士曰：“君稍精思，便可及此。”華愕然。

路巖初佐崔鉉於淮南，爲支使。鉉知其必貴，曰：“路十終須被彼作一官。”② 既而入爲監察御史，不出長安城，十年至宰相。其自監察入翰林也，鉉猶在淮南，聞之曰：“路十今已入翰林，如何得老？”巖竟以流竄賜死。”

高崇文平蜀，事無巨細，一遵韋南康故事。韋皋參佐請罪，崇文皆釋而禮之。草表薦房式等，目段文昌曰：“君必爲將相，未敢奉薦。”

後唐莊宗平蜀，高季興方食，聞之失箸。梁震曰：“不足憂也。唐主得蜀益驕，亡無日矣。安知不爲吾福。”及莊宗遇弒，季興益重震焉。

後唐閔帝自終易月之制，即召學士讀《貞觀政要》《太

---

① 《景福》，指曹魏時期何晏所寫的《景福殿賦》；《靈光》，指東漢王延寿所寫的《魯灵光殿賦》。

② “彼”，原爲空格，據守山閣本及《資治通鑒》卷二五二補。

宗實録》，有致治之意。然不知其要，寬柔少斷。李愚私謂同列曰："吾君延訪，少及吾輩，位高責重，事亦堪憂。"衆惕息不敢應。果有潞王之事。

江南李璟，爲人謙謹。初即位，不名大臣，數延公卿論政體。李建勳謂人曰："主上寬仁大度，優於先帝，但性習未定，苟旁無正人，恐不能守先帝之業耳。"

江南李氏取湖南，百官皆賀，起居郎高遠曰："我乘楚亂，取之甚易，觀諸將之才，但恐守之甚難爾。"以邊鎬守之，後果失之。

夙　慧

齊王泰年數歲，祖母集諸孫侄散棗栗於牀，群兒競之，泰獨不取。問其故，曰："不取，自當得賜。"人皆異之。

袁君正年數歲，父疾，晝夜不眠，專侍左右。家人勸令暫卧，答曰："患既未瘳，眠亦不安。"

齊蕭鋒五歲，高帝使學鳳尾諾，[①] 一學即工。高帝大悦，以玉麒麟賜之曰："麒麟賞鳳尾諾矣。"

陳陸從曲八歲，讀《沈約集》，見回文硯銘，援筆擬之，

---

① 鳳尾諾，古時批字於公文之尾，表示許可叫"諾"，《紀聞談》：諸侯箋奏皆批曰諾，諾字有尾若鳳也。

便有佳致。

宋王僧孺，年五歲便機警。有餉其父冬李者，先以一與之，僧孺不受，曰："大人未見，不容先嘗。"

梁虞荔年九歲，候太常陸倕。倕問五經十事，荔對無遺失，倕甚異之。弟寄亦聰敏，年數歲，有造其父，遇寄於門，嘲"郎子姓虞，必當無智"。寄應聲曰："文字不辨，豈得非愚。"客大慚，入謂其父："此子非常人，文舉之流也。"

宋陶季直年四歲，祖愍祖常以銀四函列置於前，令諸孫各取其一。季直獨不取。曰："若有賜，① 此當先父伯，不應度及諸孫，② 故不取。"愍祖奇之。

梁謝貞八歲，爲《春日閒居詩》，從舅王筠奇之，謂所親曰："至如'風定花猶落'，乃追步惠連矣。"

梁何妥八歲遊太學，顧良戲之曰："汝姓是荷葉之'荷'，爲河水之'河'?"妥應聲曰："先生姓雇，眷顧之'顧'，爲新故之'故'?"衆咸異之。時蕭瑮亦有俊才，③ 住青楊巷，妥住白楊巷，時人語曰："世有兩儁：'白楊何妥，青楊蕭瑮。'"

隋煬帝子昭三歲時，於玄武門弄石師子，高祖與文獻后

---

① "賜"，原爲空格，據《梁書·陶季直傳》補。

② 度，越過。及，到。

③ "瑮"，原作"構"，守山閣本、粵雅堂本及《隋書·何妥傳》作"瑮"，蕭瑮，見《隋書·何妥傳》，今據改。"俊"，原爲空格，據守山閣本及《隋書·何妥傳》補。

至其所。高祖適患腰痛，舉手馮后，昭因避去，如此者再三。高祖嘆曰："天生長者，誰復教乎！"

陳叔達，陳宣帝第十六子也，封義陽王。年十餘歲，嘗侍宴賦詩十韻，援筆便就。僕射徐陵甚奇之。

唐鄭善果，其父誠，周大將軍，死於王事。善果年九歲，襲爵，家人以其嬰孺，弗之告也。及受册，悲慟擗踴，不能自勝。觀者爲之流涕。

李百藥年九歲，有讀徐陵文者，云："既取成周之禾，復刈琅邪之稻。"并不知其事。百藥曰："《傳》稱'鄅人藉稻'。杜預注云'鄅國在琅邪'。"座間聞者，大驚異之。

蘇世長年十餘歲，書於周武帝言事。武帝以其年小，召問讀何書。對云："讀《孝經》《論語》。"帝問曰："《孝經》《論語》何所言？"對曰："《孝經》云'治國者不敢侮於鰥寡'，《論語》云'爲政以德'。"武帝善其對。

狄仁傑兒童時，門人有被害者，縣吏就詰之，衆皆接對，惟仁傑堅坐讀書。吏責之。仁傑曰："黃卷之中，① 聖賢備在，猶不能接對，何暇偶俗吏，而見責耶？"

蘇晉數歲能屬文，作《八卦論》。王紹宗見而賞嘆，曰："此後來王粲也。"

---

① 黃卷，古人用辛味，苦味之物染紙以防蠹，紙色黃，故稱"黃卷"，寫錯可用雌黃塗改。

楊綰年四歲，嘗因夜宴，親賓客各舉坐中物以四聲呼之，衆皆未言，綰應聲指鐵樹曰："燈盞柄曲。"聞者驚異。

高定，郢之子也。年七歲，時讀《尚書·湯誓》，問郢曰："奈何以臣伐君？"郢曰："應天順人，不爲非道。"又問曰："'用命賞於祖，不用命戮於社'，是順人乎？"郢不能對。

白居易生六七月時，乳母抱弄於書屏下，直指"之"字、"無"字示居易，口未能言，心已默識。其宿習之緣，已在文字中矣。

孫思邈七歲就學，日誦千餘言。弱冠，善談莊老及百家之說，兼好釋典。洛州總管獨孤信見而嘆曰："此聖童也。"

憲宗皇帝，順宗長子也。六七歲時，德宗抱至膝上，問曰："汝是誰子，在吾懷中？"對曰："是第三個天子。"德宗異而憐之。

武后時，酷吏橫縱。樂思晦男未十歲，没入司農。上變，得召見。太后問狀，對曰："臣父已死，臣家已破，但惜陛下法爲來俊臣等所弄。陛下不信臣言，乞擇朝臣之忠清，陛下素所信任者，爲反狀以付俊臣，無不承反矣。"太后稍悟。

蘇頲年五歲，裴談過其父，頲方誦庾信《枯木賦》，避"談"字，因易其韻云："昔年移柳，依依漢陰。今看搖落，悽愴江潭。樹猶如此，人何以任。"

後唐明宗時，幽州節度使趙德鈞奏："臣孫贊，年五歲，默念《何論》《孝經》，舉童子於汴州，取解就試。"詔曰：
"都尉之子，太尉之孫，能念儒書，備彰家訓，不勞就試，特
與成名。宜賜別敕及第，附今年春榜。"

捷　悟

宋文帝令到彦之北伐魏，甲兵資實甚盛，及敗還，委棄
蕩盡，府藏武庫，爲之一空。一日，上與群臣宴，有荒外降
人在列，上問庫部郎顧琛："庫中仗猶有几許？"琛詭對：
"有十萬人仗。"上既問而悔，得琛對，甚喜。

梁蕭琛醉伏於御筵，武帝以棗投之，琛取栗擲上，正中
面。帝動色，琛曰："陛下投臣以赤心，臣敢不報以戰栗。"
上大悅。

齊高帝時，魏主至淮而退。帝問："何意忽來忽去？"未
有對者。張融從下坐抗聲曰："以無道而來，見有道而去。"
公卿咸以爲捷。

齊劉繪爲南康相，郡人有姓賴，居穢裏，刺謁繪。繪嘲
之曰："君有何穢，而居穢里？"此人應聲答曰："未審孔子
何闕，而居闕里。"

梁時有沙門訟田，武帝大署曰："貞。"有司未辦，遍問
莫知。劉顯曰："貞，文字爲與上人。"帝忌其能，出之。

宋巢尚之甚聰敏，時百姓欲爲孝武立寺，疑其名，尚之

應聲曰:"宜名'天保',《詩》云:'天保,下報上也。'"時服其機速。

隋劉炫眸子精明,視日不眩,強記默識,莫與爲儔。左畫圓、右畫方、口誦、目數、耳聽,五事同舉,無所遺失。

隋崔頤從駕往泰山,煬帝問何處有羊腸坂,頤曰:"臣按《漢書‧地理志》,上黨壺關縣有羊腸坂。"帝曰:"不是。"頤曰:"按皇甫士安撰《地書》云,太原北九十里,有羊腸坂。"帝曰:"是也。"因謂牛弘曰:"崔祖濬,所謂問一知二。"

隋袁充年十歲,冬初尚衣葛衫。客戲充曰:"絺兮綌兮,淒其以風。"充應聲答曰:"爲絺爲綌,服之無斁。"

唐李泌七歲,召至禁中,玄宗與張説方觀棋,使説賦方圓動靜,泌曰:"願聞其略。"説因曰:"方若棋局,圓若棋子。動若棋生,靜若棋死。"泌即答曰:"方若行義,圓若運智。動若騁材,靜若得意。"説賀帝得奇童子。

李忠臣嘗因奏對,德宗謂之曰:"卿耳甚大,真貴人也。"忠臣對曰:"臣聞驢耳大,龍耳即小。臣耳雖大,乃驢耳也。"上説其言。

孫逖年十五,謁雍州長史崔日用,日用小之,令爲《土火爐賦》,逖握翰即成,詞理典贍。日用覽之駭然,遂爲忘年之友。

蕭穎士聰警絶倫,嘗與李華、陸據同游洛南龍門,三人共讀路側古碑，穎士一閱即能誦，華再閱，據三閱，方能記之。議者以三人才格高下亦如此。

朱梁張策年十二，父同，嘗浚甘泉井，得鼎，耳有篆曰“魏黃初元年春二月，匠吉于”。製作奇巧，同甚寶之。策時在旁，徐言曰：“建安二十五年，曹公改年爲延康，其年十月，文帝受漢禪，始號黃初，元年無二月明矣，鼎文何繆與！”同大驚，亟遣取《魏志》展讀，果驗。宗族奇之。

梁太祖過内黃，問曰：“此何故名内黃？”李挺曰：“河南有外黃、小黃，故此有内黃。”又曰：“在何處？”對曰：“秦有外黃都尉，理外黃，其故墟，今在雍丘。小黃爲高齊所廢，其故墟，今在陳留。”太祖稱獎數四。

湖南馬希範，唐同光中入貢，莊宗問洞庭廣狹，希範對曰：“洞庭至狹，若車駕南巡，止可飲馬而已。”莊宗拊背嘉之。

卷　五

魯國孔平仲字毅甫

賞　譽

宋文帝以王華、劉湛、王曇首、殷景仁俱爲侍中，風力局幹，① 冠冕一時。上嘗與四人於合殿宴飲，甚悦，既罷出，上目送良久，嘆曰：“此四賢，一時之秀，同管喉唇，恐後世難繼也。”

河西王蒙遜，遣尚書郎宗舒等入貢於魏，魏主與之宴，執崔浩之手以示舒，曰：“汝所聞崔浩，此則是也，才略之美，於今無比。朕動止咨之。豫陳成敗，若合符契，未嘗失也。”

宋文帝與蕭思話登鍾山北嶺，中道有磐石清泉，上使思話於石上彈琴，因賜以銀鍾酒，曰：“相賞有松石間意。”

---

① 風力，指文辭的風格與筆力；局幹，度量和才幹。

宋武帝引後進二十餘人，置酒賦詩，臧盾以詩不成，罰酒一斗，盾飲盡顏色不變，言笑自若。蕭介染翰便成，文不加點。帝兩美之，曰：“臧盾之飲，蕭介之文，即席之美也。”

謝超宗詣齊高帝，其日風寒，帝曰：“此客至，使人不衣自暖矣。”

梁天鑒中，張率爲《待詔賦》，奏之。帝手敕曰：“相如工而不敏，枚皋速而不工，卿可謂兼二子於金馬矣。”

裴邃廟在光宅寺西，堂宇宏敞，松柏鬱茂。范雲廟在三橋，蓬蒿不剪。梁武南郊，道經二廟，顧而羨曰：“范爲已死，裴爲更生。”之禮，邃子也。

陳宣帝時，張譏爲武陵王記室，兼東宮學士。後主在東宮，集官僚置宴，造玉柄麈尾新成，後主親執之，曰：“當今雖復多士如林，至於堪捉此者，獨張譏爾。”後主常幸鍾山，召從臣坐松林下，敕譏豎義，時索麈尾未至，後主敕取松枝，手以屬譏，曰：“可代麈尾。”顧群臣曰：“此即張譏後事。”

魏陸暐與弟恭之并有譽，洛陽令賈禎嘆曰：“僕以老年，更睹雙璧。”黃門郎孫惠蔚曰：“不意二陸，復在坐隅。”

魏傅永，字修期，年二十，友人與之書，不能答，請於叔父洪仲，洪仲深讓之而不爲報。永乃發憤讀書，涉獵經史，兼有才幹。孝文每嘆曰：“上馬能擊賊，下馬作露布，唯傅修期爾。”

隋李德林初仕齊，周武帝平齊，以爲內史。謂群臣曰：

“我當日惟聞李德林與齊朝作書檄，我正謂其是天上人，豈意今日得其驅使，復與我作文書，極爲大異。”神武公紇豆陵毅答曰：“臣聞明王聖德，得麒麟鳳凰爲瑞，是聖德所感，非力能致之，瑞雖來，不堪使用。如李德林來受驅策，亦是陛下聖德感致，有大才用，勝於麒麟、鳳凰遠矣。”帝大笑曰：“誠如公言。”

隋李穆以太師乞致仕。文帝詔曰：“七十致仕，本爲常人。若吕尚以期頤佐周，張蒼以華皓相漢。高才命世，不拘常禮。公年既耆舊，筋力難煩，今勒所司，敬蠲朝集。① 如有大事，就第詢訪。”

北齊任城王湝，稱李德林云：“經國大體，是賈生、晁錯之儔；雕蟲小技，殆相如、子雲之輩。”吏部郎中陸卬云：“德林文筆浩浩如長河東注，比來所見，後生制作，乃涓澮之流爾。”

李密乘一黄牛，被以蒲韉，將《漢書》一帙掛於角上，一手捉牛靷，一手翻《漢書》。尚書令越國公見於道，從後按轡躡之，既及，問：“何處生書，耽學如此？”密識越公，乃下牛再拜，自言姓名。又問所讀書，答曰：“《項羽傳》。”越公奇之，與語，大悦，謂其子玄感等曰：“吾觀李密識度，汝等不及。”

———————

① 蠲（juān），除去，免除。

　　唐李靖平蕭銑，禽輔公祏。太宗曰："李靖是蕭銑、輔公祏膏肓，古之名將韓、白、衛、霍豈能及也！"靖年老，太宗賜靈壽杖，以助足疾。

　　張行成師事劉炫，炫謂門人曰："張子體局方正，廊廟才也。"①

　　韋述入元行沖書齋，忘寢與食。② 行沖引與之談，貫穿經史，事如指掌。又試以綴文，操牘便成。行沖大悅，引之同榻。曰："此吾外家之寶也。"

　　郗純子士美，少好學，善記覽。父友顏真卿、蕭穎士輩，嘗與之討論經傳，應對如流，既而相謂曰："吾曹異日，當交於二郗之間矣。"

　　武元衡爲御史中丞，因延英對罷，德宗目送之，指示左右曰："元衡，真宰相器也。"

　　封敖爲中書舍人，草《賜陣傷邊將詔》，③ 警句云："傷居爾體，痛在朕躬。"武宗賜之宮錦。封李德裕爲衛國公、守太尉，制云："遏橫議於風波，定奇謀於掌握。逆鎮盜兵，壺關晝鎖。造膝嘉話，開懷靜思，意皆我同，言不他惑。"制出，敖往慶之，德裕口誦此數句，謂敖曰："陸生有言，所恨

_____

　　① "廟才也"，原缺，據守山閣本及《舊唐書·張行成傳》補。廊廟，指殿下屋和太廟，后指代朝廷，廊廟才，指能肩負朝廷重任者。
　　② "韋述入元行沖書齋，忘"，原缺，據《舊唐書·韋述傳》補。
　　③ "詔"，原缺，據守山閣本及《舊唐書·封敖傳》補。

文不迨意。如卿此語，秉筆者豈易得耶！”座中解其玉帶以遺敖，① 深禮重之。

文宗擢魏徵五代孫謩爲起居舍人，曰：“以卿論事忠切，有文貞之風，故不循月限，授卿此官。”又謂之曰：“卿家有何舊書詔？”對曰：“比多失墜，惟簪笏見存。”上令進來。鄭覃曰：“在人不在笏。”上曰：“鄭覃不會我意，此即《甘棠》之義，非在笏而已。”

員半千本名余慶，師事學士王義方。義方嘉重之，嘗謂之曰：“五百年一賢，足下當之矣。”因改名半千。義方卒，半千制師服，喪畢而去。高宗嘗問三陣，半千越次而對，以師若時雨爲天陣，足食爲地陣，得人和爲人陣。高宗嗟賞之。垂拱中，爲宣慰吐蕃使，則天曰：“久聞卿名，謂是古人。不意乃在朝列。境外小事不足煩卿，宜待制也。”② 即日使入閣供奉。

白居易以詩謁顧況，況曰：“米價方貴，居亦不易。”及見首篇“離離原上草，一歲一枯榮。野火燒不盡，春風吹又生”。乃曰：“道得個語，居即易矣。”爲之稱譽，聲名大振。

裴迪，昭宗時爲梁祖賓席，轉檢校司徒，賜號“迎鑾協贊功臣”。一日，賓佐集謁，梁祖目迪曰：“協贊之名，惟司

---

① “座中”，原爲空格，據守山閣本及《舊唐書·封敖傳》補。

② “待”，原作“留”，守山閣本、粵雅堂本作“待”。“待制”，文明元年（684），詔京官五品以上，日一人待制於章善、明福門，備皇帝顧問，稱爲待制。

徒獨有之，他人濫處也。”其知重如此。

李琏爲梁祖掌記，一日，大會將佐，指琏曰：“此真記室也。”

寵　禮

宋文帝以惠琳道人善談論，因與議朝廷大事。遂參權要，賓客輻湊，門車嘗有數十兩，四方贈賂相係，方筵七八，座上常滿。琳着高屐，披貂裘，置通呈書佐。① 會稽孔顗嘗詣之，遇賓客填咽，暄凉而已。顗慨然曰：“遂有黑衣宰相，可謂冠屨失所矣。”

梁陶弘景隱茅山。② 武帝每有征討、吉凶大事，無不前以諮詢，月中嘗有數信，時人謂爲“山中宰相”。

梁孔休源爲晉安王府長史，王深相倚仗。嘗於齋中別施一榻，云：“此是孔長史坐，人莫得預焉。”昭明太子薨，有敕夜召休源入宴居殿，與群公參定謀議，立晉安王綱爲皇太子。自公卿、珥貂、插筆，奏決於休源前，休源怡然無愧，時人名爲“兼天子”。

後周寇儁，明帝與之同席而坐，顧問洛陽故事。儁身長

---

① 通呈，掌管賓客往來聯絡事務的人，書佐，主辦文書的佐官。

② “弘”，原作“宏”，係避諱改字。陶弘景，字通明，號華陽隱居，人稱“山中宰相”，南朝梁時丹陽秣陵（今江蘇南京）人。傳見《梁書》卷五十一。

八尺，鬚鬢皓然，容止端詳，音韻清朗。帝不覺屢爲之前膝。及雋辭還，帝親執其手，曰：“公年德俱尊，① 朕所欽向，乞言之事，所望於公，宜數相見，以慰虛想。”以御輿令於帝前乘出。

隋高熲，西魏賜姓獨孤氏，隋文帝以爲左僕射，任寄隆重，朝臣莫比，呼爲獨孤而不名也。熲每坐朝堂北槐樹下以聽事，其樹不依行列，有司將伐之。帝特命勿去以示後人。其見重如此。帝嘗謂曰：“伐陳後，人云公反，朕已斬之。君臣道合，非青蠅可間也。”將軍盧賁等前後短熲於帝，皆被疏絀。因謂熲曰：“獨孤，猶鏡也，每被磨瑩，皎然益明。”

隋李景，楊玄感之反，朝臣子弟多預焉，景獨無關涉。煬帝曰：“公誠直天然，我梁棟也。”賜以美女。帝每呼李大將軍而不名，見重如此。

隋樊子蓋，屢破楊玄感，煬帝別造玉麟符以代銅獸，謂子蓋曰：“玄感之反，神明故以彰公赤心爾。折珪進爵，宜有令謨。”是日，進爵爲濟公，言其功濟天下，特爲立名，無此郡國也。

隋李德林上《霸朝集》，高祖省讀訖，明旦謂德林曰：“自古帝王之興，必有異人輔佐。我昨讀《霸朝集》，方知感應之理。昨宵恨夜長，不能早見公面，必令公貴，與國始

---

① “德”，原爲空格，據守山閣本及粵雅堂本補。

終。"德林每贊平陳之計，伐陳之役，高祖以馬鞭南指，云："待平陳訖，會以七寶裝嚴公，使自山東無及之者。"

裴寂於唐有佐命之功。高祖視朝，必引與同坐，入閣，則引於臥內，呼爲裴監而不名也。太宗祠南郊，命寂與長孫無忌同升金輅。寂讓，太宗曰："以公有佐命之勳，同載參乘，非公而誰?"高祖嘗宴寂於含章殿，極歡，寂頓首乞骸骨，高祖泣下曰："今猶未也。要相與偕老耳。公爲台司，我爲太上，逍遙一代，豈不快哉。"

高祖以姜謨爲秦州刺史，云："衣錦還鄉，古人所尚。今以本州相授，用答元功。"

太宗信任長孫無忌，或有表密，言其權寵過盛者，太宗以表示無忌，曰："朕與卿君臣之間，凡事無疑，若各懷所聞而不言，則君臣之意，無以獲通。"因召百寮諭之曰："朕今有子皆幼，無忌於朕實有大功。今者委之猶子也。疏間親，新間舊，謂之不順，朕所不取。"又作《威鳳賦》賜無忌，命圖無忌形像，太宗自作畫贊賜之。

杜如晦没後，太宗食瓜而美，遂輟食之半，遣使奠於靈座。又嘗賜房玄齡黃銀帶，顧玄齡曰："昔如晦與卿同心輔政，今日所賜，惟獨見公。"因泫然流涕。又云："鬼神畏黃錄。"取黃金帶，遣玄齡親送於靈所。

李勣遇暴疾，驗方云惟須灰可療。太宗乃自剪須，爲之和藥。勣頓首見血，帝曰："爲社稷計，不煩深謝。"

　　張公謹卒，太宗出次發哀，有司以辰日不可哭。太宗曰：
"君臣之義，同於父子，情發於中，安避辰日。"遂哭之。

　　太宗飛白書賜馬周，曰："鸞鳳淩雲，必資羽翼。股肱之
寄，誠在忠良。"高宗飛白書以賜近臣戴至德曰："泛洪源，
俟舟楫。"郝處俊曰："飛九霄，假六翮。"李敬元曰："咨啓
沃，馨丹誠。"崔知悌曰："竭忠節，贊皇猷。"

　　岑文本從太宗伐遼，至幽州卒。太宗撫視之流涕。① 其
夕，聞警鼓之聲，曰："文本殞逝，情深惻怛，今宵夜警，所
不忍聞。"命停之。

　　蘇頲葬日，玄宗游咸宜宮，將出獵，聞頲喪出，愴然曰：
"蘇頲今日葬，吾寧忍娛遊？"遂中路還宮。

　　裴行儉兵不血刃，平定西服，拜禮部尚書兼檢校右衛大
將軍。高宗謂行儉曰："卿文武兼資，今故授卿二職。"

　　玄宗以蘇頲爲中書侍郎，入謝日，玄宗謂曰："常欲用
卿，每有好官闕，即望宰相論及，宰相皆卿故人，卒無言者，
朕與卿嘆息。中書侍郎，朕極重惜，自陸象先没後，朕每思
之，無出卿者。"時季乂爲紫微侍郎，與頲對掌文誥。他日，
上曰："前朝李嶠、蘇味道，謂之蘇李，今日亦不讓之。卿所
製文誥，録一本封進，題云臣某撰，要留宮中披覽。"其禮遇
如此。

---

　　①　撫視,巡視探望慰問。

魏元忠爲中書令，請歸鄉拜掃。中宗賜錦袍一領，銀千兩，手敕曰："衣錦晝遊，在乎茲日。散金敷惠，諒屬斯辰。"及還，帝又幸白馬寺以迎勞之。恩遇如此。元忠至鄉里，自藏其銀，無所振施。

玄宗寵任張說，說爲中書令，上親爲詔賜中上考。及薨，上自製神道碑文，御筆賜謚曰"文貞"。

楊綰有疾，代宗每引見延英殿，特許扶入。釐革舊敝，惟綰是恃，恩遇甚厚。既薨，謂侍臣曰："天不使朕致太平，何奪我楊綰之速也！"下詔賜謚曰"文簡"。

德宗以《宸扆》《台衡》二銘賜馬燧。① 燧至太原，乃勒二銘於起義堂，帝爲題額。其崇寵如此。

順宗以女樂二人賜張茂昭，三表辭讓。及中使押犢車至第，茂昭立謂中使曰："女樂出自禁中，非臣下所宜目睹。昔汾陽、咸寧、南平、北平，嘗受此，不讓爲宜。茂昭無四賢之功，述職入覲，亦人臣常禮。奈何當此寵賜。後有功臣，陛下何以加賞？"順宗深嘉禮異，允其所讓。

裴垍爲相，憲宗在禁中常以官呼垍而不名也。又以杜佑高年重德，禮重之，常呼司徒而不名。

憲宗以李絳直諫，遽宣宰臣令與改官，乃授中書舍人，

---

① "德"，原作"太"，守山閣本及《舊唐書·馬燧傳》作"德"，按照唐帝王時代，當改爲"德"。馬燧（726—795），字洵美，汝州郟城（今河南郟縣）人，傳見《舊唐書》卷一三四，今據改。

依前翰林學士。謝日，面賜金紫，帝親擇良笏賜之。

武后信重狄仁傑，群臣莫及，常謂之“國老”而不名。仁傑好面折廷諍，太后每屈意從之。嘗從太后游幸，遇風吹，仁傑巾墜，而馬驚不能止。太后命太子追執其鞚而繫之。仁傑屢以老病乞骸骨，太后不許。入見常止其拜，曰：“每見公拜，朕亦身痛。”仁傑薨，太后泣曰：“朝堂空矣。”

後唐明宗從武皇與葛從周戰，徑犯其陣，奮擊如神，梁軍退去。明宗四中流矢，血流被服，武皇解衣授藥，手賜巵酒，撫其背曰：“吾兒神人也。微吾兒，几爲從周所笑。”

李存審事後唐武皇，性謹厚，寵遇日隆。武皇四征，存審常從，所至立功。從討赫連鐸，冒刃死戰，血流盈袖，武皇手自封藥，日夕臨問。

石晉高祖委任馮道，嘗稱疾求退。帝使鄭王重貴詣第省之，曰：“來日不出，朕當親往。”道乃出視事。當時寵遇，群臣無與爲比。

五代周太祖，以高行周耆年宿將，賜詔不名，但呼王位而已。

錢鏐以尚父薨，唐明宗制曰：“位已極於人臣，名素高於簡册，贈典既無其官職，易名宜示其優崇。”賜謚“武肅”。

周世宗以英武自任，有包舉天下之志，而計事者多不諭其意。惟王朴神氣勁峻，剛決有斷，凡所謀畫，動愜世宗之意。急於登用，次爲樞密使，卒時年四十五。世宗於柩前，以所執玉鉞卓，地慟哭者數四。

　　閩主王昶，以師傅之禮待葉翹，翹多所裨益，宮中謂之國翁。

　　周太祖時，李穀以病臂未愈，三表辭位。帝遣中使諭詣曰：[1]“卿所掌至重，朕難其人，苟事功克集，何以朝禮。朕今於便殿待卿，可暫入相見。”穀見於金祥殿，面陳欸恂，帝不許。穀不得已，復視事，未能執筆，詔以三司務繁，令刻名印用之。其後，又九表辭位，罷守本官，令每月肩輿一詣便殿議政事。

任　誕

　　宋謝靈運以文帝不甚任遇，意不平，多稱疾不朝。出郭遊行，或一百六七十里，經旬不歸。既無表聞，又不請急，被奏免官，遂爲山澤之遊。生業甚厚，[2]奴僮既眾，門生數百，鑿山浚湖，功役無已。尋山涉嶺，必造幽峻。巖嶂數十重，莫不備盡。登躡常著木屐，上山則去其前齒，下山去其後齒。嘗自始寧南山伐木開徑，[3]直至臨海，[4]從者數百。臨

---

① “詣”，原作“指”，守山閣本及粵雅堂本作“詣”，按文意，當改之。
② 生業：產業，資財。
③ 始寧，今浙江上虞西南。
④ 臨海，今浙江臺州。

海太守驚駭，謂爲山賊，知是靈運，乃安。

顏延年疏誕，不能取容當世。宋文帝傳詔召之，頻不見。常日但酒店裸袒挽歌，了不應對。他日醉醒，乃見帝。嘗問以諸子才能，延年曰："浚得臣筆，測得臣文，㚟得臣義，躍得臣酒。"何尚之嘲云："誰得卿狂？"答曰："其狂不可及。"

劉穆之少時家貧，誕節，嗜酒食，不拘檢。好往妻江氏家乞食，多見辱不以爲恥。食畢，求檳榔。江氏兄弟戲之曰："檳榔消食，君乃常飢，何意須此？"乃穆之貴爲丹陽令，召江氏兄弟食，令厨人以金柈貯檳榔一斛，進之。

謝超宗恃才使酒，多所陵忽。爲齊高帝黄門郎，在省常醉。上召見論北方事，超宗曰："敵動來二十年矣，佛出亦無如之何。"以失儀出爲南郡王中軍司馬。人問曰："聞有命，定是何府？"超宗答曰："不知是何司馬，爲是司驢。既是驢府，政應司驢。"

齊尚書左丞謝几卿，性通脱，不拘朝憲。嘗預樂游苑宴，不得醉而還，因詣道邊酒墟，停車褰幔，與車前三騶對飲，觀者如堵，几卿處之自如。

謝譓不妄交接，門無雜賓。有時獨醉，曰："入吾室者，但有清風。對吾飲者，惟當明月。"

袁粲爲中書令，領丹陽，不以事務經心，獨步園林，詩酒自適。家居負郭，每杖策逍遥，當其意得，悠然忘反。郡南一家頗有竹石，粲率爾步往，不通主人，直造竹所，嘯咏自得。主人出，語笑欵然。俄而，車騎羽儀至，方知是袁尹也。又嘗步屧白楊郊野間，道遇一士大夫，便呼與酣飲。明日，此人謂被知遇，詣門求進，粲曰："昨日飲酒無偶，聊相邀爾。"竟不與相見。

梁蕭恭尤好賓友，酣宴終日。時元帝勤心著述，未嘗妄進卮酒，恭從容謂曰："下官歷觀時人，多有不好歡興。乃仰眠牀上，看屋梁而著書，千秋萬歲，誰傳此者？勞神苦思，竟不成名。豈如臨清風，對朗月，登山汎水，肆意酣歌也。"

陶淵明九月九日無酒，出宅邊菊叢中坐之，逢江州刺史王弘送酒至，[①] 即便就酌，醉而後歸。潛不解音樂，而畜素琴一張，[②] 每有酒適，輒撫弄以寄意。貴賤造之，有酒輒設。潛若先醉，便語客："我醉欲眠，卿可去。"其真率如此。

北齊王晞爲并州司馬，人謂之"方外司馬"。昭帝欲以晞爲侍中，苦辭不受。或勸晞勿自疏，晞曰："我少年以來，閱要人多矣，充詘少時，[③] 鮮不敗績。且性實疏緩，不堪時務。人主恩私，何由可保？萬一披猖，求退無地，非不愛作熱官，但思之爛熟爾。"

北齊韓晋明好酒縱誕，招引賓客，一席之費，動至萬錢，猶恨其儉。朝廷欲處之貴要，必以疾辭，告人云："廢人飲美

---

① "弘"，原作"宏"，係避諱改字。傳見《晋書·陶潛傳》卷九十一。
② 素琴，是沒有弦的琴。
③ 充詘(qū)，得意忘形貌。

酒，對名勝，安能作刀筆吏，番故紙乎？"

東魏侍中李元忠，[①] 雖處要任，不以物干懷，惟飲酒自娛。丞相高歡欲用爲僕射，元忠子勸父節酒，元忠曰："我言僕射不勝飲酒樂。爾愛僕射宜勿飲酒。"

北齊崔瞻在御史臺，常宅中送食，備盡珍羞，别室獨餐，處之自若。有一河東人士姓裴，亦爲御史，伺瞻食便往造焉，瞻不與交言，又不命匙箸，裴坐觀瞻食罷而退。明日，自携匙箸，恣意飲啖。瞻曰："初不喚君食，亦不共君語，遂能不拘小節。昔劉毅在京口，自請鵝炙，亦豈異是？君定是名士。"於是每與之同食。

唐傅奕駁佛教，平生遇患，未嘗服藥，雖究陰陽數術之書，而并不知信。嘗醉卧，蹶然起曰："吾其死矣。"因自爲墓志曰："傅奕，青山白雲人也，因酒醉死。嗚呼哀哉！"其縱達皆此類。

崔承慶臨終戒子："斂以常服，[②] 不用牲牢；墳高可認，不須廣大；事辦即葬，不須卜擇；墓中器物，瓷漆而已；有棺無椁，務在簡要；碑志但記官號年代，不須廣文飾。"

路恕私第有佳園林，自貞元初，李紓、包佶輩，迄於元和末，僅四十年，朝之名卿咸從之遊。高歌縱酒，不屑外慮。

---

① "李"，原作"王"，守山閣本作"李"，李元忠（485—545），傳見《北史》卷三十三。

② 斂，通"殮"，給死者沐浴，穿衣、覆衾爲小殮；死者入棺爲大殮。

未嘗問家事，人亦以和易稱之。

柳渾好諧謔放達，與人交豁然無隱情，不治產業。官至丞相，假宅而居。罷相數日，則命親族尋勝宴，醉方歸，陶陶然忘其黜免。時李勉、盧翰皆退罷，相謂曰："吾輩視柳宜城，悉爲拘俗之人也。"

胡楚賓屬文敏速，每飲酒半酣，而後操筆。高宗每令作文，必以金銀杯盛酒令飲，便以杯賜之。楚賓終日酣宴，家無所藏，費盡復入，待有又出，未嘗言禁中事。醉後，人或問之，答以他事而已。

賀知章晚年尤加縱誕，無復規檢。自號"四明狂客"，又稱"秘書外監"，遨遊里巷，醉後屬詞，動成卷軸，文不加點，咸有可觀。又善草隸書，好事者供其牋翰，每紙不過數十字，共傳寶之。陸象先，知章族姑子也，與知章相親善，象先常謂人曰："賀兄言論調態，真可謂風流之士。吾與子弟離潤，都不思之。一日不見賀兄，則鄙吝生矣。"

李白待詔翰林，白與飲徒醉於酒肆。玄宗有感，欲造樂府新詞，亟召白。白已卧於肆中矣。召入，以水灑面，即令秉筆，頃之，成十餘首，帝頗嘉之。嘗沉醉，令高力士脫靴，由是斥去。乃浪迹江湖，終日沉飲。侍御史崔宗之謫官金陵，與白詩酒相歡。嘗月夜乘舟采石達金陵，白衣宮錦袍，於舟中顧瞻笑傲，旁若無人。初，賀知章見白，賞之曰："天上謫仙人也。"

杜甫與巖武世舊。武鎮蜀，辟甫爲參謀，待遇甚隆。甫馮醉登武之牀，瞪視武曰："巖挺之乃有此兒！"武雖急暴，不以爲忤。甫於成都浣花里種竹植樹，結廬枕江，縱酒笑咏，與田畯野老相狎，蕩無拘檢。巖武過之，有時不冠，故武詩云："莫倚善爲《鸚鵡賦》，何須不著鵔鸃冠。"其傲誕如此。

後唐馬郁事武皇，莊宗禮遇甚厚，累官至秘書監。監軍張承業權貴任事，與賓僚宴集，出珍果陳列於前，客無敢先嘗者，當郁前者，食之必盡。承業私戒主者曰："他日馬監至，惟以幹藕子置前而已。"郁知不可啖，異日，鞾中出一鐵撾，碎而食之。承業大笑曰："爲公易之，勿敗吾案。"其俊率如此。

容　止

魏崔浩纖妍潔白如美婦人，嘗謂才比張良，而稽古過之。①

謝晦美風姿，善言笑，眉目分明，鬢髮如墨。時謝混風鑒爲江左第一，嘗與晦同在宋武帝前，帝目之曰："一時頓有兩玉人。"

---

① 稽古，考察古代的事迹，以明辨道理是非、總結知識經驗，從而於今有益、爲今所用。

謝覽意氣閒雅，瞻視聰明。梁武帝目送良久，曰："覺此坐芳蘭竟體。"

王彧，字景文，風姿爲時之冠。袁粲嘆曰："景文非但風流可悦，乃哺啜亦復可觀。"有客及識謝混者，曰："景文方謝叔源，則爲野父矣。"粲惆悵曰："恨眼中不見此人。"宋孝武選侍中四人，并以風貌。王彧、謝莊爲一雙，阮韜、何偃爲一雙。

褚彦回美儀貌，善容止，俯仰進退，咸有風則。宋景和中，山陰公主窺見彦回，悦之，以白帝。帝召彦回西上閣宿十日，公主夜就之，備見逼迫，彦回整身而立，不爲移志。公主謂曰："君鬚髯如戟，何無丈夫意？"彦回曰："回雖不敏，何敢首爲亂階。"山陰都尉何戢，亦美容儀，① 動止與彦回相慕，時人號爲"小褚公"。

梁何敬容，公廷就列，容止出人。武帝雖衣浣衣，而左右衣必須潔。嘗有侍臣，衣帶卷摺，帝怒曰："卿衣帶如繩，欲何所縛邪？"敬容希旨，故益鮮明。常以膠清刷鬚，衣裳不整，伏狀熨之。或暑月，背爲之焦。

齊張緒吐納風流，聽者忘倦。劉悛之爲益州，獻蜀柳數株，枝條甚長，狀若絲縷。時芳林苑始成，武帝以植於太昌靈和殿前，常賞玩咨嗟，曰："此柳風流可愛，似張緒當年。"

---

① "亦"，原爲空格，據守山閣本補。

齊張融風止詭越，坐常危膝，行則曳步，翹身仰首，意制甚多，見者驚異，聚觀成市。而融了無慚色。高帝常笑曰："此人不可無一，不可有二。"

龔祈風姿端雅，容止可觀。中書郎范述見之，歎曰："此荊楚之仙人也。"

北齊神武言："崔㥄應作令僕，① 恨其精神太遒。"趙郡李渾將聘梁，名輩畢萃，詩酒正歡，㥄後到，一坐無復談話。鄭伯猷嘆曰："身長八尺，面如刻畫，聲欬爲洪鐘，胸中貯千卷書，那得不畏服。"

北齊李諧，字虔和，短小，六指。因瘦而舉頤，因跛而緩步，因謇而徐言，遂爲風流之冠。時人言李諧善用三短。

北齊崔瞻、崔子約，儀望俱華，儼然相法。諸涉門竊窺之，以爲二天人也。自天寶以後，重吏事，謂容止醞籍者爲潦倒，而瞻終不改焉。

隋韋藝容貌瑰瑋，每蕃人參謁，必整儀衛，盛服以見之，獨坐滿一榻，蕃人畏懼，莫敢仰視。

伐陳之役，楊素率外軍東下，舳艫被江，旌甲曜日。素坐平乘大船，容貌雄偉，陳人望之，② 懼曰："清河公即江

---

① 崔㥄，字長儒，清河東武城人，北魏崔休之子。《北齊書》作崔鶠或崔䴏；《北史》作崔甗；《新唐書世系表》作崔㥄。

② "望"，原作"及"，守山閣本及粤雅堂本作"望"，"望"爲遠看之意，當改之。

神也。”

　　馮定爲太常少卿，因樂成，閱於庭，定立於其間。文宗以端凝若植，問其姓氏，翰林學士曰：“此馮定也。”文宗喜，問曰：“豈非能爲古章句者耶？”乃召升階，文宗自吟定《送客江西》詩，錫以禁中瑞錦。

　　崔遠文才清麗，風神峻整，人皆慕其爲人。當時目爲“釘座梨”，言席上之珍也。

　　鄭畋文學優深，器量宏恕，美風儀，神彩如玉。

　　張知謇兄弟五人，厲志讀書，皆以明經登第。儀質瓌偉，眉目疏朗，則天重其才幹，又目其狀貌過人，命畫工寫之，賜以其本，曰：“人或有才，未必有貌，卿家兄弟，可謂兩絶。”

　　玄宗嘗煉藥於勤政樓下，垂簾觀之。兵部侍郎盧絢，謂上已起，垂鞭按轡，橫過樓下。絢風標清粹，上目送之，深嘆其蘊籍。李林甫以陰計廢之。

　　朱梁趙凝，氣貌甚偉，好自修檢。每整衣冠，必使人持巨鑒前後照之。對客之際，烏巾上微覺有塵，即令侍妓持紅拂以去之。①

----

①　紅拂，紅色的拂塵。

卷　六

魯國孔平仲字毅甫

術　解

魏崔浩善占天文，嘗置銅鋌於酢器中，①　夜有見，即以鋌畫紙作字，以記其異。魏主每如浩家，問以災異，或倉卒不及束帶，奉進疏食，不暇精美。魏主必爲之舉箸，或立嘗而還。浩考校漢元以來日星行度，譏前史之失，別爲魏曆，②以示高允，允以漢元年十月，五星聚東井非十月，③　浩初猶疑之，後歲餘，謂允曰：“考究果如君言，五星乃以前三月聚於東井。”

梁沈僧昭，少事天竺沙門，自云爲泰山録事，幽司中有所收録，必僧昭書名。梁武陵王紀宴坐池亭，蛙鳴聒耳，王

---

① “鋌”（dìng），《説文》：“鋌，銅鐵樸也。”銅鐵質的坯料。
② “曆”，原作“歷”，係避諱改字，徑改。魏曆，指日曆。
③ “十”，原爲空格，據守山閣本及《魏書・高允傳》補。

曰："殊廢絲竹之聽。"僧昭咒厭十數口，便息。及日晚，王
欲其復鳴，僧昭曰："王歡已闌，今恣汝鳴。"即便喧聒。

齊柳世隆善卜筮，世祖武皇帝時，嘗曰："永明九年，我
亡，亡後三年，丘山崩，齊亦於此季矣。"屏人命典籤李黨取
筆及高齒屐，題於簾旌曰："永明十一年。"因流涕謂黨曰：
"汝見，吾不見也。"十一年，武帝崩。

梁韋鼎，明陰陽，善相術。陳武帝在南徐州，鼎望氣知
其當王，遂寄家焉。至德初，盡貨田宅，寓居僧寺。毛彪問
其故，曰："江東王氣，盡於此矣。吾與爾當葬長安。"初，
鼎之聘周也，嘗遇隋文帝，謂曰："觀公容貌，不久必大貴。
貴則天下一家。歲一周天，老夫當委質焉。"陳亡，驛召授上
儀同三司。

宋賀瑒伯祖道養，工卜筮，有歌工女人病死，爲之筮曰：
"此非死也，天帝召之歌爾。"乃以土塊加其心上，俄頃
而蘇。

陳章昭達少時，遇相者，曰："卿容貌甚善，須小虧則當
富貴。"梁大同中，昭達因醉墜馬，鬢角小傷。相者曰："未
也。"侯景之亂，爲流矢所中，眇其一目。相者曰："卿相善
矣。"後仕陳至三公。

宋庾道愍，尤精相木手板。時山陽王休祐，屢以言語忤
顏色，以已板令道愍占之。道愍曰："此雖甚貴，然令人多您
忤。"休祐以褚彥回詳密，求換其板。他日，彥回侍明帝，自

稱下官。帝多忌，甚不悦。休祐具以狀言，帝意乃解。

宋顧歡通解陰陽書，爲數術，多效驗。有病邪者問歡，歡曰：“家有何書？”答曰：“惟有《孝經》而已。”歡曰：“可取《仲尼居》置病人枕邊，恭敬之，自瘥也。”病者如言，果愈。問其故，答曰：“善禳惡，正勝邪，此病者所以瘥也。”

魏晁崇善天文，天興五年，月暈左角，崇以爲角蟲多死。是歲，天下牛死十七八，輿駕馬瞎數百頭，日斃於路側。麋鹿亦多死者。

魏徐路知星文，坐事繫冀州獄，別駕崔隆宗就禁慰問之。路曰：“昨夜驛馬星流，赦須臾當到。”隆素信之，遂遣人出城候焉。俄而赦至。

檀特師，① 周文召之至岐州。會神武來寇玉璧，檀特曰：“狗豈能至龍門也。”神武果不至龍門而還。

北齊許遵，值文宣無道日甚，遵語人曰：“多折筭來，吾筮此狂夫何時得死。”於是布筭滿牀，大言云：“不出冬初，我乃不及見。”文宣以十月崩，遵以九月死。

北齊趙輔和，有人父病求筮，遇《泰》，云：“此卦甚吉。”是人出。輔和曰：“乾下坤上，乾，父道也。坤上，則

① “特”，原作“逵”，守山閣本及粤雅堂本作“特”，《北史·檀特師》傳作“特”，今據改。檀特師，名惠丰，傳見《北史》卷八十九。

父入土矣。豈得言吉？"父果卒。

北齊賈子儒能相人，崔遄令視文襄，子儒曰："人有七尺軀，不如一尺之面，不如一寸之眼。大將軍臉薄眄速，非帝王相也。"

北齊綦母懷文傳，① 有蠕蠕客能筭，② 或指庭中一棗樹，令其布筭，即知其數，并瓣若干純赤，若干赤白相半。於是剝數之，惟少一子。客云："必不少，但更撼之。"果得一實。

隋文帝將遷都，夜與高熲、蘇威二人定議。庾季才旦奏：③ "臣仰觀元象，俯察圖記，龜兆允襲，必有遷都。且漢營北城，經今八百歲，水皆咸鹵，不甚宜人，願爲遷徙計。"帝愕然，謂熲等曰："是何神也！"遂發詔施行。

楊伯醜好讀《易》，隱於華山。隋開皇初，徵入朝，見公卿不爲禮，無貴賤，皆爾汝之。開肆賣卜，有人失馬，來詣伯醜，爲皇太子所召，在途遇之，立爲作卦，卦成，曰："我不遑爲卿説，且向西市東壁門南第三店，④ 爲我買魚作

---

　　① 綦母懷文，襄國沙河（今邢臺沙河）人，以道術事高祖。南北朝時期著名冶金家，他總結歷代煉鋼工匠的豐富經驗，對古代一種新的煉鋼方法——灌鋼法作出了突破性發展和完善，同時在制刀和熱處理方面也有獨特創造，爲我國冶金技術的發展作出了劃時代貢獻，傳見《北齊書》卷四十九。

　　② "蠕蠕"，柔然，是公元4世紀末至6世紀中葉，繼匈奴、鮮卑之後，活動於漠北地區的古代民族之一，別名有蠕蠕、芮芮、茹茹、蝚蠕、檀檀。

　　③ "季"，原作"李"，《隋書·庾季才傳》作"季"，庾季才（515—603），字叔弈，荊州新野人，傳見《隋書》卷七八，今據改。

　　④ "南"，原缺，據守山閣本及《隋書·楊伯醜傳》補。

膾。”如言而往，須臾，有一人牽所失馬來，遂擒之。

旋宮之義，亡絶已久。唐祖孝孫得毛爽之法，以一律生五音，十二律而爲六十音，因而六之，故有三百六十音，以當一歲之日。又以十二月旋相爲六十聲、八十四調，其法因五音生二變，因變徵爲正徵，因變宮爲清宮，七音起黄鐘，終南吕，造爲紀綱。一朝復古，自孝孫始也。

太宗之世，有《秘記》云：“唐三世之後，則女主武王代有天下。”太宗嘗密召李淳風訪其事，淳風曰：“臣據象推筭，其人已生，在陛下宮内。從今不逾三十年，當有天下，誅殺唐氏子孫殆盡。”帝曰：“疑似者盡殺之，如何？”淳風曰：“天之所命，王者不死。今已在宮内，是陛下眷屬。更三十年，又當衰老，老則仁慈，雖受終易姓，其於陛下子孫，或不甚損。今若殺之，即當復生，少壯嚴毒，即殺戮陛下子孫無遺類矣。”太宗善其言而止。

武德九年五月，傅奕奏：“太白見秦分，①秦王當有天下。”高祖以狀授太宗。及太宗嗣位，召奕，賜之食，曰：“汝前所奏，几累於我。然今後但須盡言，無以前事爲慮也。”

劉仁軌爲陳倉尉，相工袁天綱謂曰：“君終位鄰台輔，年將九十。”仁軌爲文昌左相，八十四而薨。

---

① 太白，星名，亦稱“啓明星”，在中國民間稱其爲“太白”或“太白金星”。

　　裴行儉尤曉陰陽之術，每制敵摧陣，先期捷日。嘗出軍至單於北塞，晚下營，壕塹方周，遽令移就岡上。將士皆以士衆方安，不可勞擾，行儉促之。比夜，風雨暴至，前設營處，水深丈餘。

　　蕭嵩與吳郡陸象先爲僚友。宣州相術夏榮謂象先曰：“陸郎十年內，位極人臣，然不及蕭郎一門盡貴，官高而有壽。”陸果爲相，蕭亦爲相，壽至八十，其子華，孫俛、仿，皆至宰輔。

　　高智周少與鄉人蔣子慎善，同詣相者。相者曰：“明公位極人臣，然允嗣微弱。蔣侯官職至薄，而子孫轉盛。”智周果作相，子慎爲建安尉卒，其子繪謁智周，智周以女妻之。繪子捷爲刺史，捷子洌爲左丞，洌弟渙爲給事中。高氏之後，殄滅已久。果符相者之言。

　　太原術士溫彬，高宗時已老，臨終封一狀，謂其妻曰：“吾死後，年名垂拱，即詣闕獻之，慎勿開也。”垂拱初，其妻獻之，預陳則天革命及突厥至趙定事，俱驗。

　　崔信明以五月五日正中時生，有異雀數頭，身形甚小，五色畢備，集於庭樹，鳴聲清宛。隋太史令史良至青州，爲之占曰：“五月爲火，火爲離，離爲文采。日正中，文之盛也。又有雀五色，奮翼而鳴，兒必文藻煥爛。雀形既小，禄位殆不高。”及長，博文強記，下筆成章，終於秦州令。

　　薛頤嘗密謂秦王曰：“德星守秦分，王當有天下。願王自愛也。"太宗朝，上表請爲道士。太宗爲置紫府觀，觀中建一清臺，以考玄象。

甄權能針灸，狄嶔苦風患，手不能引弓，權曰："但將弓矢向垛，一針可愈矣。"計其肩隅一穴，即時能射。其弟立言，亦善醫。杜淹風毒發腫，立言曰："從今更十一日午時死。"如期而死。有尼明律，腹脹身瘦，立言曰："誤食髮成蟲也。"令服雄黃，吐一蛇，如小指大，惟無眼。燒之，有髮氣。尼疾乃愈。

乙佛弘禮能相，隋煬帝亦自能之。曰："卿相朕，終當如何？如卿言與朕術不同，罪當死。"弘禮曰："臣所學相術，凡人之相，有類陛下者，不得善終。臣聞聖人不相，故知聖人與庶凡不同爾。"自是帝常遣使監之，不得與人交言。薛大鼎坐事没爲奴，詣弘禮，曰："君，奴也。"大鼎有慚色，解衣示之。弘禮曰："自腰以下，當爲方岳之任。"後爲泗州刺史。

袁天綱善相，則天初在繦褓，天綱來至第中，謂其母曰："夫人骨法，必生貴子。"示之，見元爽、元慶，曰："此二子，皆保家之主，官至三品。"見韓國夫人，曰："此女亦大貴，又利其夫。"乳母時抱則天，衣男子之服，天綱曰："此郎君子，神色奧妙，不可易知。"試令行，又令舉目，天綱大驚曰："龍睛鳳頸，貴人之極也。"更轉側視之，又驚曰："若是女，當爲天下之主矣。"

盧齊卿童幼，問孫思邈他日之事。思邈曰："汝後五十年，位登方伯，吾兒當爲屬吏，可自保也。"後齊卿爲徐州刺史，思邈孫溥，果爲蕭縣丞。齊卿問時，溥猶未生。

張憬藏相蔣儼云："自此二年，當得東宮掌兵之官，秩未終而免職。免職之後，厄在三尺土下。據此合死，然後有兵位，不合中夭，至六十一爲蒲州刺史。十月三十日午時，祿絕。"儼後皆如其言。常奉使高麗，因地窖中，終六年得歸。及在蒲州，六十一矣。至期，召人吏妻子訣別，[①] 自云當死。俄有敕，許令致仕。

金梁鳳謂祠部郎中裴冕曰："半年間，公爲宰相，大富貴。"冕曰："公乃狂言，冕何至此。"梁鳳曰："有一日向東京，一日入蜀川，一日向朔方。此時公作相矣。"冕懼其言，深絕之。未幾，安祿山反，冕問三日之說，梁鳳曰："東京日即自磨滅，蜀川日亦不能久，此間日何轉分明。"其後祿山僭號，玄宗幸蜀，肅宗即位於靈武，冕果爲中書侍郎、平章事。

葉法善少傳符録，尤能厭劾鬼神，嘗於東都凌虛觀設醮，城中士女競往觀之。俄頃，數十人自投火中，觀者大驚，救之而免。法善曰："此皆魅病，爲吾法懾耳。"問之，果然。法善悉爲禁劾，其病乃愈。

苗晉卿嘗遇老父，問曰："要知前事乎?"晉卿曰："應

---

① "吏"，原爲空格，據守山閣本及《太平御覽》卷七三一補。

舉已久，有一第分乎？”曰：“大有事。”但更問，曰：“晋卿困窮，愛一郡，寧可及乎？”曰：“更向上。”曰：“廉察乎？”曰：“更向上。”曰：“將相乎？”曰：“更向上。”苗怒，全不信，曰：“將相向上是天子。”曰：“真者即不得，假者即得。”晋卿以爲怪誕，揖之而去。後果爲將相，玄宗崩，攝冢宰三日。

朱梁仇殷，藝術精密，太祖之在長蘆也，諸將請攻壁，令軍中人負藁二圍，置千積，① 俄而云集。殷曰：“何用？”或以所謀告之，殷曰：“我占之矣，不見攻壁象，無乃自退乎！”翌日，有騎馳報，丁會以潞州畔，太祖令盡焚其藁而還。

後唐周元豹，有袁、許之術，大略狀人形貌，比諸龜魚禽獸。目視臆斷，咸造其理。見王都，曰：“形若鯉魚，難免刀機。”都竟被殺。盧程衣道士服，與同志二人謁焉，元豹曰：“二君子，明年花發，俱爲故人。惟道士甚貴。”至來歲，二子果卒，程後登庸。

五代周翟光鄴，膚革肥晢，善於攝養，仕至樞府。司天監趙延乂有袁、許之術，嘗謂人曰：“翟君外厚而內薄，雖貴無壽。”卒時四十六。

---

① “千”，原作“於”，守山閣本及《舊五代史·仇殷傳》作“千”，“千”數目，喻極多，積，聚也，指堆積的很多，按文意，當改之。

趙延乂，清泰中，嘗與樞密直學士呂琦同宿於內庭，琦因從容密問國家運祚，延乂曰：“來年厄會之期，俟遇過別論。”琦詢之不已，延乂乃曰：“保邦在刑政，保祚在福德。於刑政，則術士不敢言，奈際會諸公，罕有卓絕福德者，下官實有恤緯之懼。”

五代漢隱帝時，宮中數有怪，大風雨，發屋拔木，吹破門扇，起十余步而落，震死者六七人，水深平地尺餘。帝召司天監趙延乂，問以禳祈之術。對曰：“臣之業在天文、時日，禳祈非所習也。然王者欲弭災異，莫如修德。”延乂歸，帝遣中使問如何爲修德，延乂請讀《貞觀政要》而法之。

巧　藝

宋時能棋，王抗第一，褚思莊、夏赤松第二。赤松思速，善於大行；思莊思遲，功於鬥棋。齊高帝使思莊與抗交賭，自食時至日暮，一局始竟，上倦，遣還省。至五更方決。抗睡於局後，思莊達旦不寐。或云：思莊所以品高，緣其思深久，人不能對。

王僧虔論書云：“從祖中書令瑉書，子敬曰：‘弟書如騎騾，騋騋常欲度驊騮前。’庾征西翼書，少時與右軍齊名，右軍後進，庾猶不憤，在荊州與都下人書云：‘小兒輩賤家雞，皆學逸少書，須吾下，當比之。’張翼，王右軍自書表，晉穆帝令翼題後答，右軍當時不別，久方悟，云：'小人几欲亂真。'"

齊王彬習篆隸，時人語云："三真六草，爲天下寶。"

宋垣容祖善彈，① 登西樓，見翔鵠雲中，謂左右："當生取之。"於是彈其兩翅，毛盡脫，墜地不傷。養毛生後飛去。其妙如此。

褚澄能醫，李道念有冷疾五年，澄曰："汝病是食白瀹雞子過多。"取蘇一升，令煮服之。吐一物如升，涎裹之，乃是雞雛，羽翅爪距皆具，凡十三頭，而病愈。

徐秋夫能醫，嘗夜有鬼神，吟聲甚悽愴，秋夫問："何須?"答言："姓某，家在東陽，患腰痛死，雖爲鬼，痛猶難忍，請療之。"秋夫曰："云何厝法?"鬼請爲芻人，按孔穴針之。秋夫如言，爲灸四處，又針肩井三處，設祭埋之。明日，見一人謝恩，忽然不見。

宋文帝云："天下有五絶，而皆出錢唐。"謂杜道鞠彈棋、范悦詩、褚欣遠模書，褚允圍棋、徐道度療疾。道度，秋夫字也。

薛伯宗善徙癰疽，公孫秦患背，伯宗爲氣封之，徙置庭前柳樹上。明旦，癰疽消，樹邊便起一瘤，如拳大，稍稍長

---

① "垣"，原作"桓"，"祖"，原作"素"，守山閣本及《南史·垣榮祖傳》作"垣榮祖"，垣榮祖(435—491)，字華先，彭城下邳(今江蘇邳州市)人，傳見《南史》卷二十一，今據改。。

二十餘日，瘤大膿爛，出黃赤汁斗餘，樹爲之痿損。

宋羊欣，字敬元，尤長隸書。年十二，夏月着新絹裙畫寝，王獻之書裙數幅而去。欣書本工，[①] 由此彌善。

宋有嵇元榮、羊蓋者，善彈琴，云傳戴安道法。齊柳惲從之學，特窮其妙。竟陵王子良曰：“卿巧越嵇心，妙臻羊體。”惲嘗賦詩未就，以筆插琴，客以箸扣之，惲驚其哀韻，乃製爲雅音。後傳擊琴，自此始。

齊劉瑱妹，爲鄱陽王妃，伉儷甚篤。王爲明帝所誅，妃追傷，遂成痼疾。有陳郡殷蒨，善畫，瑱令畫王形像，并圖王所寵姬共照鏡，狀如欲偶寝，以示妃。唾之，因罵云：“故宜早死。”由此病愈。

梁蕭子雲善草隸，武帝論其書曰：“筆力勁峻，心手相應，巧逾杜度，美過崔寔。當與元常并驅爭先爾。”子雲出爲東陽太守，百濟使人求書，望船三十許步，拜行前，子雲爲停船三日，書三十紙與之，得金寶數百萬。

齊蕭鏗善射，常以埘的太闊，[②] 曰：“終日射侯，何難之有！”乃取甘蔗插地，百步射之，十發十中。

---

　　① “本”，原作“不”，守山閣本及《宋書·羊欣傳》作“本”，原本之意，按文意，當改之。
　　② “埘的太闊”，原作“押的大門”，據守山閣本及《南史·齊高帝諸子傳下·宜都王鏗傳》作“埘的太闊”。埘的，指箭靶。埘的太闊，指箭靶太大。當改之。

齊蕭賁善畫,① 於扇上圖山水，咫尺之內，便覺萬里爲遙。矜慎不傳，自娛而已。

梁宣城王於東府起齋，令顧野王畫古賢，命王襄書贊，時人稱爲二絶。

梁顔協工於草隸飛白，荆楚碑碣皆協所書。時又有會稽謝善勛,② 能爲八體六文，方寸千言。

自漢始有佛象，形制未工。宋戴顒父子特善其事。宋世子鑄丈六銅像於瓦官寺，既成，面瘦，乃臂胛肥耳。及減臂胛，瘦患即除。觀者嘆服。

西魏文帝造二欹器，一爲二仙人共持一鉢，同處一盤，鉢蓋有山，山有香氣，又一仙人持金瓶以臨器上，傾水灌山而注乎器，煙氣通發山中，謂之“仙人欹器”；一爲二荷同處一盤，相去盈尺，中有蓮下垂器上，以水注荷，則出於蓮而盈乎器，爲鳧雁蟾蜍飾之，謂之“水芝欹器”。二器皆置清徽前，形似觥而方，滿而平，溢則傾。

隋耿詢之，巧思若神，創意造渾天儀，不假人力，以水轉之，施於暗室中，外候天時，動合符契。又作馬上刻漏，世稱其妙。

北齊馬嗣明善醫，楊愔患背腫，嗣明以煉石塗之便瘥，

<hr />

① “賁”，原作“爲遥”，守山閣本及《南史·蕭昭胄傳》作“賁”。蕭賁，字文奐，形不滿六尺，神識耿介。傳見《南史》卷四四，今據改。
② “勛”，原缺，據守山閣本及《南史·顔協轉》補。

因此爲愔所重。煉石法，取礜黃石如鵝鴨卵大，猛火燒令赤，納醇醋中，自有石屑落醋裏，頻燒至石盡，取石屑曝幹，搗下蓰，和醋以塗腫上，無不愈。

梁姚僧坦，武帝常因發熱，服大黃，增坦曰：“至尊年高，大黃快藥，不宜輕用。”帝弗從，遂至危篤。梁元帝嘗有心腹疾，諸醫皆請用平藥。僧坦曰：“脈洪實，宜用大黃。”從之，因而疾愈，賜錢百萬。

隋許智藏，秦王俊有疾，文帝馳召之。俊夜夢其亡妃崔氏泣曰：“本來相迎，今召許智藏，必當相苦，奈何！”明夜，又夢曰：“妾得計矣，當入靈府中避之。”智藏至，爲俊診脈，曰：“疾已入心。”即死。

隋何稠有巧思，煬帝伐遼，稠制行殿及六合城。帝於遼左與賊相對，夜中施之，其城周回八里，及女垣合高十仞，①上布甲士，立仗建旗，四隅置闕，面列一觀，觀下三門。比明而畢，高麗望見，謂若神功。

宇文愷爲煬帝造觀風行殿，上容侍衛者數百人，離合爲之，下施輪軸，推移倏忽，有若神功。人見之者，莫不驚駭。

中國久絕琉璃之作，匠人無敢厝意。何稠以綠瓷爲之，與真不異。

---

① “十”，原作“千”，守山閣本及《隋書·何稠傳》作“十”，按文意，當改爲“十”仞。

唐尉遲敬德善用稍，每單騎入賊陣，賊稍攢刺，終不能傷。又能奪取賊稍，還以刺之。齊王元吉亦善馬稍，欲與相校，凡三奪元吉之稍，元吉雖相嘆異，然甚以爲恥。

虞世南同郡沙門智永，善王羲之書。世南師焉，妙得其體。太宗以世南有五絕，書翰是其一。

薛稷尤工隸書。自貞觀、永徽之際，虞世南、褚遂良，時人宗其書，自後罕復能繼者。稷外祖魏徵，家富圖藉，多有虞、褚舊迹。稷銳精模仿，筆態遒麗，當時無及之者。又善畫，博探古迹。睿宗在藩，留意小學，稷於是時，特見招引。

太宗工王羲之書，尤善飛白。[①] 嘗宴三品於玄武門，帝操筆作飛白字賜群臣，或乘酒爭取於帝手。劉洎登御牀，引手得之。皆奏曰："洎登御牀，罪當死，請付法。"帝笑曰："昔聞婕妤辭輦，今見常侍登牀。"

閻立本善畫，《秦府十八學士圖》及貞觀中《淩煙閣功臣圖》，并立本之迹也，時人稱妙。太宗與侍臣學士汎舟於春苑，池中有異鳥隨波容與，[②] 太宗擊賞，詔座者賦詩，召立本令寫焉。閣外傳呼云："畫師閻立本。"時已爲主爵郎中，

---

① 飛白，是書法中的一種特殊筆法，它的筆劃有的部分呈枯絲平行，轉折處筆劃突出，在書寫中產生力度，使枯筆產生"飛白"，與濃墨、漲墨產生對比，以加強作品的韻律感和節奏感。

② 容與，安閑自得的樣子。

奔走流汗，俯伏池側，手揮丹粉，瞻望座賓，不勝愧赧。退戒其子曰："吾少學讀書，今惟以丹青見知，躬厮役之務，辱莫甚焉！汝宜深戒，勿習此末技。"

太宗嘗謂魏徵曰："虞世南死後，無人可與論書。"徵曰："褚遂良下筆遒勁，甚得王逸少體。"太宗即日召令侍書。太宗出金帛購王羲之書，天下爭獻，遂良辨認真僞，一無舛誤。

高宗以裴行儉工草書，以絹素百卷，令行儉草書《文選》一部，帝覽之稱善，賜帛五百段。行儉嘗謂人曰："褚遂良非精筆佳墨，未嘗輒書。不擇筆墨而妍捷者，惟余與虞世南耳。"

韓皋生知音律，嘗觀彈琴，至《止息》，嘆曰："妙哉！嵇生之爲是曲也，其當晋、魏之際乎！其音主商，商爲秋聲，秋也者，天將搖落蕭殺，其歲之晏乎！又晋乘金運，商，金聲，此所以知魏之季而晋將代也。慢其商弦，與宫同音，是臣奪君之義也，所以知司馬氏之將篡也。司馬懿受魏帝顧托後嗣，反有篡奪之心，自誅曹爽，逆節彌露。王凌都督揚州，謀立荆王彪，毋丘儉、文欽、諸葛誕，前後相繼爲揚州都督，咸有匡復魏室之謀，皆爲懿父子所殺。叔夜以揚州故廣陵之地，彼四人者，皆魏室文武大臣，咸敗散於廣陵也。《止息》者，雖晋暴興，終止息於此也！其哀憤躁蹙，慘痛迫脅之旨，盡在是矣。永嘉之亂，其應乎！叔夜撰此，將貽後代之知音者，且避晉、魏之禍，故托之於鬼神也。”

李皋嘗運巧思，爲戰艦，挾二輪蹈之，朔風疾鼓，若掛帆席。又造欹器，進入內中，所造皆省易而久固。

柳公權初學二王書，遍閱近代筆法，體勢勁媚，自成一家。當時公卿大臣碑板，不得公權手筆者，人以爲不孝。外邦入貢，皆別署貨具，曰：“此購柳書。”上都西明寺《金剛經》碑，備有鍾、王、歐、虞、褚、陸之體，尤爲得意。文宗夏日與學士聯句，帝曰：“人皆苦炎熱，我愛夏日長。”公權續曰：“薰風自南來，殿閣生微涼。”文宗吟諷，以爲詞清意足，令公權題於殿壁，方圓五寸，帝視之，嘆曰：“鍾、王復生，何以加焉。”大中初，轉少師，入謝，宣宗召升殿，御前書三紙。一紙真書十字，曰：“衛夫人傳筆法於王右軍”；一紙書十一字，曰：“永禪師真草《千字文》得家法”；一紙草書，曰：“謂語助者，焉哉乎也。”賜銀錦等，仍令自書謝狀，勿拘真行，帝尤奇惜之。

懿宗時，伶官李可及能轉喉爲新聲，音詞曲折，聽者忘倦。同昌公主除喪，帝與淑妃思念不已，可及爲《嘆百年》舞曲。舞人珠璣盛飾者數百人，畫魚龍地衣，用官綖五千匹。曲終樂闋，珠璣覆地，詞語淒惻，聞者流涕。可及爲子娶婦，帝賜酒二銀樽，啓之，非酒，皆金翠也。僖宗即位，逐死嶺南。

歐陽詢初學王羲之書，漸變其體，筆力險勁，爲一時之絶。人得其尺牘文字，咸以爲楷範。高麗甚重其書，嘗遣使求之。高祖嘆曰："不意詢之書名，遠播如此。彼觀其迹，固謂其形魁梧耶。"以詢貌寢陋故也。

賀知章善草隸書，時有吳郡張旭，亦與知章相善。旭善草書而好酒，每醉後，號呼狂走，索筆揮灑，變化無窮，若有神助，時人號爲"張顚"。

王維書畫特臻其妙，筆端措思，參於造化。而創意經圖，即有所缺，如山水平遠，雲峰石色，絶迹天機，非繪者之所及也。

拂菻，即大秦國也。其俗無瓦，搗白石爲末，羅之塗屋上，其堅密光潤，還如玉石。至於盛暑，人歊煩，乃引水潛流上，遍於屋宇，機制巧密，人莫知。觀者惟聞屋上泉鳴，俄見四簷飛溜，懸波如瀑，激氣成涼風，其巧妙如此。

玄宗開元十三年，作水運渾天成，上具列宿，注水激輪，令其自轉，晝夜一周。別置二輪，絡在天外，綴以日月，逆天而行，淹速合度。置木櫃爲地平，令儀半在地下。又立二木人，每刻擊鼓，每辰擊鐘，機械皆在櫃中。

後唐莊宗與梁人隔河相抗，李存進欲造浮橋。軍吏曰："河橋須竹索大舽，兩岸石倉鐵牛以爲固。今無竹石，竊慮難成。"存進曰："吾成筭在心，必有所立。"乃令軍造葦索，維大艦數十艘，作土山、巨木於岸以纜之。初，軍中以爲戲，月余，橋成，制度條直，人皆服其勤智。莊宗舉酒曰："存進，吾之杜預也。"

排　調

宋何尚之與顔延年少相好狎，[①] 二人并短小。尚之嘗謂
延年爲猿，延年目尚之爲猴。同游太子西池，延年問路人云：
"吾二人誰似猴？"路人指尚之爲似，延年喜笑，路人云：
"彼似猴爾，君乃真猴。"

宋孝武寵姬殷貴妃薨，葬畢，數與群臣至墓次，謂劉德
願曰："卿哭貴妃，若悲，當加厚賞。"德願應聲便號慟，上
悦，以爲豫州刺史。又令醫人羊志哭，志亦嗚咽。他日，或
問志："那得此副急淚。"志時新喪嬖人，答曰："我爾日自
哭亡妾耳。"

謝朓告王敬則反，敬則女爲朓妻，常懷刃欲報朓，朓不
敢相見。及朓當拜吏部郎中，謙挹尤甚。尚書郎范縝嘲之曰：
"卿人才無慚小選，但恨不可刑於寡妻。"

王裕之形狀短小，而起坐端方。桓玄謂之彈棋發八勢。

梁武帝賞接到漑，每與對棋，從夕達旦。或復失寢，加
以低睡，帝以詩嘲之曰："狀若喪家狗，又似懸風槌。"

宋沈昭略逢王約，張目視之，曰："汝是王約邪？何乃肥

---

① 狎，親近，親熱。

而癡。”約曰：“汝是沈昭略邪？何乃瘦而狂。”昭略撫掌大笑，曰：“瘦已勝肥，狂又勝癡，奈何王約，奈爾癡何！”

齊柳惔甚重其婦，頗或畏懼。性愛音樂，女妓精麗，惔略不敢視。僕射張稷與惔狎密，而爲惔妻所敬。稷每詣惔，必先通問夫人。惔欲見妓，常因稷以請，然後惔妻隔幔坐，令諸妓出，惔始得寓目焉。

梁劉諒爲湘東王所善，王一日嘗游江濱，嘆秋望之美，諒曰：“今日可謂‘帝子降於北渚’。”王以爲刺已，曰：“卿言‘目眇眇而愁予’耶？”由此嫌之。

齊王儉與王敬則同拜三公，徐孝嗣於崇禮門候儉，因嘲之曰：“今日可謂連璧。”儉曰：“不意老子遂與韓非同傳。”

梁劉之遴嘗夢爲折臂太守，後果牛奔墮車折臂，爲南郡太守。周舍戲之曰：“雖復并坐可横，政恐陋巷無枕。”

齊高爽詣孫抱，了無故人之懷。取筆書鼓，云：“徒有八尺圍，腹無一寸腸。面皮如許厚，受打未渠央。”抱形體肥壯，腰帶十圍，爽故以此譏之。

王偉，侯景之徒也，景敗，元帝愛其才，將捨之。朝士多忌之，曰：“前日偉作檄文，有異詞句。”帝求而觀之，云：“項羽重瞳，尚有烏江之敗；湘東一目，寧爲四海所歸。”帝大怒，以釘釘其舌於柱，剜其腸，顏色自若。

宋世君臣，好以父諱爲戲。王僧虔子慈，謝鳳子超宗，慈方學書，超宗曰：“卿書何如虔公？”慈曰：“慈書比大人，猶雞之比鳳。”王彧之子絢，何尚之子偃，絢五六歲，讀書《論語》，至“周監於二代，郁郁乎文哉”，外祖何尚之戲曰：“可改作‘耶耶乎文哉’？”絢曰：“尊者之名，安可爲戲？寧可道‘草上之風必舅’。”殷淳之子孚，何無忌之子勗，嘗共食，孚羹盡，勗曰：“益殷蓴羹？”孚答曰：“何無忌諱。”謝莊之子瀹，劉勔之子悛，嘗同飲，悛曰：“謝莊兒不可云不能飲。”瀹曰：“苟得其人，自可流湎千日。”蔡興宗之子約，王僧虔之子慈，同入寺，遇沙門懺，約曰：“眾僧今日可謂虔虔。”慈應聲曰：“卿如此，何以興蔡氏之宗。”張邵小名梨，子敷小名樝，文帝戲之曰：“樝何如梨？”敷曰：“梨是百果之宗，樝何敢比也。”孝武好詆群臣，并使自相嘲訐，以爲歡笑。一日，使王僧朗戲其子景文，江智深正色曰：“恐不宜有此戲。”上怒曰：“江僧安癡人，癡人自相惜。”僧安，智深之父也，智深避席流涕。謝鳳之子超宗，謝莊之子朏，宋明帝敕二人由鳳莊門入，超宗曰：“君命不可不往。”乃趨入，朏曰：“君處臣以禮。”遂不入。

元孚性機辯，好酒，貌短而禿。周文帝偏所眷顧，嘗於室內置酒十缸，餘一斛，上皆加帽，欲戲孚。適入室，見即驚喜，云：“吾兄弟輩甚無禮，何爲竊入王家，斥坐相對？宜早還宅也。”因持酒歸。周文拊手大笑。

北齊宋遊道，交遊存然諾，① 時人云：“游道獼猴面，陸操科斗形。意識不關見，何謂醜者必無情。”李構嘗因遊道會客，因戲之云：“賢從在外，宜自迎接。”爲之通名，稱“族弟游山”。遊道出見之，乃獼猴而衣帽也。

鄭譯請還治疾，隋文帝召見於醴泉宮，令内史李德林立作詔書，復爵沛國公、上柱國。高熲戲曰：“筆乾。”譯曰：“出爲方岳，杖策言歸，不得一錢，何以潤筆？”帝大笑。

北齊李庶，生而天閹，崔諶調之曰：“教弟種鬚，以錐遍刺作孔，插以馬尾。”庶曰：“請以此方，回施貴族藝眉。”世傳諶門有癩疾，故庶之言如此。

北齊孫搴，學淺行薄，邢邵嘗謂曰：“須更讀書。”② 搴曰：“我精騎三千，足敵君贏卒數萬。”搴嘗服棘刺丸，③ 李諧調之曰：“卿應自足，何假外求？”坐者皆笑。

柳機、柳昂在周朝，俱歷顯要，至隋受禪，并爲外職。時楊素方用事，因文帝賜宴，素戲機曰：“二柳俱摧，孤楊獨聳。”

---

① “存”，原作“字”，粵雅堂本作“孚”，守山閣本及《北齊書·宋游道傳》作“存”。然諾，指許諾，答應，然、諾皆應對之詞，引申爲言而有信。存然諾，指遵守諾言，按文意，當改之。

② “更”，原作“臾”，守山閣本及《北齊書·孫搴傳》作“更”，“更”更加，按文意，當改之。

③ “刺”，原缺，據《北齊書·孫搴傳》補。棘刺，药用植物，主治虚勞诸气不足等症状。

隋侯白好俳諧，楊素與牛弘退朝，白曰："日之夕矣。"素曰："以爲我'牛羊下來'邪!"

北齊徐之才嘲王昕姓，云："有言則誑，近犬便狂，加頸足而爲馬，施角尾而成羊。"又嘲盧元明，云："在上爲虐，在丘爲虚，生男爲虜，配馬成驢。"

梁宗如周面狹長，蕭詧戲之云："卿何爲謗經。"如周曰："自來不謗經。"詧大笑曰："君當不謗餘經，正應不信《法華經》爾。"蓋《法華經》云："聞經隨喜，面不狹長也。"如周乃悟。

蘇威之子夔少聰敏，楊素甚奇之，戲威曰："楊素無兒，蘇夔無父。"

隋柳調爲侍御史，楊素曰："柳條通體弱，獨摇不禁風。"調斂板正色曰："調信無取者，公不當以爲侍御史；調信有可取，不應發此言。公當具瞻之地，① 樞機何可輕發。"素甚奇之。

隋麥鐵杖，因朝集，考功郎豆盧威嘲之曰："麥是何姓?"鐵杖曰："麥豆不殊，那忽相怪。"威赧然無以應之。

唐閻立本爲右相，姜恪爲左相。恪立功塞外，立本尤善圖畫，非宰輔之器。時人語曰："左相宣威沙漠，右相馳譽

① 具瞻，谓爲众人所瞻望。語出《诗·小雅·节南山》："赫赫师尹，民具尔瞻。"毛傳："具，俱；瞻，視。"鄭玄箋："此言尹氏汝居三公之位，天下之民俱視汝之所爲。"

丹青。”

虞世基，世南兄也；許善心，敬宗父也，同爲宇文士及所害。封德彝時爲内史舍人，備見其事，因謂人曰：“世基被誅，世南匍匐而請代；善心之死，敬宗舞蹈以求生。”人以爲口實，敬宗深銜之。

李昭德，則天時爲相。有人於洛水中獲白石，有數點赤，詣闕進之。諸宰相問其故，對曰：“爲此石赤心，所以來進。”昭德叱之曰：“此石赤心，洛水中餘石豈盡反邪？”左右皆笑。

來俊臣與李昭德素不協，乃誣構昭德有逆謀，因下獄。俊臣以罪，同日被誅。是日大雨，士庶莫不痛昭德而慶俊臣也。相謂曰：“今日天雨，可謂一笑一悲矣。”

則天時三月雪，蘇味道等以爲瑞，草表將賀。王求禮止之曰：“宰相調燮陰陽，而致雪降暮春，災也。安得爲瑞？如三月雪爲瑞，則臘月雷亦爲瑞矣。”舉朝嗤笑，以爲口實。

苗晋卿爲吏部侍郎，御史中丞張倚男奭參選，爲書判之首。衆知奭不讀書，議論紛然。玄宗親試之，奭持紙，竟日不下一字，時謂之“曳白”。① 上怒，貶張倚爲淮南太守，敕曰：“門庭之間，不能訓子；選調之際，② 仍以托人。”時士

---

① 曳（yè）白，成卷紙空白，隻字未寫。
② 選調，候補官員等待遷調。

子皆以爲戲笑。

朱泚僭逆，姚令言爲侍中，源休同知政事。群凶宴樂，既醉，令言與休論功。令言自比蕭何，休曰："帷幄之謀，成業之業，無出子之右者。吾比蕭何，子爲曹參可矣。"時朝士在賊庭者，聞之皆笑，謂休爲"火迫酇侯"。

喬琳好談諧侮謔，爲監察御史，與同寮畢耀嘲誚往復，因成釁隙，遂以公事互相告訐，坐貶巴州司户。朱泚僭逆，琳掌賊中吏部，選人前白曰："所注某官不穩便。"琳答曰："足下謂此選竟穩便乎？"

李泌爲相，奏請罷拾遺、補闕，上雖不從，亦不除人，故諫司惟韓皋、歸登而已。泌仍命妝其署餐錢，令登等寓食於中書舍人。故時戲云："韓諫議難分左右，歸拾遺莫辯存亡。"

顧況惟好談諧，柳渾、李泌與之厚，自謂知己秉樞要，當得達官。久之，遷著作郎，況不樂，求歸於吳。班列群官，皆有侮玩之目，人皆惡嫉之。泌卒，況不哭，而有調笑之言，爲憲司所劾，貶饒州司户。

關播奇重李元平，令知汝州，禦李希烈。至部，募人修城，希烈令數百人投募，縛元平馳去。既見希烈，遣下污地。希烈見其眇小，無須，戲謂人曰："使汝取李元平，何故將元平兒來？"因罵曰："瞎宰相使汝當我，何侍我淺也。"

李實奏不旱，由是租税皆不免。人窮無告，乃徹屋瓦，賣麥苗，以供賦斂。優人成輔端因戲作語云：“秦地城池二百年，何期如此賤田園。一頃麥苗五碩米，① 三間堂舍二千錢。”如此語有數十篇，實以爲誹謗，德宗遽令杖殺此優。

王士平尚德宗義陽公主，② 縱恣不法，士平與之忿爭，憲宗幽公主於禁中，幽士平於私第，後釋之。時輕薄文士蔡南史，爲《團雪》《散雪》等曲，言遊處離異之狀，往往歌於酒席。憲宗聞而惡之，欲廢進士科。

于頔爲蘇州刺史，暴橫。觀察使王緯奏其事，德宗不省。後頔累遷，乃與緯書曰：“一蒙惡奏，三度改官。”

劉禹錫，元和十年，自武陵召還，宰相復欲置之郎署。時禹錫作《遊玄都觀咏看花君子詩》，語涉譏刺，執政不悦，復出連州。大和二年，自和州召還，復作《遊玄都觀詩》，前篇云：“紫陌紅塵拂面來，無人不道看花回。玄都觀裏桃千樹，盡是劉郎去後栽。”後篇云：“百畝庭中半是苔，桃花淨盡菜花開。種桃道士今何在，前度劉郎又到來。”人嘉其才，而薄其行。

韓退之戲孟郊云：“公合識安禄山。”郊低頭云：“識即

---

① “五碩”，原作“碩五”，“五碩米”即五石米。據守山閣本及《舊唐書·李實傳》乙正。
② “德”，原作“憲”，守山閣本作“德”，《新唐書·德宗十一女傳》：魏國憲穆公主，初封義陽公主，下嫁王士平。貞元年間，義陽公主去世，追封魏國憲穆公主。今據改。

不識，大知有他。”

豆盧瑑乾符中作相，宣制日，大風雷雨拔樹。左丞韋蟾賀之，瑑言及雷雨之異，蟾曰：“此應相公爲霖作解之祥也。”瑑笑曰：“霖何甚耶？”及巢賊犯京師，僖宗出幸，瑑死於張直方之第。識者以風雷不令之兆。

鄭綮善爲詩，多侮劇刺時，故落格調，① 時號“鄭五歇後體”。初去盧江，與郡人别云：“惟有兩行公廨淚，一時灑向渡頭風。”滑稽皆此類也。

姜師度好溝洫，所在必發衆穿掘，雖有不利，而成功亦多。先是太史令傅忠孝，善占星緯，時人語曰：“傅忠孝兩眼看天，姜師度一心穿地。”人傳之以爲口實。

酷吏郭霸，爲鬼所殺。時洛陽橋壞，行李病之。至是功畢，則天問群臣：“比在外有何好事？”舍人張元一素滑稽，對曰：“百姓喜洛橋成，幸郭霸死，此即好事。”

王勃爲沛王府修撰，諸王鬥雞，互有勝負。勃戲爲《檄英王雞文》。高宗覽之，怒曰：“據此，是交構之漸。”即日斥勃，不令入府。

鄧元挺爲吏部侍郎，既不稱職，甚爲談者所鄙。又患消渴之疾，選人目爲“鄧渴”，爲詩榜於衢路，自唐以來，掌

---

① “格”，原作“枝”，守山閣本及《舊唐書·鄭綮傳》作“格”，“格調”指文章的風格，按文意，當改之。

選之失，未有其比也。

薛逢與劉瑑相善，而瑑詞藝不逮，逢每侮之。至大中末，瑑稍歷禁近，逢愈不得意，自是相怨。瑑作相，逢爲郎官，有薦逢知制誥者，瑑以先朝立制，給舍須歷郡縣，而逢未嘗治郡，出爲巴州刺史。既而，沈詢、楊收、王鐸由學士相繼作將相，皆逢同年進士，而逢文藝最優。楊收作相，逢有詩云：“須知金印朝天客，同是沙堤避路人。威鳳偶時皆瑞聖，應龍無水謾通神。”收聞而大銜之，出爲蓬州刺史。收罷相，入爲太常少卿、給事中。王鐸作相，逢又有詩云：“昨日鴻毛萬鈞重，今朝山岳一毫輕。”鐸亦怨之，以恃才褊忿。人士鄙之，終於秘書監。

崔善爲爲尚書左丞，令史惡其聰察，以其短而身傴，嘲之曰：“崔子曲如鈎，隨例得封侯。髆上全無項，胸前別有頭。”高祖購造言者，加其罪。

秦宗權爲其愛將申叢所執，昭宗御延喜樓受俘。京兆尹孫揆以組練繫之，徇於兩市。宗權檻中引頸謂揆曰：“尚書明鑒，宗權豈反者耶？但輸忠不效爾。”衆大笑。

神龍中，每霖雨，必開閉坊門禳災。右衛騎曹宋務先上疏云：“雨暘或愆，貌言爲咎，① 豈有一坊一市，遂能感召星靈；暫閉暫開，便欲發揮神造。至令巷議街言，共呼坊門爲

---

① “貌”，原爲空格，據粵雅堂本及《舊唐書·五行志》補。

宰相，謂能節宣風雨，燮調陰陽。如是，則赫赫師尹，便爲虛設；悠悠蒼生，復何所望？"景龍中，東都霖雨百餘日，閉坊市北門，駕車者甚苦迂遠街市，言曰："宰相不能調陰陽，致茲恒雨，令我迂行。"會中書令楊再思過，謂之曰："於理則然，亦卿劣耳。"

順宗册憲宗爲太子，中外相賀，至有感泣者。王叔文獨有憂色，口不敢言，但吟杜甫詩云："出師未捷身先死，長使英雄淚滿襟。"聞者哂之。

僖宗善騎射，劍槊，① 法筭，至於音律、蒲博，② 無不精妙。好蹴鞠、鬥雞，與諸王賭鵝，一頭至直五十緡。尤善擊球，嘗謂優人石野猪曰："朕若應擊球進士舉，須爲狀元。"野猪對曰："若遇堯、舜作禮部侍郎，恐陛下不免駁放。"上笑而已。

昭宗時，秦裴爲楊行密守昆山，錢鏐使顧全武攻之不下。全武檄裴令降，全武嘗爲僧，裴封函納欸，全武喜，召諸將發函，乃佛經一卷。全武大慚，曰："裴不憂死，何暇戲乎！"益兵攻城，引水灌之，裴乃降。全武勸錢鏐宥之，鏐從之。時人稱全武長者。

昭宗時，李茂貞劫駕幸鳳翔。朱全忠圍城，攻城者詬城

---

① "劍"，原缺，據守山閣本補。"劍槊"，劍和槊，泛指兵器。
② 蒲博，古代的一種博戲，後亦泛指賭博。

上人云："劫天子賊！"乘城者詬城下人云："奪天子賊！"

　　朱梁成汭初作僧，後鎮荆南，撫緝雕殘。時韓建亦披荆棘以緝華州，人號"北韓南郭"。初，澧、朗二州本屬荆南，[①]乾寧中，爲土豪雷滿所據。汭奏請割隸唐。宰相徐彦若執而不行，汭銜之。及彦若出鎮南海，路過江陵，汭猶怏怏語及前事，彦若曰："令公位尊方面，自比桓、文，雷滿者偏州一草賊爾。令公何不加兵而反怨朝廷乎？"汭赧然而屈，因思嶺外有黄茅瘴，患者皆髮落，乃謂彦若曰："黄茅瘴，望相公保重。"彦若應聲曰："廣南黄茅瘴，不死成和尚。"譏汭曾爲僧也，汭終席慚赧。

　　後唐莊宗劉后，生皇子繼岌，后父劉叟以醫爲業，詣鄴宮自陳，后方與諸夫人爭寵，恥爲寒族，笞劉叟於宮門。莊宗好俳優，宮中暇日，自負藥笈，令繼岌攜敝蓋相隨，自稱劉山人求訪女。后大怒，笞繼岌。

　　後唐僧誠惠，云能役使毒龍，[②]可致風雨，其徒號爲"降龍大師"。京師旱，莊宗迎至洛下，親拜之，六宮參禮，[③]士庶瞻仰，謂朝夕可致甘澤。禱祝數旬，略無徵應。或謂：

---

　　① "二"，原作"一"，《新唐書·成汭傳》云："澧、朗本荆南隸州"。荆南節度使在至德二載（757年）設置，治所在荆州。管轄荆州、澧州、朗州、峽州、夔州、忠州、萬州、歸州、郢州、複州、峽州、夔州、忠州、萬州。澧州，梁敬帝紹泰元年（555）置澧州。朗州，隋改嵩州置朗州，治武陵。

　　② 役使，驅使，支配。

　　③ 六宮，本義是指古代皇后的寢宮；參禮，猶參拜。

“官以祈雨，無驗，將加焚燎。”誠惠懼而遁去。及卒，賜號
“法雨大師”，塔曰“慈雲之塔”。

　　石晉桑維翰，身短面廣，每引鑒，自嘆曰：“七尺之身，
何如一尺之面。”登第，同榜四人，秦王幕客陳保極戲謂人
曰：“今歲三個半人及第。”① 以維翰短陋，故謂之半人也。

　　石晉王松，契丹北還，蕭翰立許王從益，僞署松爲左丞
相。漢祖入洛，先降詔，諭令受僞命者，可并焚毀，勿至憂
疑。於是臺司悉斂僞署告牒焚之，松以手自指其胸，謂同列
曰：“此即二十四考中書令也。”

　　五代周張可復，依晉公霍彦威爲青州從事。晉公以其滑
稽好避事，目爲“奸兔兒”。

　　唐莊宗趨大梁，梁主召宰相謀之。鄭珏請自懷傳國寶，
詐降，以紓難。② 梁主曰：“今日固不敢愛寶，但如卿此策，
竟可了否？”珏俯首久之，曰：“但恐未了。”左右皆縮頸
而笑。

　　唐莊宗或自傅粉墨，與優人共戲於庭，③ 以悦劉夫人，
名謂之“李天下”。嘗因爲優，自呼曰：“李天下！李天下！”
優人敬新磨遽前批其頰，帝失色，群優亦駭愕。新磨徐曰：

----

　　① “三”，原作“二”，據守山閣本及《舊五代史·陳保極傳》作“三”，按文
意，當改之。
　　② 紓，緩和、解除。
　　③ 優人，古代以樂舞、戲謔爲業的藝人。

"理天下者只一人，豈有兩人耶?"帝悦，厚賜之。

湖南高從誨，時唐、晉、契丹、漢更據中原，漢、閩、吳、蜀皆稱帝，從誨利其賜予，所向稱臣，諸國賤之，號"高無賴"。

江南邊鎬克建州，凡所俘獲，皆全之，建人謂之"邊佛子"。及克潭州，市不易肆，潭人謂之"邊菩薩"。既爲潭帥，政無綱紀，惟日設齋供，盛修佛事，潭州人失望，謂之"邊和尚"矣。

周行逢兼總湖南，留心民事，悉除馬氏橫賊。自王逵、劉言以來，屢舉兵，將吏積功及所羈縻蠻方，[①]檢校官三公者，以千數。行逢生日，諸道各遣使致賀。行逢有矜色，[②]謂徐仲雅曰："四鄰亦畏我乎?"仲雅曰："侍中境内，彌天太保，遍地司空，四鄰那得不畏!"

江南翰林學士常夢錫，屢言馮延巳等虛誕，唐主不聽。夢錫曰："奸言似忠，陛下不悟，亡國必矣。"及臣服於周，延巳之黨相與言，有謂周爲大朝者。夢錫大笑曰："諸公常致君堯、舜，何意今日爲小朝邪?"

---

① 羈縻，亦作"羇縻"，引申爲籠絡控制。
② 矜，自尊、自大、自誇。

卷 七

魯國孔平仲字毅甫

自 新

齊王洪軌爲晉壽太守，多昧贓賄，爲州所按，大懼，棄郡奔建業。後爲青、冀二州刺史，悔爲晉壽時貨賕所敗，更厲清節。

宋蕭思話，十許歲時，未知書，好騎屋棟，打細腰鼓，侵暴鄰曲，莫不患之。自後折節，數年中遂有令譽。

齊張充，緒之子也。緒歸吳，逢充獵，右臂鷹，左牽狗，曰：“一身兩役，無乃勞乎？”充拜曰：“充聞三十而立，今充二十九矣，請至來歲。”緒曰：“過而能改，顏氏有焉。”①及明年，便修改，多所該通，尤明《易》《老》，能清言，有令譽。

---

① 顏氏，顏回（前521—前490），字子淵，春秋魯人，孔子弟子。

齊高帝有故吏笁景秀，嘗以過繫作部。高帝謂荀伯玉：
“卿比看景秀否？”答曰：“數往候之，備加責誚，云‘若許
某自新，則吞刀刮腸，飲灰洗胃’。”帝善其言，乃釋之。

梁蕭恪爲雍州刺史，委政群下，賄賂公行，客有江仲舉、
蔡遠、王臺卿、庾仲容皆有蓄積。人間歌曰：“江千萬，蔡五
百，王新車，庾大宅。”武帝續之曰：“主人憒憒不如客。”
帝以示恪，恪大慚。乃折節學問，所歷以善政稱。

魏甄琛舉秀才，入都，頗以弈棋廢日，至通夜不止。令
蒼頭執燭，① 或時睡頓，則杖之，奴曰：“郎君辭父母仕宦，
若讀書執燭，不敢辭，今乃圍棋，日夜不息，豈是向京之意
乎？”琛恨然慚感，遂詣赤彪假書研習，② 聞見日優。

隋楊汪少凶疏，好與人群斗拳，所毆擊無不顛踣。長更
折節勤學，專精《左氏傳》，通《三禮》，解謁周冀王侍讀，
王甚重之，每曰：“楊侍讀德業優深，吾穆生也。”

長孫順德受人餽絹，唐太宗於殿廷賜絹數十匹，以愧其
心。云：“得絹甚於刑戮，如不知愧，一禽獸爾，殺之何
益？”順德後爲澤州刺史，折節爲政，號爲“明肅”。先是，
長吏多受餽餉，順德糾摘，一無所容，稱爲良牧焉。

太宗以柳亨爲光禄少卿，戒之曰：“與卿舊親，情素甚

---

① 蒼頭，指奴仆。
② 赤彪，即許赤彪。假書，借書。

厚，卿爲人交遊過名，今授此職，宜存簡靜。"亨性好射獵，有"饕洒"之名，自後頗自飭厲，杜絶賓客，約身節儉，太宗亦以此稱之。

趙武孟初以馳騁田獵爲事，嘗獲肥鮮以遺母，[1] 母泣曰："汝不讀書而田獵，如是吾無望矣！"竟不食其膳。武孟感激勤學，遂博通經史，舉進士，官至右臺侍御史。

程异以王叔文之黨貶，元和初，李巽薦异曉財穀，請棄瑕録用，擢領淮南五道兩税使。异自悔前非，屬已竭節，江淮錢穀之敝，多所剗革。不剥下，不浚財，經費以贏，人頗便之。後爲宰相。

石晉王建立，位居方伯，爲政嚴烈，其刑失於入者，不可勝紀。時人目之爲"王垜疊"，言殺人而積其尸也。晚年歸心釋氏，飯僧營寺，戒殺慎獄，民稍安之。

企 羨

齊王儉作解散幘，斜插簪，朝野慕之，相與仿效。儉常謂人曰："江左風流宰相，惟有謝安。"以自況也。儉生子，字曰元成，取仍世作相之義。

梁何思澄，終日造謁，每宿昔作名紙一束，曉便命駕。

---

① 肥鮮，肥腴鮮美。指腴美的食物。

朝賢無不悉押，所在命食。有人方之婁護，思澄欣然當之。

北齊李神儁晚年無子，見崔瞻才學風流，爲後來之秀，嘆謂邢邵曰："昨見崔校兒，[①]便爲後生第一。我遂無此物，見此使人傷懷。"

後魏明帝靈太后，嘗宴華林園，舉觴謂群臣曰："袁尚書，朕之杜預也。欲以此杯敬屬元凱，今爲盡之。"侍坐者莫不羨仰。

唐李襲譽好寫書，謂子孫曰："吾近京城有賜田十頃，耕之可以充食；河内有賜桑千株，蠶之可以充衣；江東所寫之書，讀之可以求官。吾没之後，爾曹但勤此三事，何羨於人。"

唐初選尚，多於貴戚，或武臣節將之家。憲宗時，翰林學士獨孤郁，權德輿之女婿，德輿作相，郁避嫌，辭内職。上頗重學士，不獲已，許之，且嘆德輿有佳婿。遂令宰相於卿士家，選文雅之士可居清列者，以尚岐陽公主。人皆辭疾不應，惟杜悰願焉，仕至三公。

玄宗時，太平久，朝廷尊，雖自冗官擢居方面，皆自謂下遷。倪若水爲汴州刺史，見班景倩入爲大理少卿，餞於郊，謂之登仙，恨不得爲驂僕焉。景倩時爲楊州采訪使。

武后時，宗楚客坐贓貶。太平公主觀其第舍，嘆曰："見其居處，吾輩乃虛生爾。"

湖南馬希聲聞梁太祖嗜食雞，慕之，日殺五十。引頤，[①]

食雞臁數盤，前吏部侍郎潘起譏之，曰："昔阮藉居喪食蒸，何代無賢。"

石晉梁文矩，喜清靜之教，聚道書數千卷，企慕赤松、留侯之事，而尤盡其善。然病風痹，五十九終。

簡　傲

王瞻，字明遠，負氣傲俗，好貶裁人物。仕宋爲王府參軍，嘗謁劉彥節，直登榻曰："君侯是公孫，僕是公子，引滿促膝，惟餘二人。"彥節不悅。

黃門郎路瓊之，太后之兄，慶之之孫也，與王僧達鄰居。盛車服以謁僧達，僧達不與語，謂曰："身昔門下驅路慶之者，① 是君何親？"遂焚瓊之所坐牀。太后怒，泣涕訴孝武帝，帝曰："瓊之年少，無事謁王僧達，見辱乃其宜爾。"

齊蕭子顯自負才氣，爲吏部尚書，見九流賓客不與交言，② 但舉扇一撝而已。衣冠竊恨。③

梁張纘性輕傲，爲尚書僕射。時何敬容方盛，賓客輻湊，④ 有詣纘者，輒拒之，曰："不能對何敬容殘客。"又云：

---

① 驅，古代養馬的人兼管駕車。
② 九流賓客，指上中下各品的人才和各種人物。
③ 衣冠，指世族、士紳。
④ 輻湊，車輻湊集於轂上，代指達官顯貴集聚一處。

“不喜與俗人共事。”出爲相州刺史。吳興人吳規，頗有才學，邵陵王綸引爲賓客，綸路經郢州，綸餞之南浦，規在坐，綸不平之，忽舉杯曰：“吳規，慶汝得陪今宴。”規即時起。規子翁孺，知父被辱，氣結便卒。規憤哭，亦殞。規妻深痛夫子，次日又亡。時人謂：“張綸一杯酒，殺吳氏三人。”

陳陳暄，乃後主狎客，甚見親昵而侮之。嘗倒懸於梁，臨之以刃，使作賦，仍限以晷刻。暄援筆即成，而傲弄轉甚。後主稍不能容，遂縛艾爲帽，加於其首，火以爇之，然及於髮，垂泣求哀，聲聞於外，而弗之釋。衛尉卿柳莊在坐，遽起撲之，拜謝曰：“陳暄無罪。”後主素重莊，乃引暄出。經數日，暄悸而死。

梁朱异輕傲朝賢，不避貴戚，人或侮之，异曰：“我寒士也，遭逢以至今日。諸貴皆恃枯骨見輕，我下之，則爲蔑尤甚，我是以先之。”

宋檀超，放誕任氣，爲州西曹，蕭惠開爲別駕，稍相淩辱，而超舉動嘯傲，目惠開曰：“何足以一爵高人。”超嗜酒，好談咏，自比晉郗超，言高平有“二超”。又謂人曰：“猶覺我爲優也。”

梁卞彬爲上虞令，有剛氣。會稽太守孟顗以令長裁之，積不能容，脫幘投地曰：“我所以屈者，政爲此幘爾，今已投之卿矣。卿以一世勳門，而傲天下國士！”拂衣而去。

唐李光弼爲太原尹，時節度使王承業軍政不修，詔御史崔衆交兵於河東。衆侮易承業，或衷甲持搶，突入承業廳事玩謔之。光弼聞之，素不平。至是，交衆兵於光弼，衆以麾下來，光弼出迎，旌旗相接而不避。光弼怒其無理，又不即交兵，令收繫之。頃中使至，除衆御史中丞，懷其敕，問衆所在，光弼曰：“衆有罪，繫之矣。”中使以敕示，光弼曰：“今只斬侍御史。若宣制令，即斬中丞。若拜宰相，亦斬宰相。”中使懼，遂寢之。翌日，以兵仗圍衆至碑堂下，斬之。

嚴武爲劍南節度使，舊相房琯出爲管內刺史。琯於武有薦道之恩，武驕倨見琯，略無朝禮，甚爲時議所貶。

劉贊子弟，皆虧庭訓，雖童年稚齒，便能侮易驕人，人士鄙之。

崔元翰爲知制誥，① 號令溫雅，合於典謨，然性太剛褊簡傲，每發言吐論，略無阿徇，忤執政旨，故掌誥二年，而官不遷，罷爲比部郎中。

鄭仁表文章俊拔，然恃才傲物，人士薄之。自謂門地、人物、文章甚美，嘗曰：“天瑞有五色雲，人瑞有鄭仁表。”劉鄴小時，投文於其父洎，仁表哂之。咸通末，鄴爲宰相，仁表貶死南荒。

杜審言，甫之祖也，恃才蹇傲，爲時輩所疾。乾封中，

---

① “崔元翰”，原作“于邵”，守山閣本及粤雅堂本作“崔元翰”，《新唐書·崔元翰傳》中有此記載，當改之。

蘇味道爲天官侍郎，審言預選，試判訖，謂人曰："味道必死。"人問其故，審言曰："見吾判，自當羞死矣。"又嘗謂人曰："吾之文章，合得屈、宋作衙官；吾之書迹，合得王羲之北面。"其矜誕如此。

後唐陳乂爲常山判官日，人有造者，垂簾深處，罕見其面。及爲中書舍人，姿態倨傲，竟不至公卿。蓋器度促狹者也。

尤　悔

魏太武率大衆至瓜步，① 聲欲度江，都下震恐，内外戒嚴，緣江六七百里，舳艫相後。始宋文帝議北侵，朝士多有不同。至是，帝登烽火樓極望，不悦，謂江湛曰："北伐之計，同議者少。今日士庶勞怨，不得無慚。貽大夫之憂，在予過矣。"

宋傅亮廢少帝，迎立文帝。當亮之方貴，兄迪每深戒焉，而不能從。及世路屯險，著論名曰《演慎》。及少帝失德，内懷憂懼，直宿禁中，睹夜蛾赴燭，作《感物賦》以寄意。初奉大駕，道路賦詩三首，其一篇有悔懼之辭，自知傾覆，

---

① 　瓜步，山名，在江蘇六合東南，亦名桃葉山。水際謂之步，古時此山南臨大江，又相傳吳人賣瓜於江畔，因以爲名。南北朝時曾經爲軍事爭奪要地。

求退無由，又作辛有、穆生、董仲道《贊》，稱其見徵之美云。

唐太宗謂侍臣曰："張亮有義兒五百人，將何爲也？正欲反爾。"命百寮議其獄，多言亮當誅，惟將作少監李道裕言亮反形未具，明其無罪。太宗盛怒，竟斬於市。歲余，刑部侍郎闕，① 令執政擇人，累奏不可。太宗曰："朕得其人矣！往者李道裕議張亮反形未具，此言當矣。雖不即從，至今追悔。"以道裕爲刑部侍郎。

盧祖尚累爲郡守，有能名。太宗召爲交州都督，祖尚不行，太宗大怒，斬之於朝。尋悔之，復其官蔭。

張玄素出自刑部令史，仕至三品。太宗問云："在隋任何官？"曰："縣尉。"又問"以前何官？"曰："流外。"又問"在何曹司？"玄素將出閤門，殆不能移步，精爽頓盡，色類死灰。朝臣見之，多所驚怪。褚遂良上疏切諫，太宗曰："朕亦悔此問。"

敬暉與桓彦范、張柬之、崔元暐、袁恕已同誅張易之，中宗反正。洛州長史薛季昶謂曰："二凶雖除，禄、産猶在，請因兵勢誅武三思之屬。"暉與柬之屢陳不可，季昶嘆曰："吾不知死所矣！"翌日，三思因韋後之助，潛入宫中，又與

---

① 刑部侍郎，刑部副長官，刑部官職最早出現於隋，唐代刑部主管法律、刑獄等事務。闕，同"缺"。

韋後通。内行相事，反易國政，封暉等爲五王，罷政事。暉
等既失政柄，每椎牀嗟惋，或彈指出血。柬之嘆曰："皇上疇
昔爲英王時，素號勇烈。吾留諸武，冀自誅鋤爾。今事勢已
去，知復何道！"

張蘊古，獻《大寶箴》者也，除大理丞。初，河内人李
好德，語涉妖妄，而素有風癲疾，蘊古以爲法不當坐。侍御
史權萬紀劾蘊古家住相州，好德之兄厚德爲相州刺史，情在
阿縱。太宗大怒，斬蘊古東市，尋悔之。自是有覆奏之制。①

劉黑闥敗，斬於洺州。臨刑嘆曰："我幸在家鋤菜，爲高
雅賢輩所誤，以至於此。"

太宗令太常卿祖孝孫教宫人音樂，不稱旨，責之。温彦
博、王珪諫，上怒，以爲附下罔上。彦博拜謝，珪不拜，曰：
"陛下責臣以忠直，今臣所言，豈私曲邪？乃陛下負臣，非臣
負陛下。"明日，上謂房玄齡云："自古帝王納諫誠難！朕昨
責温彦博、王珪，至今悔之。公等勿爲此不盡言也。"

太宗遼東之役，不能成功，深悔之，嘆曰："魏徵若在，
不使我有是行也。"命驛祀以少牢，復立所制碑，召其妻子至
行在，② 勞賜之。

玄宗幸蜀，至咸陽望賢宫，有老父郭從謹進言曰："禄山

---

① 覆奏，再度向上級禀奏。
② 行在，指天子所在的地方。

包藏禍心，固非一日，亦有詣闕告其謀者，陛下往往誅之，使得逞其奸逆，致陛下播越。是以先王務延訪忠良以廣聰明，蓋爲此也。臣猶記宋璟爲相，數進直言，天下賴以安平。自頃以來，在廷之臣，以言爲諱，惟阿諛取容，是以闕門之外，陛下皆不得而知。草野之臣，必知有今日久矣！但九重嚴邃，區區之心，無路上達。事不至此，臣亦何由睹陛下之面而訴之乎？”上曰：“此朕之不明，悔無所及。”慰諭而遣之。

蕭宗時，兩京平，受僞官者以六等定罪，重者刑之於市，次賜自盡，次重杖一百，次三等流貶。群臣隨安慶緒在鄴者，聞廣平王赦陳希烈等，皆悼恨失身賊庭，及聞希烈等誅，乃止，上甚悔之。

代宗時，吐蕃犯京師，急起郭子儀。子儀閑廢日久，部曲離散，至是召募得二千騎，而後收復京師。上至長安，子儀帥城中百官及諸軍迎於滻水東，伏地待罪。上勞之，曰：“用卿不早，以至於此。”郭子儀以朔方節度副使張曇性剛率，① 謂其以武人輕已，銜之，② 孔目官吳曜爲子儀所任，因而構之。子儀怒，誣奏曇扇動軍衆，誅之。掌書記高郢力爭之，子儀不聽，奏貶郢猗氏丞。既而僚佐多以病去，子儀悔之，悉薦之朝，曰：“吳曜誤我。”遂逐之。

---

① 剛率，剛强直率。
② 銜，存在心裏，懷恨。

　　哀帝時，魏博羅紹威以牙軍之逼，召朱全忠。全忠殪八千餘家，其餘散在州縣，攻討悉平，全忠留魏半年，紹威供億，所殺牛羊豕近七十萬；資糧稱是，所賂遺又近百萬。比全忠之去，蓄積爲之一空。紹威雖除其逼，而魏兵自是衰弱。紹威悔之，謂人曰：“合六州四十三縣鐵，不能爲此錯也。”

　　後唐周德威，身長面黑，笑不改容，凡對敵列陣，凜然有肅殺之風。中興之朝，號爲名將。胡柳之役，德威欲以方略制之，莊宗迫之出戰，德威謂其子曰：“吾不知死所矣！”父子俱戰没。莊宗慟哭，謂諸將曰：“喪我良將，吾之咎也！”

　　後唐閔帝殂，潞王立，諸軍以賞薄怨望，謡曰：“除卻生菩薩，扶起一條鐵。”以閔帝仁弱，潞王剛嚴，有悔心也。

　　後唐張延朗，末帝時，以宰相判三司。晋高祖在太原，朝廷猜忌，不欲令有蓄積，係官貨財留使之外，延朗悉遣取之，高祖銜之。晋高祖入洛，送臺獄誅之。其後以選求計使，難得其人，甚追悔焉。

　　石晋崔梲知貢舉，有進士孔英者，行醜而才薄，宰相桑維翰深惡之。及梲將鎖院來辭，維翰曰：“孔英來也，蓋杭之也。”梲性純直，因默記之，遂放及第。榜出，人皆喧嘩。維翰舉手自抑其首者數四，蓋悔言也。

　　湖北高季興，唐莊宗平定天下，季興來朝。時論多欲留之，郭崇韜以方推信華夏，請放歸藩。季興促程而去。至襄州，酒酣，謂孔勔曰：“是行有二錯，來朝一錯，放回一錯。”

世宗謂江南鍾謨等曰："歸語汝主，亟來見朕，再拜請過，則無事矣。不然，朕欲往觀金陵城，借府庫以勞軍，汝君臣得無悔乎？"

江南孫晟、鍾謨使於周，世宗待之甚厚，時召見，飲以醇酒，問以唐事。晟但言唐主畏陛下神武，事陛下無二心。及得唐主蠟書，誘邊將李重進，皆謗毀反間之詞，帝大怒，召晟責以所對不實，晟正色抗辭，請死而已。問唐虛實，默然不對。送軍巡院，更使曹翰與之飲酒，從容問之，終不言。翰乃曰："有敕賜相公死。"晟神色怡然，索袍笏，整衣冠，南向拜曰："臣謹以死報。"乃就刑，并從者百餘人皆殺之。貶鍾謨擢州司馬。既而，帝憐晟忠節，悔殺之，召謨，拜少卿。

周世宗用法太嚴，群臣職事小有不舉，往往置之極刑。雖素有才幹聲名，無所開宥。尋亦悔之。末年浸寬，登遐之日，遠近哀慕焉。

卷　八

魯國孔平仲字毅甫

栖　逸

宋王弘之不赴辟召，① 性好釣，上虞江有一處名"三石頭"，弘之常垂綸於此。經過者不識之，或問："漁師得魚賣否?"弘之曰："亦自不得，得亦不賣。"日久，載魚入上虞郭，經親故門，② 各以一兩頭置門而去。

宋何鑠心疾，無故害其妻王氏，坐法死。三子求、點、允，點以家禍絶婚宦，求隱虎丘山，允居若邪山雲門寺。世論以點爲孝隱，允爲小隱。又號點爲大山，允爲小山。亦曰"東山兄弟"，又曰"何氏三高"。

齊孔稚珪，字德璋，不樂世務，居宅盛營山水，憑几獨

　"弘"，原作"宏"，係避諱改字。王弘之，字方平，琅邪臨沂人，傳見《宋書》卷九十三。辟召，指君主招來，授予官職。

②　"郭經"，原作"經郭"，據粵雅堂本及《宋書·王弘之傳》乙正。"親"原作"視"，粵雅堂本及守山閣本作"親"，按文意，當改之。

157

酌，傍無雜事。門庭之內，草萊不剪，中有蛙鳴。或問之曰：
"欲爲陳蕃乎？"珪笑曰："我以此當兩部鼓吹，何必效蕃。"
王晏常鳴鼓吹候之，聞蛙鳴，曰："殊聒人耳。"珪曰："我
聽鼓吹，殆不及此。"

陶淵明爲彭澤令，郡遣督郵至，① 縣吏白"應束帶見
之"，潛曰："我不能爲五斗米，折腰向鄉里小兒。"遂賦
《歸去來》以遂志。嘗言："五六月北窗下，遇涼風暫至，自
謂是羲皇上人。"

宋宗少文，好山水，愛遠遊。西陟荆巫，南登衡岳，因
結宇衡山，懷向平之志。② 有疾，還江陵，嘆曰："老疾俱
至，恐難遍睹名山，惟澄懷觀道，臥以遊之。"凡所遊履，皆
圖之於室，謂之曰："撫琴動操，欲令衆山皆響。"古有金石
弄，爲諸桓所重，桓氏亡，其聲遂絕，惟少文傳焉。子測亦
隱廬山，魚復侯子響厚遺贈遺，測曰："少有狂疾，尋山采
藥，遠來至此，量腹而進松朮，③ 度形而衣薜蘿，淡然已足，
豈容當此橫施？"侍中王秀之，尤欽慕之，乃令陸探微畫其

---

① 督郵，職官名，始置於西漢中期，郡守屬吏，掌監屬官。"至"上，原衍
"兒"字，據守山閣本刪。

② "向"，守山閣本及粵雅堂本作"尚"。向平，向子平，東漢朝歌（今河南湯
陰）人，光武帝建武中，子女婚嫁已畢，遂不問家事，出遊名山大川。

③ "朮"，原作"水"，《南齊書·宗測傳》作"朮"。松朮，松實和朮。朮，山
薊，朮有兩種：白朮，葉大有毛而作椏，根甜而少膏，可作丸、散用；赤朮，葉細無椏，
根小苦而多膏，可作煎用，按文意，當改之。

形，與已相對。王儉雅重之，贈以蒲褥筍席。

宋周續之通《五經》《五緯》，號曰“十經”。入廬山，事沙門釋慧遠。時彭城劉遺民遁迹廬山，陶淵明亦不應徵命，謂之“潯陽三隱”。

關康之世居京口，顏延年等十許人，當時名士，入山候之。見其散髮，被黃布帊，席松葉，枕一塊白石而卧，了不相眴。延年等咨嗟而退，不敢干也。臧榮緒亦隱京口，時號爲“二隱”，臧自號“被褐先生”。

宋褚伯玉，字元璩，有隱操，寡嗜欲。年十八，父爲之娶。婦入前門，伯玉從後門出。遂往剡，居瀑布山，性耐寒暑，時人比之王仲都。① 在山三十餘年，隔絶人物。王僧達爲吳郡，苦禮致之。② 邱珍孫與僧達書云：“卻粒之輩，餐霞之人，乃可暫致，不宜久羈。”僧達答云：“褚先生從白雲遊舊矣，古之逸人，或留慮兒女，或使華陰城市，而此子索然，惟朋松石，介於孤峰絶嶺者，積數十載，近故要其來此，冀慰日夜。比談討芝桂，借訪薜蘿，若已窺煙液，臨滄洲矣。”

盧度隱居廬陵西昌三顧山，居前有池，養魚皆名，呼之次第來，取食乃去。后又會稽鍾山有姓蔡不知名，隱山中，

① “王”，原作“三”，守山閣本及《南史·褚伯玉傳》作“王”。王仲都，相傳爲漢元帝時漢中方士，能忍寒暑，今據改。
② “禮”，原作“要”，《南史·褚伯玉傳》作“禮”。“苦禮”，有耐心地，盡力地行禮。按文意，當改之。

養鼠數千頭，呼來即來，遣去即去，言語狂易，時謂之謫仙，不知所終。

梁阮孝緒著《高隱傳》，上自炎黃，終於天監末，分爲三品：言行超逸、名氏弗傳，爲上篇；始終不耗、姓名可録，爲中篇；掛冠人世、栖心塵表，爲下篇。南平元襄王聞其名，要之，不赴，曰："非志驕富貴，但性畏廟堂。若使麋鷹可驂，何以異夫驥騄。"

南岳鄧先生名郁，斷穀三十餘年，惟以澗水服雲母屑。白日，神仙魏夫人忽來臨降，乘雲而至，從少姬三十，并著絳紫羅，繡袿襦，年皆十七八，色豔桃李，質勝瓊瑶。謂鬱曰："君有仙分，故來相尋。"天監十四年，忽見二青鳥悉如鶴大，鼓翼鳴舞，移晷方去。鬱曰："期會至矣。"是日無疾而終。山内惟聞香氣。武帝令作《鄧元傳》，叙其事。

陶弘景字通明，① 幼有異操，終身不娶。得葛洪《神仙傳》，② 晝夜研尋，便有養生之志。謂人曰："仰青雲，觀白日，不爲遠矣。"以茅山爲金陵華陽之天，乃中山立館，自號

---

① "弘"，原作"宏"，係避諱改字。陶弘景（456—536），字通明，號華陽隱居，人稱"山中宰相"，南朝梁時丹陽秣陵（今江蘇南京）人。中國南朝齊、梁時期的道教思想家、醫藥家、煉丹家、文學家，南朝南齊南梁時期的道教茅山派代表人物之一。

② 葛洪，字稚川，自號抱樸子，丹陽句容（今江蘇鎮江）人。是中國東晉時期有名的醫生，喜"神仙導養之法"，少好方術，負步請問，不憚險遠，每以異聞，則以爲喜。著《神仙傳》十卷。

"華陽陶隱居"。人間書札，以"隱居"代名。特愛松風，庭院皆植松，每聞其響，欣然爲樂。梁武帝手敕招之，不出，惟畫兩牛，一牛散放水草之間，一牛著金籠頭，有人執繩，以杖驅之。

梁劉慧斐、張孝秀，居東林寺，慧斐於山北構一園，名"離垢園"，時人號爲"離垢先生"。論者自遠法師後，將二百年，始有張、劉之盛矣。

周韋瓊所居之宅，環帶林泉，對玩琴書，蕭然自逸。文帝貽之以詩，敕有司曰："給河東酒一升。"號之曰"逍遥公"，時人號爲"居士"焉。

唐時，蜀人朱桃椎隱居不仕，沉浮人間。竇軌在益州，召見，遺以衣服，逼爲卿正。桃椎竟無言，棄衣於地而走。逃入山中，結庵澗曲。夏則裸形，冬則緝樹皮自覆。每爲芒履，置之於路，人見之者曰："朱居士之履也。"爲鬻米，置本處。桃椎至夕取之，不與人相見。高士廉鎮蜀，以禮致之，及至，降級與語，桃椎不答，直視而去。士廉每令存問，桃椎見使者，輒入林自匿。

卻純爲諫議大夫，與元載不合，退歸東洛，自號"伊川田父"。清名高節，傳於天下。

孔巢父、韓準、裴政、李白、張叔明、陶沔同隱徂徠山，號"竹溪六逸"。白又與道士吳筠，隱於剡中。

王龜，字大年，起之子也。起第在光福里，龜意在人外，

倦接朋游，乃於永達里園林深僻處創書齋，吟嘯其間，號
"半隱亭"。從起河中，於中條山谷中起草堂，與山人道士
游，朔望一還府第，後人目爲"郎君谷"。起保釐東周，龜
於龍門西谷，構松齋栖息。起鎮興元，龜於漢陽之龍山立隱
舍，每浮舟而往，其閒逸如此。後爲浙東觀察使，爲賊所害。

武氏熾盛，惟安平郡王武攸緒，棄官隱嵩山，以琴書藥
餌爲務。中宗即位，以安車備禮徵之，攸緒應召至都，又歸
山中。及三思、延秀搆逆，諸武多坐誅戮，惟攸緒不預其禍。
睿宗即位，又令人安慰之。開元二年，攸緒請居廬山，制不
許，敕州縣數加存問，勿令外人侵擾。十一年卒，年六十九。

崔咸，銳之子也。銳在澤潞，有道人自稱"盧老"，銳
館之於家。一旦辭去，且曰："我死，當爲君子。"因指口下
黑子爲志。及生咸，果有黑子，其形神即盧老也。銳以盧老
字之。咸既冠，栖心高尚，志於林壑，往往獨游南山，經時
方還。尤長於歌詩，或風景晴明，花朝月夕，朗吟意愜，必
悽愴沾襟。旨趣高奇，名流嗟悒。

司空圖，唐昭宗時，見紀綱大壞，深惟出不如處，乃稱
疾不起。梁將篡唐，柳璨希賊旨，陷害舊族，詔圖入朝，圖
懼誅，力疾至洛陽，指趣山野，墜笏失儀，得放還山。圖墅
在中條山王官谷，泉石林亭，頗稱幽栖之志。日與名僧高士
遊咏其中，作《休休亭記》，又爲《耐辱居士歌》，題於東北
楹。既脱柳璨之禍，乃預爲壽藏，故人來，引之壙中，賦詩

飲酒，曰：“非止暫遊此中也。”布衣鳩杖，出則以女僕鸞臺
自隨。歲時，村社雩賽祠禱，圖必造之，與野老同席，曾無
傲色。

張果隱於中條山，玄宗召至禁中，邢和璞推之，懵然不
知其甲子。師夜光善視鬼，與果并坐而不能見。玄宗謂高力
士曰：“吾聞飲堇汁無苦者，真奇士也。”會天寒，以堇汁飲
果，果引三卮，醺然如醉，曰：“非佳酒也。”引鏡視，齒焦
黑矣。以鐵如意擊齒，藏於帶中，乃以紅藥傅斷就寢。良久，
齒皆生，粲然潔白。後入恒山，不知所之。

田游巖母妻俱有方外之志，入箕山，就許由廟東，築室
而居，自稱“許由東鄰”。高宗幸嵩山，親勞之。遊巖曰：
“臣泉石膏肓，煙霞痼疾。既逢聖代，幸得逍遙。”出仕宦，
坐與裴炎交結，放還山。

咸亨初，史德義隱居虎丘山，以琴書自適，或騎牛帶瓢
出入東市，號爲“逸人”。文昌左丞周興薦之，徵爲朝散大
夫。周興被誅，亦放歸丘壑。

王遠知，其母晝寢，夢靈鳳集其身，因而有娠，又聞腹
中啼聲，寶志曰：“生子當爲神仙宗伯也。”遠知初入茅山，
師陶弘景。煬帝爲晉王，召見之，斯須鬢髮變爲白，[①] 晉王

---

① “白”，原作“須”，《舊唐書·王遠知傳》作“須”。“斯須”，片刻，一會兒，
按文意，當改之。

懼而遣之。太宗平王世充，與房玄齡微服謁之，遠知迎謂曰：
"此中有聖人，得非秦王乎？"太宗以實告，遠知曰："方作
太平天子，願自惜也。"太宗登極，將加重位，固請還茅山。
謂弟子潘師正曰："吾見仙格，以吾小時誤損一童子吻，不得
白日升天，見署少室伯。"翌日卒，年一百二十六歲。

潘師正召嵩山逍遙縠，服松葉，飲水而已。高宗召見，
問山中所須，師正對曰："所須松樹清泉，山中不乏。"

楊國忠方盛，或勸陝郡進士張彖謁國忠，[1] 曰："見之，
富貴立可圖。"彖曰："君輩倚楊右相如泰山，吾以為冰山
爾！若皎日既出，君輩得無失所恃乎？"遂隱居嵩山。

後唐許寂，字閒之，棲四明山，不干時譽。莊宗召對於
內殿，方與伶人調品觱篥，事訖，方命坐，賜湯果，問
《易》義。寂退，謂人曰："君好淫聲，不在政矣。"尋請還
山，寓居江陵，茹芝絕粒。後為蜀相，與王衍俱徙於東。致
政居洛，時寂已年高，精彩猶健。沖漠寡言，時獨語云："可
怪！可怪！"人莫知其際。

石晉鄭雲叟，本名遨，棄家入少室山。聞西岳有玉粒松
脂，淪入地，千歲化為藥，能去三尸，因居華陰。與李道殷、
羅隱之友善。時人目為"三高士"。道殷有釣魚之術，鈎而

---

① 陝郡，隋置，唐武德改為州，天寶元年改為郡，乾元又改為州。今三門峽
市陝州區一帶。

不餌，又能化石爲金，無所不至。雲叟目擊其事而不求。

輕　詆

宋何偃同顏延年從武帝南郊，偃於路中呼延年，曰："顏公。"延年曰："身非三公之公，又非田舍之公，又非君家阿公，何以見呼爲公？"偃羞而退。

齊劉祥於朝士多所貶。① 忽王奐爲尚書僕射，祥與奐子融同載，行至中堂，見路人驅驢，祥曰："驢好爲之，如汝人才，皆已作令僕矣。"

劉祥性頗剛疏，輕言肆行。褚彥回輔齊受禪，入朝，以腰扇障日，祥從側過曰："作如此事，羞面見人，扇障何益？"彥回曰："寒士不遜！"② 祥曰："不能殺袁劉，③ 安得免寒士。"

王僧達性好鷹犬，何尚之致仕復起，於宅設八關齋，大集朝士行香。次至僧達，曰："願郎解於鷹犬，勿復遊獵。"僧達答曰："家養一老狗，放之去，已復還。"尚之失色。

王融初爲司徒法曹，詣王僧佑，因遇沈昭略，未相識。昭略屢顧眄，謂主人曰："是何年少？"融殊不意，謂曰：

---

① 朝士，泛稱中央的官吏。

② 寒士，出身低微的讀書人。

③ 袁劉，指袁粲、劉秉，二人都因反對蕭道成代宋而被殺。

"僕出於扶桑，入於暘谷，照耀天下，云誰不知？"昭略曰："不知許事，且食蛤蜊。"融曰："方以類聚，物以群分，君生長東隅，居然應奢此族。"①

梁到溉掌吏部尚書，時何敬容以令參選，事有不允，溉輒相執，敬容謂人曰："到溉尚有餘臭，遂學作貴人。"蓋以溉祖彦之嘗擔糞自給，譏之也。

梁柳津，人或勸之聚書，津曰："吾常請道士上章驅鬼，安用此鬼名邪。"

韋黯爲太僕卿，而兄子粲已爲右率衛，黯常怏怏。謂人曰："韋粲已落驊騮前，朝廷是能用才否？"識者頗以此窺之。

齊邱靈鞠，好飲酒，臧否人物，在沈深坐見王儉詩，深曰："王令文章大進。"靈鞠曰："何如我未進時？"此言達儉。靈鞠宋時文名甚盛，入齊頗減。蓬頭弛縱，無形儀，不事家業。王儉謂人曰："公仕宦不進，才亦退矣。"

齊卞彬爲《禽獸決録》云"羊性狠而淫"，指呂文顯；"猪性卑而率"，指朱隆之；"鵝性頑而傲"，指潘敞；"狗性險而狂"，指呂文度。又爲《蝦蟆賦》云"紆青拖紫，名爲蛤魚"，比令僕也。又云："科斗唯唯，群浮暗水，惟朝繼夕，聿役如鬼。"比令史咨事也。彬自稱"卞田居"，謂其妻爲"傳蠶室"。或曰："卿都不持操，名器何由得升？"彬曰：

① "居"，原爲空格，據《南史·王弘傳》補。居然，出乎意料。

166

“擲五木子，十擲輒犍，豈復是擲子之拙。吾好擲，政極此爾。”

梁謝善勳飲酒至數斗，醉後輒張眼大罵，雖於貴賤親疏無所擇也。時謂之“謝方眼”。

北齊文襄嗣位，崔悛竊言：“黃頷小兒，堪當重任否！”文襄知此言，欲殺之，賴人救解，乃止。悛進謁奉謝，文襄猶怒曰：“金石可銷，此言難滅。”

隋元善以高熲有宰相之具，嘗言於文帝曰：“楊素粗疏，蘇威怯懦，元胄、元旻，正似鴨爾。可以付社稷者，惟有高熲。”上初然之，及熲得罪，上以元善之言爲熲遊說，深責之。善之先患消渴，以憂懼卒。

朱粲作賊，好取嬰兒蒸而啖之，乃令軍士曰：“食之美者，寧有過於人肉乎？但令宅內有人，我何所慮！”乃稅諸城堡取小弱男女，以益兵糧。隋著作佐郎陸從典、通事舍人顏湣楚，左遷在南陽，粲悉引之，以爲賓客。後遭飢餒，闔家俱爲所啖。粲敗，乞降，唐高祖遣常侍段確迎勞之，確因醉侮粲曰：“聞卿啖人，作何滋味？”粲曰：“若啖嗜酒之人，正似糟藏猪肉。”①

唐温彥博爲吏部侍郎，有意沙汰，多所損益，而退者不伏，囂訟盈廷。彥博惟騁雄辨，與人相語，終日喧擾，頗爲

---

① “藏”，原作“醻”，《漢語大字典》注用同“藏”，字從酉，蓋以酒淹之意。

識者所哂。

李義府先補門下省典儀，黃門侍郎劉洎爲侍書御史，[1]馬周稱薦之。其後義府爲宰相，爲侍御史王義方所劾，言初以容貌爲劉洎、馬周所幸，由此得進，言詞猥褻。帝怒，出義方爲萊州司户。

張嘉貞與張説不相能，嘉貞弟嘉佑，贓污事發，説勸嘉貞素服待罪，不得入謁，出爲幽州刺史。説遂代爲中書令。嘉貞悄恨，謂人曰：“中書令幸有二員，何相迫之甚也！”明年，移益州都督，敕就中書省與宰相會宴。嘉貞恨説，因攘袂勃駡，源乾曜、王晙共和解之。

張九齡爲相，性頗躁急，動處輒忿詈，議者以此少之。

京兆尹黎幹，戎州人也。白事於宰相王縉，縉曰：“尹南方君子也，安知朝禮？”慢而侮人如此。

劉昫《唐書》謂韓退之恃才肆意，亦有戾孔、孟之旨。若南人妄以柳宗元爲羅池神，而愈撰碑以實之。李賀父名晋，而愈爲賀作《諱辨》，令舉進士。又爲《毛穎傳》，譏戲不近人情。此文章之甚紕繆者。又云：“至若抑揚、墨，排釋、老，雖於道未宏，亦端士之用心也。”此史氏之輕詆。

穆宗時，李景儉爲諫議大夫，淩蔑公卿大臣，使酒尤甚。蕭俛、段文昌相次輔政，景儉輕之，形於談謔。二人俱訴之，

---

① “爲”，原爲空格，據守山閣本補。

貶建州刺史。元稹用事，又召爲諫議大夫。景儉朝退，與馮宿、楊嗣復、温造、李肇、王鎰同謁史官獨孤朗，乃於史館飲酒，景儉乘醉詣中書，謁宰相，呼王播、崔植、杜元穎名，面疏其失，詞頗悖慢。宰相遂言上之，旋奏，貶漳州刺史。

鄭世翼，人號輕薄。時崔信明自謂文章獨步，多所陵轢。[1]世翼遇諸江中，謂之曰：“嘗聞‘楓落吳江冷’。”信明欣然示以餘篇，世翼覽之未終，曰：“所見不如所聞。”投之於江。信明不能詰，擁楫而去。

李林甫聞蕭穎士名，欲拔用之。穎士在廣陵，居母喪，縗麻而詣京師，徑謁林甫於政事省，林甫大惡之，即令斥去。穎士大忿，乃爲《伐櫻桃賦》，以刺林甫云：“擢無庸之瑣質，因本支而自庇。洎枝幹而非據，專朝廷之右地。雖先寢而或薦，豈和羹之正味。”其狂率不遜如此。

劉總以河朔歸朝，穆宗命張宏靖鎮之。宏靖莊默自尊，所辟韋雍輩，多少年輕薄之士，數以反虜詬責吏卒。[2]謂軍士曰：“今天下太平，汝曹能挽兩石弓，[3]不若識一個字。”由是軍中人人怨怒。

朱梁王彥章，嘗輕唐莊宗，曰：“李亞子，鬥雞小兒，何足可畏！”後戰敗，夏魯奇識其語音，曰：“王鐵槍也。”揮

---

① 陵轢，凌駕，超越。
② 反虜，造反者，反叛者。詬(gòu)，罵。
③ 石，重量單位，一石爲一百二十市斤。

稍刺之，馬踣被禽。莊宗曰："爾嘗以孺子待我，今日服未?"彥章曰："大事已去，非臣智力所及。"

石晉劉處讓，以除執金吾，有所不足。覃恩之際，又未擢用。一日至中書，宰臣馮道、趙瑩、李崧和凝在列，處讓因酒酣，歷詆諸相，道笑而不答。

五代漢史弘肇曰：①"安朝廷，定禍亂，直須長槍大劍。至如毛錐子，何足用哉!"王章曰："雖有長槍大劍，若無毛錐子，贍軍財賦，自何而集?"弘肇默然。章尤輕視文士，曰："此等，若與一把算子，未知顛倒，何益於國邪?"

漢賈緯，文筆未能過人，而議論剛強，儕類不平之，目之爲"賈鐵觜"。受詔修《高祖實錄》，誣桑維翰身没之日，有白金八千鋌。又以所撰《日曆》示監修王峻，皆媒蘗竇貞固、蘇禹珪之短，歷詆朝士之先達者。峻惡之，謂同列曰："賈給事家有子，亦要門閥無玷。今滿朝并遭非毁，教士子何以進身?"乃於太祖前言之，出爲平盧行軍司馬。

賢　媛

宋蕭矯妻某氏，字淑褘。母嘗有疾，淑褘於中夜祈禱，

---

① "弘"，原作"宏"，係避諱改字。史弘肇(? -950)，字化元，鄭州滎澤(今河南鄭州)人，傳見《新五代史》卷三十。

忽見神人在燈下，自稱杜桑君，曰："若人無患，今泄氣在亥，① 西南求白石鎮之。"言訖不見。明日如言而疾愈。

陶淵明賦《歸去來》以遂志，其妻翟氏，志趣亦同，能安勤苦。② 夫耕於前，妻耘於後云。

朱百年妻孔氏，百年卒於山中，蔡興宗爲會稽太守，餉孔氏米百斛。孔氏遣婢詣郡，固辭。時人美之，以比梁鴻。

隋許善心，不肯從宇文化及，被害。母范氏，年九十三，臨喪不哭，撫柩曰："能死國難，我有兒矣！"因臥不食，後十餘日，亦終。

唐高祖竇后，隋總管毅之女也。毅謂此女才貌如此，不可妄許人。乃於門屏畫二孔雀，有求婚者，與兩箭射之，潛約，中目者許之。前後數十輩，皆莫能中。高祖後至，兩發，各中一目。毅大悅，遂歸高祖。③ 后善書，字類高祖之書，人不能辨。工篇章，好規戒。

太宗長孫后，太宗常與后論及賞罰之事，后曰："牝雞司晨，惟家之索。④ 妾以婦人，豈敢願聞政事。"太宗固與之言，竟不答。后所生長樂公主，太宗特所鍾愛，及將出降，

① "泄""亥"，原爲兩個空格，據《南史·蕭矯妻羊傳》補。亥，亥時。
② "勤苦"，原爲空格，據守山閣本及粵雅堂本補。
③ 歸，女子出嫁。
④ 牝雞司晨，惟家之索，《尚書·牧誓》："牝雞無晨。牝雞之晨，惟家之索。"牝：雌性的；索，盡。母雞在清晨打鳴，這個家庭就要破敗。比喻女性掌權，顛倒陰陽，會導致家破國亡。

敕所司資送倍於長公主。魏徵諫曰："昔漢明帝將封皇子，帝曰'朕子安得同於先帝子乎'！若今公主之禮，有過長主，理恐不可。"太宗以徵言告后，嘆曰："能以義制主之情，可謂正直社稷之臣矣。"因請遣中使齎帛五百匹，詣徵宅賜之。后嘗著論誚漢馬后，以爲不能抑退外戚，令其貴盛，乃戒其"車如流水馬如龍"，此乃開其禍端而防其事爾。

太宗徐賢妃諫伐遼，云："運有盡之農功，填無窮之巨浪；圖未獲之他衆，喪已成之我軍。"諫造宮室云："終以茅茨示約，① 猶興木石之疲，假使和雇取人，不無煩擾之敝。"又云："有道之君以逸逸人，無道之君以樂樂身。"諫服玩纖靡，云："作法於儉，猶恐其奢。作法於奢，何以制後。"

貝州宋廷芬五女，若華、若昭、若倫、若憲、若荀，皆有詞學。德宗俱召入，試以詩賦，問經史中大義。深加賞嘆。德宗能詩，若華姊妹應制屬和，每進御無不稱善。德宗嘉其節概，不以宮妾遇之，呼爲"學士先生"。

唐高祖第三女，微時嫁柴紹。② 高祖起義兵，紹與妻謀曰："尊公欲掃清多難，紹欲迎接義旗，同去則不可，獨行恐懼後害，爲計若何？"妻曰："公宜速去，我一婦人，臨時別自爲計。"紹即間行赴太原，妻乃歸鄠縣，③ 散家貲，起兵以

---

① "終"，原爲空格，據守山閣本及粵雅堂本補。
② 微時，貧賤之時。
③ 鄠(hù)縣，今陝西省西安市的戶縣。

應高祖，得兵七萬人，與太宗俱圍京城。號曰"娘子軍"。京城平，封平陽公主。葬時，特用鼓吹，以賞軍功。

鄭善果母翟氏，賢明曉政道。每善果理務，翟氏常於閣內聽之。聞其剖斷合理，① 歸則大悅；處事不允，母則不與之言，善果伏於牀前，終日不敢食。善果由此屬已爲清吏。②

崔玄暐母盧氏，③ 嘗戒子曰："吾見姨兄辛玄馭云，'兒子從宦者，有人來云貧乏不能存，此是好消息。若聞貲貨充足，衣馬輕肥，此是惡消息'。吾重此言，以爲確論。比見親表中仕宦者，多將物上其父母，父母但知喜悅，竟不問物所從來。若是俸祿餘資，誠亦善事。如其非理所得，此與盜賊何殊？陶母不受魚鮓之饋，④ 蓋爲此也。汝等坐食俸祿，榮幸已多，若不忠清，何以戴天履地？"玄暐遵奉母戒，以清謹見稱。

李光弼母李氏，⑤ 有須髯數十莖，長五六寸。以子貴，封韓國太夫人。弟光進亦一品節制。雙旌在門，鼎味就養，極一時之榮。

---

① 剖斷，分析是非而加以判決。

② 厲，通勵，勸勉。

③ "玄"，原作"元"，避諱改字。崔玄暐（639—706），名曄，博陵安平（今河北安平县）人。傳見《新唐書》卷一百二十。

④ 陶母不受魚鮓(zhǎ)之饋，東晉陶侃之母，侃少爲潯陽縣吏，嘗監魚梁，以一坩鮓遺母。湛氏封鮓及書，責侃曰："尔爲吏，以官物遺我，非惟不能益吾，乃以增吾憂矣。"鮓，將魚加工製作便於儲藏的食品。

⑤ "李氏"之"李"，原爲空格，據粵雅堂本及《新唐書·李光弼傳》補。

薛元曖妻林氏，有母儀令德，博涉五經，善屬文，所爲篇章，人多諷咏之。元曖卒，其子彥輔等，皆林氏訓導，登科者凡七十人，衣冠榮之。

于琮尚廣德公主，黃巢犯闕，僖宗出幸，琮病不能從。賊起爲相，琮以疾辭，爲賊所害，而赦公主。視琮受禍，曰："妾，李氏女也，義不獨存，願與于公并命。"賊不許，公主入室，自縊而卒。

令狐峘爲吉州刺史，齊映廉察江西。故事，刺史始見觀察使，皆戎服庭趨。峘以前輩，恥爲此禮，入告其妻韋氏。韋氏亦以抹首庭謁爲非，謂峘曰："卿自視何如人？頭白走小卿生前，如不以此禮見映，便雖黜死，我亦無恨。"峘曰："諾。"乃以客禮見，映深以爲憾。以事，奏貶峘爲衢州別駕。

李拯迫於襄王熅，[①] 僞署内相，心不自安。嘗退朝，駐馬國門，望南山而吟曰："紫宸朝罷綴鵷鸞，丹鳳樓前駐馬看。惟有南山烟色在，晴明依舊滿長安。"吟已涕下。後死於亂兵，妻盧氏知書能文，有姿色，伏拯尸慟哭。賊逼之，至斷一臂，終不顧，竟爲賊所害。

李德武妻裴淑英，裴矩之女也。德武坐事徙嶺表，矩奏請離婚，煬帝許之。德武將與裴別，謂曰："嫌婉始爾，便事分離，遠投瘴癘，恐無還理。尊君奏留，必欲改嫁爾，於此

---

① "拯"，原爲空格，據守山閣本及《新唐書·李拯妻盧傳》補。

即事長訣矣。"裴泣下，欲操刀割耳，誓無他志。裴與夫別後，常誦佛經，不御膏澤。因讀《列女傳》，見稱述不改嫁者，乃謂所親曰："不踐二庭，[①] 婦人常理。何爲以此載於傳記乎？"十餘年間，與德武音信斷絕，時有柳直求婚，許之。期有定日，裴以刀斷髮悲泣，絕糧，矩不能奪。德武已於嶺表娶朱氏爲妻，及遇赦得還，至襄州，裴守節，乃出其後妻，重與裴合，生三男四女。貞觀中，德武終鹿城令，裴歲餘亦卒。

樊彦琛妻魏氏，彦琛卒，屬李敬業之亂，爲賊所獲。逼令彈箏，魏歎曰："我夫不幸亡没，未能自盡，今復見逼弦管，豈非禍叢手發耶！"乃引刀斬指，棄之於地。賊党又欲妻之，以刀加頸脅之，大罵被殺。

武后時，越王貞謀興復，惟紀王慎不預謀，乃亦坐死。女東光縣主楚媛，幼以孝稱，適裴仲將，相敬如賓。時宗室諸主，皆以驕奢相尚，誚楚媛獨尚儉素，曰："所貴於富貴者，得適志也。今獨守勤苦，將何所求？"楚媛曰："幼而好禮，今而行之，非適志歟？"慎凶問至，楚媛嘔血數升。免喪，不御膏沐，垂二十年。

憲宗以杜悰尚岐陽公主，公主有賢行。杜氏大族，尊行不啻數十人，公主卑委怡順，一同家人禮。度二十餘年，人

---

① "二"，原爲空格，據守山閣本及粵雅堂本補。二庭，第二家門庭，謂再嫁。

未嘗以絲髪間指爲驕。始至，則與惊謀曰：“上所賜奴婢，卒不肯窮屈，奏請納之，悉自市寒賤可制者。”自是，閨門落然，不聞人聲。

穆宗大漸，命太子監國，宦官欲請郭太后臨朝稱制，太后曰：“武氏稱制，几傾社稷，我家世守忠義，非武氏之比也。太子雖少，但得賢宰相輔之。卿輩勿預朝政，何患國家不安？自古豈有女子爲天下主而能致唐虞之理乎！”取制書，手裂之。太后兄太常卿釗，聞有是議，密上箋曰：“若果徇其請，臣請先帥諸子，納官爵歸田里。”太后泣曰：“祖考之慶，鍾於吾兄。”

長孫皇后侍太宗疾，累年晝夜不離側。常繫毒藥於衣帶，曰：“若有不諱，義不獨生。”貞觀十年，皇后疾篤，因取衣帶之藥，以示上曰：①“妾於陛下不豫之日，誓以死從乘輿，不能當吕后之地爾。”

唐常侍李景讓母鄭氏，性嚴明。早寡，家貧，居於東都。諸子皆幼，母自教之。宅後石牆，因雨頹陷，得錢盈缸，奴婢喜，走奔告母。母往焚香祝之曰：“吾聞無勞而獲，身之災也。天必以先君餘慶，矜其貧而賜之，則願諸孤他日學問有成，乃其志也。此不敢取。”遽命揜而築之。②三子皆進士

① “示”，原缺，守山閣本及粵雅堂本作“以示上曰”，據文意，當補之。
② 揜，同“掩”，掩蓋。

及第。

　　景讓爲浙西觀察使，左都押衙忤意，①杖殺之。軍中憤怒，將變，景讓方視事，母出坐聽事，立景讓於庭，而責之曰：“天子付汝以方面，②豈得妄殺！萬一致一方不寧，豈惟上負天子，使垂老之母，銜羞入地，何以見汝之先人乎？”命左右褫其衣坐之，③將撻其背。將佐皆爲之請，拜且泣。久乃釋之，軍中遂安。

　　潘炎，德宗時爲翰林學士，恩渥極異。其妻，劉晏女也。京尹有故，伺侯炎，累日不得見，乃遺閽者三百縑。夫人知之，謂炎曰：“豈有京尹願一見，遺奴三百縑，其危可知也。”遽勸炎避位。子孟陽初爲户部侍郎，夫人憂惕曰：“以爾人材，而在丞郎之位，吾懼禍之必至。”孟陽解論再三，乃曰：“不然，試會爾同列，吾將觀之。”因遍召深熟者，客至，④夫人垂簾觀之，既罷會，喜曰：“皆爾之儔也，不足憂矣，末坐慘緑少年，何人也？”曰：“補闕杜黄裳。”夫人曰：“此人全别，必是有名卿相。”

　　朱梁朱延壽守壽州，爲楊行密所破。妻王氏聞之，乃部

---

①　忤，抵觸，不順從。
②　方面，指一個地方的軍政要職。
③　褫，形聲。從衣，虒(sī)聲。剥去衣服。
④　“至”，原作“曰”，守山閣本及《南部新書》作“至”，“至”，到，按文意，當改之。

分家僕，悉授兵器，遽闔中扉，^① 而捕騎已至。遂集愛屬，出私帑，發百僚，合州一廨焚之。既而，稽首上告曰：“妾誓不以皎然之軀，爲仇者所辱。”乃投火而死。

石晉李從溫在兗州，多創乘輿器服，爲宗族切戒，從溫弗聽。其妻關氏素耿介，一日，厲聲於牙門曰：“李從溫欲爲亂，擅造天子法物。”從溫驚謝，悉命焚之。家無禍敗，關氏之力也。

湖南馬希范，以廖匡戰死，遣弔。其母不哭，謂使者曰：“廖氏三百口，受王溫飽之賜，舉族效死，未足以報，況一子乎！願王無以爲念。”王以母爲賢，厚恤之。

---

① “扉”上衍“州之”二字，遽闔中扉，指關上門窗。據《舊五代史·朱延壽傳》刪。

卷　九

惑　溺

　　宋顏延年有愛姬，非姬食不飽，寢不安。姬憑寵，嘗蠱延年墜牀致損，子竣殺之。① 延年痛惜甚至，常於寢坐上哭曰：“貴人殺汝，非我殺汝。”以冬日臨哭，忽見妾排屏風以壓延年，延年懼墜地，因病卒。孝武時，竣貴用事，稱“六貴人”。

　　北齊武成，見空中五色物，稍近變成一婦人，去地數丈，亭亭而立。食頃，變成觀世音，徐之才曰：“此色欲多，大虛所致。”即處湯方，服一劑，便覺稍遠；又服，還變成五色物，數劑遂愈。

---

　　① “竣”，原作“峻”，《宋書·顏竣傳》作“竣”，顏竣，字士遜，琅邪臨沂（今山東臨沂）人，光祿大夫顏延年的長子，傳見《宋書》卷七五，今據改。

唐中宗韋后，帝在房州時，常謂后曰："一朝見天日，誓不相禁忌。"及得志，受上官昭容邪説，引武三思入宮中，升御牀與后雙陸。① 帝爲點籌，以爲歡笑。

姜皎，玄宗在藩，見而悦之，皎亦委心焉。及即位，召爲殿中少監，數召入卧内，命之舍敬，曲侍宴私，與后妃連榻，間以擊球、鬥雞，常呼爲姜七而不名也。賜以宮女、名馬、珍物，不可勝數。嘗與皎在殿庭玩一嘉樹，皎稱其美，遽令徙植於其家。後爲太常卿，楚國公。又爲之下敕辨謗，云："悠悠之談，嗷嗷妄作，② 醜正惡直，竊生謗言。"

天后時，張昌宗得幸，又薦其兄易之，由是兄弟俱侍禁中，傅粉施朱，衣錦繡衣。詔置奉宸府，以易之爲令。令選美少年爲左右奉宸供奉。右補闕朱敬則上疏云："陛下内寵，有薛懷義、易之兄弟足矣。尚舍奉御柳模，自言子良賓潔白美鬚，左監門衛長史侯祥，自云過於懷義，專欲自進，堪奉宸内供奉，無禮無儀，溢於朝聽。"則天勞之，曰："非卿直言，朕不知此。"賜彩百段。

玄宗時，張暐、王琚、王毛仲，皆鄧通、閎孺之流也。毛仲本高麗人，官至開封儀同三司，每入侍宴，與諸王、姜皎等，御幄前連榻而坐。玄宗或時不見毛仲，則悄然思之，

---

① "升"，原爲空格，據守山閣本及《舊唐書·中宗韋庶人傳》補。
② "妄作"，原爲空格，據守山閣本及《舊唐書·姜謨傳》補。

180

如有所失。見之則歡洽連宵，有鎮日宴。①

徐浩嬖其妾侯莫陳氏，以妾弟冒選，托侍郎薛邕注授京尉，爲御史大夫李栖筠所彈。自吏部侍郎、集賢殿學士，貶明州別駕。

喬知之有侍婢曰窈娘，美麗歌舞，爲武承嗣所奪。知之怨惜，因作《綠珠篇》以寄情，②密送與婢，婢感憤自殺。承嗣大怒，因諷酷吏羅織，知之下獄死。

太宗俘敵天竺國人，就其中得方士那羅邇娑婆寐，自言二百歲，云有長生之術。太宗深加禮敬，館之於金飆門內，造延年之藥，令兵部尚書崔敦禮監主之，發使天下採諸奇藥異石，不可勝數。延歷歲月，藥成，服竟不效，放還本國。

武宗奉道，寵道士趙歸真等，築望仙台於南郊，尊號中令增"明道"字，毀天下釋教，以銅像鐘磬鑄錢。上餌金丹，性加急躁，喜怒不常。會昌五年秋冬以來，覺有疾，而以爲換骨。上秘其事，外人但怪上希復遊獵。宰相奏事者，亦不敢久留。明年上仙，宣宗即位，誅趙歸真，流軒轅集於嶺南。既而，自受籙於劉元靜，迎軒轅集於禁中，餌方士藥，日覺躁渴，疽發於背，遂棄天下。

閩主王曦，納金吾使尚保殷之女，立爲賢妃，有殊色，

---

① "鎮日"，整天，從早到晚。

② 《綠珠篇》，唐喬知之的七言古詩，此詩雖咏綠珠，實則藉以抒發詩人對其侍婢窈娘的愛戀和對武承嗣的怨憤。

曦嬖之。醉中妃所欲殺則殺之，所欲宥則宥之。

黜 免

宋徐羡之不悦顔延年，出爲始安太守。謝晦謂延年曰：
“昔荀勖忌阮咸，斥爲始平郡，今卿又爲始安，可謂‘二
始’。”延年後又爲劉湛所出，爲永嘉太守，甚怨憤，作《五
君咏》。其咏阮咸云：“屢薦不入官，一麾乃出守。”蓋自
序也。

宋袁淑不附劉湛，大相乖忤。淑乃賦詩曰：“種蘭忌當
門，懷璧莫向楚。楚少別玉人，門非種蘭所。”尋乃以久疾
免官。

隋文帝寵任高熲，後坐事免，以公就第。文帝謂侍臣曰：
“我於高熲勝兒子，雖或不見，常似目前。自其解落，瞑然忘
之如無，[①] 熲不可以身要君，自云第一也。”

唐蕭瑀，以房玄齡、杜如晦新用事，親封倫而見疏，心
不能平，上封事論之，而辭旨寥落，由是忤旨，廢於家。其
後，又起知政事，[②] 累獨奏云：“玄齡以下，相與執權，有同
膠漆，但未反爾。”太宗爲之信誓，積久銜之。因瑀請出家，

─────────────

① “忘”，原爲空格，據守山閣本及《北史·高熲傳》補。
② “起”，原作“超”，守山閣本及粤雅堂本作“起”，起知，舉用，按文意，當
改之。

許之。又云："不能出家。"下詔切責，出牧小藩，仍除其封。

　　顏籀字師古，爲秘書少監，多引後進之士爲郎校，抑素疏，先貴勢，雖富商大賈，亦引進之。人言其納賄，由是出爲郴州刺史。未行，太宗惜其才，謂之曰："卿之學識，良有可稱，但事親居官，未爲清論所許。今日此授，卿自取之。朕以卿曩經任使，不忍遐棄，宜深自戒勵也。"師古父名思魯。

　　文德皇后崩，百官縗絰。率更令歐陽詢，狀貌醜異，衆咸指之。中書舍人許敬宗見而大笑，爲御史所劾，左授洪州司馬。

　　李義府作相，罪惡貫盈。陰陽占候人杜元紀，爲義府望氣，云："所居宅有獄氣，積錢二千萬乃可厭勝。"義府信之，聚斂更急，爲人所發，除名，長流巂州。朝野稱慶，爲之語曰："今日似唐年，還誅四凶族。"司刑太常伯劉祥道，推鞫其事，或作《河間道行軍元帥劉祥道破銅山大賊李義府露布》，榜之通衢。義府先多取人奴婢，及敗，一時奔散，各歸其家。《露布》有云："混奴婢而亂放，各識家而競入。"謂此也。

　　李繁無行，父泌與梁肅友善。肅卒，繁亂其配，士論嘆駭。繁坐此積年委棄，起爲太常博士。太常卿權德輿奏斥之。後除大理少卿，諫官御史章疏相繼，出爲亳州刺史。

　　潘孟陽以廣支副使巡江淮，但務遊賞，與婦女爲夜飲。及歸，大失人望，罷爲大理卿。憲宗令鄭敬宣慰江淮，戒之曰：“朕宮中用度，一匹以上，皆有簿籍，惟賑恤貧民，無所計算。卿今登車傳命，宜體吾懷，勿學潘孟陽，所至但務酣飲、遊山寺而已。”其爲人主，所薄如此。

張仲方，九齡之族也，爲度支郎中。太常謚李吉甫爲“恭懿”，仲方駁之曰：“通敏資性，便媚取容，故載踐樞衡，叠致台衮，大權在已，沈謀罕成，好惡徇情，輕脱寡信，謟淚在臉，遇便則流，巧言如簧，應機必發。”憲宗貶仲方爲遂州司馬。自駁謚之後，爲裕之黨擯斥，坎軻而没。

楊虞卿能朋比唱和，李宗閔待之如骨肉，時號“黨魁”。京師訛言鄭注爲上合金丹，須小兒心肝，密旨捕小兒無算。民間相告語，扃鎖小兒甚密，街市恟恟。上聞之不説，鄭注不自安。御史大夫李固，素疾虞卿朋黨，乃言此語出於虞卿之從人。上怒，收虞卿下獄，其家稱冤。自京兆尹，再貶虔州司户。

李邕貶欽州遵化縣尉，後爲滑州刺史，上計京師。邕素負美名，頻被貶斥，皆以邕能文養士，賈生、信陵之流，執政忌勝，剝落在外。人間素有聲稱，後進不識，京、洛阡陌聚觀，以爲古人，或將眉目有異，衣冠望風，尋訪門巷。

元和初，韋執誼貶崖州司户參軍，刺史李申憐其羈旅，乃舉牒云：“前件官久在相廷，頗諳公事，幸期佐理，勿憚縻賢事，須請攝軍事衙推。”

朱全忠弑昭宗，以裴樞朝廷宿望，全忠奏以伶人張廷范

爲太常卿，樞以爲必非元帥之旨，持之不下。全忠曰："吾嘗
以裴十四器識真淳，不入浮薄之黨，觀此議論，本態露矣。"
李振言於全忠曰："朝廷所以不理，皆由浮薄之徒紊亂紀綱，
不若盡去之。"全忠以爲然，有以名檢自處，[①] 聲迹稍著者，
皆指爲浮薄，貶逐無虛日，搢紳爲之一空。

　　五代李知損仕晉，以受賂謫均州。仕漢，以使江淮行止
穢雜，謫棣州司馬。至周，徵還，又上章求爲過海使。世宗
怒，除名，配沙門島。知損將行，謂所親曰："餘嘗遇善相
者，言我三逐之後，當居相位。餘自此而三矣。"後才歲餘，
卒於海中。

傷　逝

　　梁王規，字威明，卒。皇太子與湘東王繹書曰："王威明
風韻遒正，神峰標映，千里絕迹，百尺無枝，實俊人也。一
逝過隙，永歸長夜。金刀掩鋩，長淮絕涸。"

　　宋范曄謀逆，子藹連坐，就刑於市。曄醉，藹亦醉，藹
取土及果皮以擲曄，呼爲"別駕"數十聲。曄問曰："汝嗔
我耶？"藹曰："今日何緣復嗔，但父子同死，[②] 不能不悲

---

① 名檢，亦作"名儉"，名譽與禮法。
② "死"，原作"在"，守山閣本及《南史·範泰傳》作"死"，按上下文意當改
之。

爾!"煜妻來別，先撫藹，回罵煜曰："君不爲百歲阿家，不感天子恩遇，身死固不足塞罪，奈何枉殺子孫!"煜乾笑而已。藹幼而整潔，衣服竟歲未嘗有塵點，死時年二十。

齊豫章王嶷薨，武帝哀痛，敕王融作銘曰："半岳摧峰，中河墜月。"帝流涕曰："此正吾所欲言也。"

陳魯廣達爲將，陣亡被執，憤慨而卒。江總撫柩慟哭，乃命筆題棺頭曰："黃泉雖抱恨，白日自留名。悲君感義死，不作負恩生。"

宋孝武殷淑妃卒，邱靈鞠獻挽詞三首云："雲橫廣階暗，霜深高殿寒。"帝摘句嗟賞。

唐明皇西幸至馬嵬驛，楊貴妃縊死，瘞於驛西道側。上皇自蜀還，密令中使改葬於他所。初瘞時，以紫褥裹之，肌膚已壞，而香囊猶在，內官以獻，上皇視之淒惋，令圖其形於別殿，朝夕視之。

玄宗楊皇后，蕭宗之母也。玄宗命張説爲《埋銘》云："石獸澀兮綠苔粘，宿草殘兮白露沾，園有梅兮脂粉膩，不知何年開鏡奩。"

朱梁末帝，唐莊宗納其妃郭氏，許收葬末帝。殷鵬作志文，警句云："七月有期，不見望陵之妾。九嶷無色，空餘泣竹之妃。"聞者爲之淒然。

汰　侈

梁賀琛言於武帝云：[1] 今之宴喜，相競誇豪，積果如丘陵，列肴同綺繡，習以成俗，日見滋甚。宜嚴爲禁制，導以節儉。糾奏繁華，變其耳目。夫失節之嗟，亦民所自患，正恥不能及群，故勉強而爲之。苟以純素爲先，足正雕流之敝。[2]

宋武帝時，嶺南獻入筒細布一端八丈。帝惡其精麗勞人，即以付有司彈太守，以布還之。并制嶺南，禁作此布。

夏世祖，性豪侈，築統萬城，高十仞，基厚三十步，上廣十步，宮牆高伍仞，其堅可以厲刀斧。臺榭壯大，皆雕鏤圖畫，被以綺繡，窮極文采。魏主入其城，顧謂左右曰：“蕞爾之國，而用民如此，欲不亡，得乎？”

魏河間王琛，駿馬十餘匹，以銀爲槽，窗户之上，玉鳳銜鈴，金龍吐旆。

徐湛之產業甚厚，室宇園池，伎樂之妙，冠於一時。門生千餘，皆三吳富人子，資質端美，衣服鮮麗。每出入行遊，

---

① “琛”，原爲空格，據粤雅堂本及《梁書·賀琛傳》補。賀琛，字國寶，會稽山陰（今浙江紹興）人。曾任步兵校尉，云騎將軍、中軍宣城王長史。傳見《梁書》卷三十八。

② “流”。原爲空格，據粤雅堂本及《梁書·賀琛傳》補。雕流，衰減流散。

塗巷盈滿。雨日，悉以後車載之。文帝每嫌其侈縱。時安成公何勗，無忌之子，臨汝公孟靈休，昶之子也，并名奢豪，與湛之以肴膳、器服、車馬相尚，都下語曰：[①]"安成食，臨汝飾。湛之兼何、孟之美。"湛之孫緄，字君倩，仕梁爲湘東王鎮西諮議參軍，頗好聲色，侍妾數十，皆佩金翠，曳羅綺。時襄陽魚弘，亦以豪侈稱，府中謠曰："北路魚，南路徐。"

宋謝靈運性豪侈，車服鮮麗，衣物多改舊形制，世共宗之，咸稱謝康樂也。

梁蕭宏奢侈過度，修第擬於帝宮，後房數百餘人，皆極天下之選。所幸江無畏，服玩侔於東昏潘妃，寶屧直千萬。豫章王綜，以宏貪吝，遂作《錢愚論》。

魚弘嘗謂人曰："我爲郡有四盡：水中魚鱉盡，山中獐鹿盡，田中米穀盡，村里人庶盡。大丈夫生如輕塵栖弱草，白駒之過隙，人生但歡樂。富貴在何時。"於是恣意酣賞，侍妾百餘人，不勝金翠，服玩車馬，皆一時之驚絕。有眠牀一張，皆是蹙柏，四面周匝，無一有異，用銀鏤金花"壽、福"兩字爲脚。

陳孫瑒，居家頗失於侈。家庭穿築，極林泉之致。歌童舞女，當世罕儔。及出鎮郢州，乃十餘船爲大舫，於中立亭池植荷芰，良辰美景，賓僚并集，泛長江而置酒，亦一時之

---

① 都下，京都。

勝賞焉。

　隋文帝子秦王俊，盛修宮室，窮極侈麗，爲妃作七寶罩籬，車不可載，以馬負之而行。又爲水殿，香粉塗壁，玉砌金階，梁柱榱棟之間，周以明鏡，間以寶珠，極瑩飾之美。每與賓客、妓女弦歌於上。

　隋虞孝仁性奢華，伐遼之役，以駱駝負函，盛水養魚以自給。

　煬帝作西苑，其内爲海，海北有龍鱗渠，作十六院，門皆臨渠，每院以四品夫人主之，① 剪彩爲芰荷，乘輿臨幸，則去水而布之。上好以月夜從宮女數千騎遊西苑，作《清夜遊曲》，馬上奏之。

　唐太宗盛飾宮掖，明然燈燭，與蕭后同觀之，謂曰："朕施設，孰與隋主？"蕭后笑而不答，因問之，曰："彼乃亡國之君，陛下開基之主，奢儉之事，固不同爾。"帝曰："隋主何如？"蕭后曰："每至除夜，殿前諸位，設火山數十，盡沉水香根，每一山焚沉香數車，以甲煎簇之，焰起數丈，香聞數十里。一夜之中，用沉香二百餘乘，甲煎二百余石。房中不然膏火，懸寶珠一百二十以照之，光比白日。妾觀陛下，殿前所焚是柴木，殿内所爇膏油，但覺煙氣薰人。"太宗良久

―――――――――――

　① "之"，原作"人"，粵雅堂本及《資治通鑒》作"之"，主之，主持，按文意，當改之。

不言，口刺其奢，心服其盛。

玄宗以風俗奢靡，開元二年秋七月制：乘輿服御，金銀器玩，宜令有司銷毀，以供軍國之用。其珠玉錦繡，焚於殿前，后妃以下，皆無得服珠玉錦繡。

楊銛、楊錡、韓、虢、秦三夫人，競開第舍，極其壯麗。一堂之成，動逾千萬。既成，見他人有勝已者，輒毀而改爲。虢國尤爲豪蕩，一旦，帥二徒突入韋嗣立宅，即撤去舊屋，自爲新第，但授韋氏以隙地十畝而已。中堂既成，召工圬墁，① 約錢二百萬，復求賞技。虢國以絳羅五百段賞之，嗤而不顧，曰：“請取螻蟻、蜥蜴記數置堂中，苟失一物，不敢受直。”

玄宗每十月幸華清宮，五家扈從，每家爲一隊，著一色衣。五家合隊，照映如百花之煥發，遺鈿墜舄，瑟瑟珠翠，② 燦爛芳馥於路。

天寶九載，諸貴戚競以進食相尚。玄宗命官姚思藝爲司校進食使，水陸珍羞數千盤，一盤費中人十家之産。③

玄宗爲安禄山起第於親仁坊，敕令但窮極壯麗，不限財

---

① 圬墁，亦作“圬鏝”，塗飾牆壁，粉刷。
② 遺鈿墜舄，瑟瑟珠翠，鈿，由金翠珠寶等製成的首飾；舄，鞋子；瑟瑟，碧綠色。形容女子在遊玩、交際時縱情奢侈的景象。
③ 中人，中等人家。

力。既成，具幄幕器皿，充牣其中。① 布帖白檀牀二，皆長一丈，闊六尺；銀平脫屏風帳一，② 方一丈八尺。於厨厩之物，皆飾以金銀，金飯瓮一，銀淘盆二，皆受五斗，織銀絲筐及笊籬各一，他物稱是。雖禁中服御之物，殆不及也。上令中使護役，③ 常戒之曰：“彼眼大，勿令笑我。”

郭孝恪性奢侈，僕妾、器玩，務極鮮華。雖在軍中，牀帳完具。嘗以遺行軍大總管阿史那社爾，社爾一無所受。太宗聞之曰：“二將優劣之不同也。郭孝恪爲敵所屠，可謂自貽伊咎耳。”

韋陟，安石之子，門地豪華，早踐清列，侍兒閹閽，列侍左右者千數。衣書、藥石，咸有掌典，輿馬、僮奴，勢逾王家主第。

裴冕性奢侈，名馬在櫪，直數百金者常十數。自創巾子，號“僕射巾”。初代杜鴻漸爲相，小吏以俸錢文簿白之，冕顧視，喜見於色，其嗜利若此。

玄宗幸蜀，所居後以爲道觀。節度至，皆先拜而後視事。郭英乂鎮蜀，移去玄宗鑄金真容，自居之，頗恣狂蕩，取女人騎驢擊球，制鈿驢鞍及諸服用，皆侈靡裝飾，日費數萬，

---

① 牣，滿。
② 平脱，一種製作工藝,將金、銀紋飾用膠漆平粘於素胎上,空白處填漆,再加以細磨,使粘上的花紋與漆面平齊。
③ 護役,監領工役。

以爲笑樂。衆畔而奔，爲人所殺。

江南風俗，春中有競渡之戲，方舟并進，以急趨疾進者爲勝。杜亞在淮南，乃令以漆塗船底，貴其速進。又爲綺羅之服，塗之以油，令舟子衣，入水不濡。亞本書生，奢縱如此。

安史大亂之後，法度隳弛，内臣、戎帥競務豪奢，亭館第宅，力窮乃止，時謂“木妖”。① 馬璘之第，經始中堂，費錢二十萬貫。及璘卒，京師士庶觀其中堂，或假稱故吏，爭往赴弔者數十百人。德宗即位，詔毁璘中堂及中官劉忠翼之第，仍命馬氏獻其園，謂之“奉誠園”。②

潘孟陽氣尚豪俊，不拘小節，居第頗極華峻。憲宗微行，至樂游原，見其宏敞，工猶未已。問之，左右以孟陽對，孟陽懼，而罷工作。

王起富於文學，而理家無法。俸料入門，即爲僕妾所有。文宗以師友之恩，恤其家貧，持詔每月割仙韶院月料錢三百千添給。議者以與伶官分給，可爲恥之。

段文昌布素之時，所向不偶，及其達也，揚歷顯重，出入將相泊二十年。其服飾玩好，歌童妓女，苟悦於心，無所

---

① “木”，原作“水”，守山閣本及粤雅堂本作“木”，《舊唐書·馬璘傳》作“木”，據文意，當改文。
② “奉誠”，原作“湊成”，守山閣本及《新唐書·馬燧傳》作“奉誠”，據文意，當改文。

愛惜，乃至奢侈過度，物議貶之。

文宗素恭儉，謂宰臣曰：“朕聞前時內庫，惟二錦袍飾以金烏，一袍，玄宗幸溫泉御之，一即與貴妃，當時貴重如此。今奢靡，豈復貴之！料今富家，往往皆可有。左衛副使張元昌用金唾壺，昨因李訓，已誅之矣。”

中宗安樂公主與長寧公主，競起第舍，以侈麗相高，擬於宮掖，而精巧過之。安樂公主請昆明池，上以百姓蒲魚所資，不許。公主不悅，乃更奪民田作定昆池，廣袤數里，累石象華山，引水象天津，① 欲以勝昆明，故名“定昆”。安樂有織成裙，直錢一億。② 花卉鳥獸，皆如粟粒，正視旁視，日月影中，各爲一色。

懿宗咸通十年，以同昌公主適拾遺韋保衡。公主，郭淑妃之女，上特愛之，傾宮中珍玩以爲資送，賜第於廣化里，窗戶皆飾之以雜寶，并杵藥臼、槽櫃，亦以金銀爲之，編金縷爲箕筐，賜五百萬緡，他物稱是。十一年，以保衡爲相，是年，公主薨。明年，葬，韋氏之人，爭取庭祭之灰，③ 汰其金銀。④ 凡服玩，每服皆百二十輿，以錦繡、珠玉爲儀衛，明器，輝煥三十餘里。賜酒百斛，餅餤四十橐駝，以飼倖夫。

---

① 天津，天河。
② 直，通“值”。
③ 庭祭，敕祭之於韋氏之座，故曰庭祭。
④ 汰(tài)，淘洗。

上與郭淑妃思公主不已，樂工李可及作《嘆百年曲》，舞者數百人，發內庫雜寶爲首飾，以綾八百匹爲地衣。舞罷，珠璣覆地。十四年秋，懿宗上仙。是冬，保衡賜自盡。

後唐李存審，近代良將也。常謂諸子曰："予本寒家，少小攜一劍而違鄉里，四十年間，位極將帥。其間屯危患難，履鋒冒刃，入萬死而博一生，身方及此，前後中矢僅百餘。"乃出鏃，以示諸子，因以奢侈爲戒。

淮南楊渥居喪，晝夜酣飲作樂，然十圍之燭以擊球，①一燭費錢數萬。

朱梁朱瑾，有所乘名馬，冬以錦帳貯之，夏以羅幬護之。

石晉張籛在雍州，因春景舒和，出遊近郊，憩於大冢之上，忽有黃雀銜一銅錢置於前而去。歸，復於衙院晝臥，見二燕相鬥畢，各銜一錢，落於籛首。前後所獲三錢，常秘於巾箱，識者以爲大富之兆。籛後爲富家，積白金萬鎰，② 藏之窟室。出入以庖者十餘人從行，食皆水陸之珍鮮。厚自奉養，無與爲比。

孫晟仕江南二十年間，財貨邸第，頗適其意。以家妓甚衆，每食不設食機，令衆妓各執一食器，周侍於其側，謂之"肉臺盤"。其自奉養如此。

---

① 圍，計量圓周的約略單位，指兩隻胳膊合圍起來的長度，也指一隻手的拇指和食指圍的長度。

② "鎰"，原作"鎰"，"鎰"爲古代重量單位，一鎰爲二十四兩。故改之。

　　蜀主王衍，奢縱無度。常列錦步障，① 擊球其中，往往遠適而外人不知，爇諸香，② 晝夜不絕。久而厭之，更爇皂莢以亂其氣。結繒爲山，及宮殿樓觀於其上，或爲風雨所敗，則更以新者易之。或樂飲繒山，經旬不下。山前穿渠通禁中，或乘船夜歸，令宮女秉燭炬千餘居前船，卻立照之，水面如晝。或酣飲禁中，鼓吹沸騰，以至達旦，以是爲常。

　　湖南馬希範，奢欲無厭，宮室、園囿，服用之物，務窮侈靡。作九龍殿，刻沉香爲八龍，飾以金寶，長十餘丈，抱柱相向，希范居其中，自爲一龍，其襆頭脚長丈餘，以象龍角。

　　石晉吐谷渾酋長白承福，家甚富，飼馬用銀槽。

---

　　① 　步障，又作“步鄣”。用以遮蔽風塵或視綫的一種屏幕。
　　② 　爇(ruò)，《説文》：“爇，燒也。”

卷 十

魯國孔平仲字毅甫

直 諫

　　魏主畋於河西，尚書令古弼留守，詔以肥馬給獵騎，弼悉以弱馬給之。帝大怒曰："筆頭奴，敢裁量朕！朕還臺，先斬此奴。"弼頭銳，故帝常以筆目之。弼官屬皇怖，恐并坐誅，弼曰："吾爲人臣，不使人主盤於游田，其罪小；不備不虞，乏軍國之用，其罪大。今蠕蠕方強，南寇未滅，① 吾以肥馬供軍，弱馬供獵，爲國遠慮，雖死何傷？"帝聞之嘆息，賜之以裘馬。他日，魏主復畋於山北，獲麋鹿數千頭，詔尚書發牛車五百乘載之。詔使已去，魏主謂左右曰："筆公必不與我，汝輩不如自以馬運之。"遂還，行百餘里，得弼表曰："今秋穀懸黃，麻菽布野，猪鹿竊食，鳥雁侵費，風雨所耗，

―――――――――――――

　　① 南寇，南朝宋政權。

朝夕三倍。乞賜矜緩，使得收載。”帝曰：“筆公可謂社稷之臣矣。”

齊文惠太子，幸東田觀獲稻，謂范雲曰：“此割甚快。”雲曰：“三時之務，亦其勤勞，願知稼穡之艱難，無徇一朝之宴逸。”文惠改容謝之。侍中蕭緬，先不相識，就車握雲手，曰：“不謂今日復聞讜言。”

傅縡諫陳后主曰：“夫人君者，恭事上帝，子愛黔黎，①省嗜欲，遠諂佞，未明求衣，日旰忘食，是以澤被區宇，慶流子孫。陛下頃來酒色過度，不虔郊廟之神，專媚淫昏之鬼。小人在側，宦豎弄權，惡忠直若仇讐，視百姓如草芥。后宮曳綺羅，廄馬餘菽粟，兆庶流離，僵尸蔽野，②賄賂公行，帑藏虛耗，神怒人怨，衆叛親離。恐東南王氣，因兹而盡。”后主大怒，竟被賜死。

章華諫后主曰：“陛下即位，於今五年，不思先帝之艱難，不知天命之可畏，溺於嬖寵，惑於酒色，祠七廟而不出，拜妃嬪而臨軒。老臣宿將，棄之草莽，諂佞讒邪，升之朝廷。今疆場日蹙，隋軍壓境，陛下如不改弦易轍，臣見麋鹿復游姑蘇矣。”后主大怒，即日斬之。

宋明帝起湘宮寺，曰：“此寺是大功德。”虞願曰：“陛

---

① 黔黎，黔首、黎民的合稱，泛指群衆、百姓。
② “僵”，原爲空格，據守山閣本及粵雅堂本補。

下起此寺，皆是百姓賣兒鬻婦。佛若有知，當悲哭哀潛，罪高佛圖，① 有何功德？"袁粲在坐，爲之失色。帝大怒，使人馳曳下殿，顧徐去無異容。

後周宣帝，德政不修，數行赦宥。樂運上疏曰："臣案《周官》：'國君過市，刑人赦'，此謂市者交利之所，君子無故不遊觀焉，則施惠以悅之也。《尚書》曰'眚災肆赦'，此謂過誤爲害雖大，當緩赦之。謹尋經典，未有罪無輕重，溥天大赦之文。故管仲曰：'有赦者，奔馬之委轡；不赦者，痤疽之礪石。'又曰：'惠者，人之仇讎；法者，人之父母。'吳漢遺言，猶云：'惟願無赦。'王符著論，亦云：'赦者非明世之所宜有。'至尊豈可數施非常之惠，以肆奸宄之惡乎！"

隋蘇威，高祖嘗怒一人，欲殺之。威伏閣進諫，不納。上怒甚，將自出斬之，威當上前不去，上避之而出，威又遮止，上拂衣而入。良久乃解，召威謝曰："公能若是，吾無憂矣。"賜馬二匹，錢十餘萬。

隋劉行本，高祖嘗怒一郎，於殿前笞之。行本曰："此人素清，其過又小，願陛下少寬假之。"上不顧，行本於是正當上前，曰："陛下不以臣不肖，置臣左右。臣言是，陛下安得不聽？臣言若非，當致之於理，以明國法，豈得輕臣言而不

---

① 佛圖，佛塔。

顧也？臣所言非私。"因置笏於地而退，上斂容謝之。

　　刑部侍郎辛亶，常衣緋褌，俗云利於官。隋高祖以爲厭蠱，[1] 將斬之。刑部侍郎趙綽曰："據法不當死，臣不敢奉詔。"上怒甚，謂綽曰："卿惜辛亶而不自惜也？"命左僕射高熲將綽斬之。綽曰："陛下寧可殺臣，不得殺辛亶。"至朝堂，解衣當斬。上使人謂綽曰："竟如何？"對曰："執法一心，[2] 不敢惜死。"上拂衣而入，良久釋之。明日，謝綽，勞勉之，賜物三百段。

　　魏鄭公容貌不逾中人而有膽略，善回人主意。每犯顏苦諫，或逢上怒甚，鄭公神色不移，太宗亦爲之霽威。嘗謁告上冢，還言於上曰："人言陛下欲幸南山，外皆麗裝已畢，[3] 而竟不行，何也？"上笑曰："初實有此心，畏卿嗔，故中輟爾。"上嘗得佳鷂，自臂之，望見徵來，匿懷中。徵論事故久不已，鷂死懷中。太宗嘗罷朝，怒曰："會須殺此田舍翁！"后問："爲誰？"上曰："魏徵每廷辱我。"后退，具朝服立於庭，上驚問其故，后曰："主明臣直，由陛下之明故，妾敢不賀？"上乃悦。魏王泰有寵於上，或言三品以上多輕魏王。上怒，引三品以上作色讓之，曰："隋文時，一品以下皆爲諸王所頓躓，彼豈非天

---

①　厭蠱，古代方士的一種巫術，以巫術致災禍於人。
②　"一"，原爲空格，據守山閣本及《北史·趙綽傳》補。
③　"麗"，原爲空格，據守山閣本補。麗裝，華丽的裝束。

子兒耶？朕但不聽諸子縱橫耳。聞三品以上皆輕之，我若縱之，豈不能折辱公輩邪？”房玄齡等皆皇恐，流汗拜謝。魏徵獨正色曰：“臣竊計，當今群臣，必無敢輕魏王者。在禮，臣子一也。《春秋》：‘王人雖微，序於諸侯之上。’三品以上皆公卿，陛下所尊禮，若紀綱大壞，固所不論。聖明在上，魏王必無頓辱群臣之理。隋文驕其諸子，使多行無禮，卒皆夷滅，又足法乎？”上悅，曰：“理到之語，不得不服，朕以私愛忘公義，及聞徵言，方知理屈。”

　　唐儉從太宗幸洛陽苑射猛獸，群豕突出林中。太宗引弓四發，殪四豕。有雄彘突其馬鐙，儉投馬搏之，太宗拔劍斷豕首，顧笑曰：“天策長史，不見上將擊賊耶？何懼之甚！”儉曰：“漢祖以馬上得之，不以馬上治。陛下以神武定四方，豈復逞雄必於一獸。”太宗納之，爲之罷獵。

　　隋文帝遣屈突通往隴西檢覆群牧，① 得隱藏馬二萬匹。帝盛怒，欲斬太僕卿以下一千五百人。② 通諫曰：“豈容以畜產之故，戮千有餘人，敢以死請。”帝嗔目叱之，通頓首曰：“臣一身如死，③ 望免千餘人。”帝悟，曰：“朕之不明，以至於此。今從所請，以旌諫諍。”諸人竟得減死論。

---

① 群牧，各牧馬場。
② 太僕卿，官名，始置於春秋，稱太僕。秦、漢沿襲，爲九卿之一。掌皇帝的輿馬和馬政。
③ “如”，原爲空格，據《舊唐書·屈突通傳》補。如，去，赴。

李大亮爲涼州都督，有臺使到州，見有名鷹，諷大亮獻之。① 亮密表言之，太宗下書嘉嘆云：“古人稱一言之重，比於千金，今賜卿故瓶一枚，雖無千鎰之重，是朕自用之物也。”

太宗即位，務止奸吏，遣人以財物試之。有司門吏，受絹一匹，太宗怒，將殺之。裴矩諫曰：“此人受賂，誠合重誅。但陛下不應以物試之，即行極法。所謂陷人以罪，恐非道德、齊禮之義。”太宗從之，因召百寮謂曰：“裴矩遂能庭折，不肯面從。每事如此，天下何憂不治。”

房玄齡病篤，謂諸子曰：“當今天下清謐，咸得其宜。惟東討高麗，方爲國患。主上含怒意決，臣下莫敢犯顏。吾知而不言，則銜恨入地。”遂抗表切諫，云：“陛下決一死囚，必令三覆五奏，進素食，停音樂。今兵士之徒無罪，乃驅之行陣之間，委之鋒鏑之下，使肝腦塗地，魂魄無歸，令其老父、孤兒、寡妻、慈母，望轊車而掩泣，抱枯木以摧心。足以變動陰陽，感傷和氣。且兵者凶器，不得已而用之。向使高麗違失臣節，誅之可也；侵擾百姓，滅之可也。久長能爲國患，除之可也。今無此三者，乃坐敝中國，所存者小，所損者大。謹罄殘魂餘息，預代結草之誠。”② 太宗省表，曰：

---

① 諷，用含蓄的話暗示或規勸。
② 結草，典故見於《左傳·宣公十五年》，指受厚恩雖死猶報。

"此人危慄如此，尚能憂我國事。"

太宗閒居，與王珪宴語，時有美人侍側，本廬江王瑗之姬。① 瑗敗，藉没入宫。太宗指示之曰："廬江不道，賊殺其夫而納其室。"珪避席曰："陛下以廬江取此婦人，爲是邪？非邪？"太宗曰："殺人而取其妻，卿乃問朕是非，何也？"珪曰："齊桓公之郭，問其父老曰：'郭何故亡？'父老曰：'以其善善而惡惡也。'桓公曰：'若子之言，乃賢君也，何至於亡？'父老曰：'善善不能用，惡惡不能去，所以亡也。'今此婦人尚在左右，竊以聖心爲是之。陛下若以爲非，此所謂知惡而不能去也。"太宗雖不去此美人，而心甚重之。

太常少卿祖孝孫，以教宫人聲樂不稱旨，爲太宗所讓，②王珪、温彦博諫曰："孝孫雅士，陛下忽爲教女樂而怪之，臣恐天下憫愕。"③ 太宗怒曰："卿皆我之腹心，當進忠獻直，何乃附下罔上，反爲孝孫言也？"彦博拜謝，珪獨不拜，曰："臣本事前宫，罪已當死，陛下置之樞廷，待以忠直，今臣所言，豈是爲私？不意陛下忽以疑事誚臣，是陛下負臣，臣不

---

① "瑗"，原作"媛"，守山閣本及粤雅堂本作"瑗"，《新唐書·李瑗傳》作"瑗"，今據改。廬江王瑗，即廬江王李瑗，李瑗（586—626），字德圭，隴西成紀（今甘肅秦安縣）人。

② 讓，責備。

③ 憫愕，驚訝。

負陛下。"帝默然而罷。明日，帝謂房玄齡曰："昨日責彦博、王珪，朕甚悔之。"

太宗遣使詣西域立葉護可汗，未還，又遣使歷諸國市馬。① 魏徵諫曰："今以立可汗爲名，可汗未定，又往市馬，彼必以爲意在市馬，不爲專立可汗。可汗得立，則不甚懷惠，諸蕃聞之，以中國薄義重利，未必得馬而已失義矣。昔漢文時，有獻千里馬者，曰'吾吉行五十，凶行三十，② 鑾輿在前，屬車在後，吾獨乘千里馬，將安之'。乃償其道路所費之直而遣之。漢光武有獻千里馬及寶劍者，以馬駕鼓車，劍賜騎士。凡陛下所爲，皆邈逾三王之上，③ 奈何此事欲爲孝文、光武之下乎！魏文帝欲求市西域之大珠，蘇則曰：'若陛下惠及四海，則不求自至。求而得之，不足貴也。'陛下縱不能慕漢帝之高行，可不畏蘇則之言乎？"太宗乃止。

劉洎竦峻敢言，太宗每與公卿持論，必詰難往復，洎諫曰："以至愚對至聖，以極卑對至尊，陛下降恩旨，假慈顔，凝旒以聽其言，虛襟以納其説，猶恐群下未敢對揚，況動神機，縱天辯，飾詞以折其理，援古以排其義，欲令凡庶何皆應答？今日升平，皆陛下力行所致，欲其長久，匪由辯博。但當忘彼愛憎，慎兹取舍，每事敦樸，無非至公，若貞觀之

---

① 市馬，購買馬匹。
② 吉行，爲吉事而行；凶行，軍行。
③ 邈逾，遠遠超過。

初，則可矣。”

馬周上疏云：“古語云‘動人以行不以言，應天以實不以文’。以陛下之明，誠欲勵精爲政，不煩遠采上古之術，但及貞觀之初，則天下幸甚。”

太宗走馬射帖，娛悦近臣。孫伏伽諫，以爲此秖是少年諸王之事爾。太宗覽之，大悦。

馬周上疏，以太上皇居城外，宮宇卑小，四方觀者，有不足焉。又云：“車駕欲幸九成宮避暑，而太上皇尚留熱所。温清之道，竊所未安。”又諫：“踐祚以來，未嘗親享宗廟。”又諫：“驪子倡人，鳴玉曳履，與朝賢比肩。”太宗深納之。

高祖幸涇陽校獵，顧謂朝臣曰：“今日畋，樂乎？”蘇世長進曰：“陛下游獵，薄廢萬几，不滿十旬，[1] 未爲大樂。”高祖色變曰：“狂態發耶？”世長曰：“爲私計則狂，爲國計則忠。”

高宗遣宦者緣江采異竹，欲植苑中。宦者科舟，所在縱暴，蘇良嗣在荆州，囚宦者，上疏切諫。高宗下詔慰勉，令棄竹江中。

孫伏伽諫高祖曰：“陛下二十日龍飛，二十一日有獻鷂鶵

---

① “滿”，原爲空格，據守山閣本及《舊唐書·蘇長世傳》補。滿，足够，達到一定限度。

者，又聞相國參軍蘆牟子獻琵琶，長安縣丞張安道獻弓箭，及太常官司於民間借婦女裙襦五百餘具，充散妓之服。”高祖大悅，下詔襃賜。

貞觀四年，詔發卒修洛陽宮乾陽殿，以備巡幸。張元素上書極諫云：“阿房成，秦人散。章華就，楚衆離。乾陽畢功，隋人解體。且以陛下今時功力何如隋？日役瘡痍之人，襲亡隋之敝，恐甚於煬帝。”太宗曰：“卿謂我不如煬帝，何如桀、紂？”對曰：“若此殿卒興，所謂同歸於亂。”太宗嘆曰：“我不思量，遂至於此。所有作役，宜即停之。”魏徵嘆曰：“張公論事，遂有回天之力。可謂‘仁人之言，其利溥哉’！”①

柳範爲侍御史，吳王恪好田獵，損居人，範奏彈之。太宗因謂侍臣曰：“權萬紀不能匡正我兒，罪當死。”範進曰：“房玄齡事陛下，猶不能諫止田獵。豈可獨罪萬紀？”太宗大怒，拂衣而起。久之，引範謂曰：“何得逆折我？”範曰：“臣聞主聖臣直。陛下仁明。臣敢不盡愚直！”太宗乃解。

睿宗時，姚、宋秉政，奏停中宗朝斜封官數千員。及姚、宋出爲刺史，太平公主又特爲之言，有敕總令復舊。柳澤上疏諫，以爲“科官封授皆是僕妾汲引，迷謬先帝，今又令叙

---

① 溥，廣大。

之，將謂斜封之人不忍棄也，先帝之意不可違也。內外咸稱太平公主令胡僧慧範曲引此輩，將有誤於陛下矣。故語曰：‘姚、宋爲相，邪不如正；太平用事，正不如邪’。臣恐積小成大，累微起高，勿謂何傷，其禍將長。勿謂何害，其禍將大”。

高季輔嘗切諫時政得失，太宗持賜鍾乳一劑，① 曰：“進藥石之言，故以藥石相報。”

太宗嘗言及山東、關中人，意有異同。張行成跪奏曰：“臣聞天子以四海爲家，不當以東西爲限，示人以隘。”太宗又言，“我爲人主，兼行將相事”。行成上疏，以爲“汝惟不矜，天下莫與汝爭能”。太宗深納之。

太宗平高昌，每歲調發千餘人防遏其地。褚遂良諫曰：“歲遣千人，遠事屯戍。終年離別，萬里思歸。去者資裝，自須營辦，既貴菽粟，又傾機杼。經途死亡，復在其外。設令張掖塵飛，酒泉烽起，陛下豈能得高昌一人而及事乎？”

高宗欲廢王后立武氏，褚遂良諫曰：“先帝不豫，執陛下手以語臣曰，‘我好兒好婦，今將付卿’。陛下親承德旨，言猶在耳。皇后自此未聞有愆，恐不可廢。”遂良置笏於殿陛，曰：“還陛下此笏。”仍解巾叩頭流血。帝大怒，令引出。

_____

① 鍾乳，鍾乳石，又稱石鍾乳，是指碳酸鹽岩地區洞穴內在漫長地質歷史中和特定地質條件下形成的石鍾乳、石筍、石柱等不同形態碳酸鈣沉澱物的總稱。

　　貞觀十四年，太宗將幸同州校獵，時收穫未畢，櫟陽丞劉仁軌上疏諫曰："今年甘雨應時，秋稼極盛，玄黃亘野，①十分才收一二，盡力刈穫，月半猶未訖功。貧家無力，禾下始擬種麥，今供承獵事，兼之修理橋道，縱大簡略，動費一二萬工，百姓收斂，實爲狼狽。願退旬日，收刈總了，則人盡暇豫，公私交泰。"太宗降璽書嘉之。

　　則天臨朝，劉仁軌陳呂后禍敗之事，以申規諫。則天璽書慰諭之，曰："卿云'呂后見嗤於後代，禄産貽禍於漢朝'。初聞此語，寧不惘然，靜而思之，是爲龜鏡。"

　　高宗風疾，欲遜位武后。郝處俊諫，以爲"帝之與后，猶日之與月，陽之與陰，各有所主守也。昔魏文帝著令，身崩後，尚不許皇后臨朝，今陛下奈何遂欲躬自傳位於天后！"帝乃止。

　　高宗既封泰山，欲遍封五岳，作奉天宮於嵩南。監察御史裏行李善感諫，上雖不納，亦優容之。自褚遂良、韓瑗之死，中外以言爲諱，几二十年。及善感始諫，天下皆喜，謂之"鳳鳴朝陽"。

　　韋思謙爲監察御史，曰："大丈夫當正色之地，必明目張膽以報國恩，終不爲碌碌之臣，保妻子耳。"又云："御史出都，若不動搖山岳，震懾州縣，誠曠職也。"思謙在憲司，每

---

　　① 玄黃:黑色與黃色。

見王公不拜，云："鵬鷃鷹鸇，豈衆禽之偶，奈何設拜以狎之？"

狄仁傑以百姓西戍疏勒等四鎮，[①] 極爲雕敝，上疏曰："自典籍所紀，聲教所及，三代不能至者，國家盡兼之矣。此則今日之四境已逾於夏、殷者也。詩人矜薄伐於太原，美化行乎江、漢，則是前代之遠裔，而國家之域中。至前漢時，匈奴無歲不陷邊，殺略吏人，後漢則西羌侵軼漢中，東寇三輔，入河東、上黨，几至洛陽。由此言之，則陛下今日土宇，過於漢朝遠矣。若其用武荒外，邀功絶域，竭府庫之實，以爭磽确不毛之地，得其人不足以增賦，獲其土不足以耕織。苟求冠帶遠裔之稱，不務固本安人之術，此秦皇、漢武之所行，非二帝三王之事業也。以臣所見，請損四鎮以肥中國。罷安東以實遼西，省軍費於遠方，并甲兵於塞上，則恒、代之鎮重，而邊州之備實矣。"

朱敬則以則天初臨朝稱制，天下頗多流言異議，至是稍寧，宜絶告密羅織之徒，云："自文明草昧，天地屯蒙，二叔流言，四凶構難，不設鈎距，無以應天順人。不切刑名，不可摧奸息暴。故置神器，開言端，故能計不下席，聽不出闈，蒼生晏然，紫宸易位。豈造攻鳴條，大戰牧野，血變草木，

---

① "勒"，原作"勤"，守山閣本及《舊唐書·狄仁傑傳》作"勒"。《唐文粹》有《請罷百姓西戍疏勒等四鎮疏》，今據改。

208

頭折不周，可同年語乎？然急趨無善迹，促柱少和聲，拯溺不規行，療飢非鼎食，即向時之妙策，乃當今之芻狗也。伏願去妻菲之牙角，頓奸險之鋒鋩，窒羅織之原，掃朋黨之迹，使天下蒼生坦然大悦，豈不樂哉！」則天甚善之。

中宗宴侍臣，酒酣，令各爲《回波詞》。衆多爲諂佞，或要榮位。次至諫議大夫楊景白，曰：「回波爾時酒巵，微臣職在箴規。侍宴既過三爵，諠嘩竊恐非儀。」中宗不悦，中書令蕭至忠進曰：「此真諫官也。」

則天時，張易之引蜀商宋霸子等數人，於內宴上前博戲。宰相韋安石跪奏曰：「蜀商賤類，不合至此。」因顧左右逐出之。在座者皆爲失色。則天以安石詞直，深慰勉之。陸元方謂人曰：「此真宰相，非吾等所及也。」

武后幸三陽宮避暑，有北僧邀車駕觀葬舍利，太后許之。狄仁傑跪於馬前，曰：「佛者，戎狄之神，不足以屈天下之主。彼北僧詭譎，直欲邀致萬乘，以惑遠近之人爾，山路險狹，不容侍衞，非萬乘所宜臨也。」太后中道而還，曰：「以成吾直臣之氣也。」

盧懷慎上疏言三事，一事，乞郡縣未經四考，不得遷除。二事，乞省官，三事，乞贓吏削迹簪裾，十數年間不許齒録。

郭子儀婿趙縱，爲奴當千所告，貶循州司馬，留當千於內侍省。張鎰上疏，以爲「太宗之法，奴告主者皆不受，盡令斬決。頃者，長安令李濟得罪，因奴告；萬年令

霍晏得罪，因婢告。愚賊之輩，悖慢成風，主反畏之，動
遭誣構。準律，奴婢告主，非謀反以上者，同自首法。今
趙縱所犯非叛逆，而奴實奸凶。奴在禁中，縱獨下獄。且
將帥之功，莫大於子儀，墳土未乾，兩婿先已當辜，趙縱
今又下獄。陛下方誅群賊，大用武臣，雖見寵於當時，恐
息望於他日矣”。德宗深納之，杖殺當千。鎰乃召子儀家
僮數百，以死奴示之。

裴諝爲河東租庸等使，時關輔大旱，① 請入奏計。代宗
召見便殿，問諝“榷酤之利，一歲出入几何?”久之不對，
上復問，對曰：“臣有所思。”上曰：“何思?”對曰：“臣自
河東來，其間所歷三百里，見農人愁嘆，穀菽未種，誠謂陛
下先問人之疾苦，乃責臣以利。孟子曰：‘治國者，亦以仁義
而已矣，何必曰利?’”上前坐曰：“微公，不聞此言。”

元載爲宰相，建白：②“凡論事者，皆須先白長官，長
官白宰相，宰相定可否，然後奏聞。”顏真卿上疏以爲：
“是自蔽其耳目也。太宗著《門司式》云‘其有無門籍人
有急奏者，皆令監門司與仗家引奏，不許關礙’，所以防
壅蔽也。并置立仗馬二匹，須有乘騎便往，所以平治天
下，正用此道。天寶以後，李林甫威權日盛，群臣不白宰

① 關輔，關指關中,輔,三輔。
② 建白,提出建議或陳述主張。

相輒奏事者，托以他故中傷，猶不敢明約百司，先白宰相。然潼關之禍，起於下情不得上通，陵替至於今日。天下之敝，萃於聖躬，所從來者漸矣。陛下方當日聞讜言以廣視聽，而頓欲隔絕，雖李林甫、楊國忠，猶不敢公然如此。陛下不早覺悟，漸成孤立，危殆之期，翹足而至也。臣誠知忤大臣者罪在不測，不忍辜負陛下，無任懇迫之至。”元載構於代宗，貶真卿峽州別駕。

　　肅宗以王璵爲相，信妖祠，道士李國禎請建大地婆婦等祠。昭應縣令梁鎮上表，極言其不可。曰：“大地婆婦，祀典無文，言甚不經，義無可取。若陛下特與大地建祖宗之廟，必上天貽向背之責，陛下又何以爲祠哉？”

　　李晟在鳳翔，謂賓介曰：①“魏徵能直言極諫，致太宗於堯、舜之上，真忠臣也，僕竊慕之。”行軍司馬李叔度曰：“縉紳、儒者之事，非勳德所宜。”晟斂容曰：“行軍失言，‘邦有道，危言危行’。今休明之期，晟幸得備位將相，必有不可，忍而不言，豈可謂有犯無隱，知無不爲耶？是非在人主所擇爾。”叔度慚而退。故晟爲相，每當上所顧問，必極言匡躬，盡大臣之節。

　　憲宗以皇甫鎛爲相，裴度上疏，以爲：“陛下引一市肆商徒與臣同列，在臣亦有何損，但於陛下，實有所傷。”憲宗以

_____

① 　賓介，賓，賢賓；介，賢賓之次。多偏指賢賓。

度爲朋黨，竟不省。

李晟收京城，德宗令中使宣付翰林院，具録先散失宫人名字，令草詔，賜渾瑊於奉天尋訪，以得爲限。陸贄不奉詔，進狀論之，以爲“清廟震驚，三時乏祀，宜先迎復神主，修整郊壇，然後弔恤死義，慰犒有功。至如巾櫛之侍，宜後不宜先也。内人散失，已經累月，既當亂離之際，必爲將士所私。一聞搜索，必皆懷懼。昔人所以掩絶纓而飲盜馬，蓋知爲君之體然也。”帝遂不降詔，但遣使而已。

奉天圍解，從臣稱慶。賈隱林抃舞畢，[1] 奏曰：“賊泚奔遁，臣下大慶。此皆社稷無疆之休。然陛下性靈太急，不能容忍，若舊性未改，賊雖奔亡，臣恐憂未艾也。”上不以爲忤，甚稱之。

歸登爲右拾遺，時裴延齡奸佞有恩，欲爲相，諫議大夫陽城上疏切直，德宗赫怒。右補闕熊執易等亦以危言忤旨。初，執易草疏成，示登，登愕然曰：“願寄一名，雷霆之下，安忍令足下獨當。”自是同列切諫。登每連署，無所回避，時人稱重。後爲散騎常侍，因中謝，憲宗問時所切，登以納諫爲對，時論美之。

敬宗時少列陳岵進注《維摩經》，得濠州刺史。劉寬夫

---

① “林”，原缺，據守山閣本及《新唐書·賈隱林傳》補。賈隱林，京兆華原（今陝西耀縣）人，累官至檢校右散騎常侍，封武威郡王。傳見《新唐書》卷一九二。

與同列，因對論之，言峣因供奉僧進經以圖郡牧，敬宗怒，謂宰相曰："陳峣不因僧得郡，諫官安得此言？須推排頭首來。"寬夫奏曰："昨論陳峣之時，不記發言前後，惟握筆草狀，即是微臣。今論事不當，臣合當罪。若尋究推排，恐傷事體。"帝嘉其引過，欣然釋之。

薛廷老與同寮入閣奏事，曰："近日除拜，往往不由中書進擬，或是宣出，伏恐紀綱漸壞，奸邪恣行。"敬宗厲聲曰："更諫何事？"舒元褒進曰："近日宮中修造太多。"上色變曰："何處修造？"元褒不能對，廷老進曰："臣等職是諫官，凡有所聞，即合論奏，莫知修造之所，但見運瓦木極多，即知有用，乞陛下勿罪人言。"帝曰："已論。"

敬宗荒恣，屢出畋遊，每月坐朝不三四日。韋處厚從容奏曰："臣有大罪，伏乞面首。"帝曰："何也？"處厚曰："臣前爲諫官，不能先朝死諫，縱先聖好田及色，以至不壽。臣合當誅然。所以不死諫者，亦爲陛下此時在春宮，年已十五。今則陛下皇子，始一歲矣，臣安得更避死亡之誅！"上深感悟，賜以銀彩。

韓愈始爲監察御史，德宗時也，極論宮中之敝，貶連州陽山令。後爲刑部侍郎，憲宗時也，力言佛骨之事，貶潮州刺史。

李絳因浴堂北廊奏對，極論中官縱恣，方鎮進獻之事。憲宗怒，厲聲曰："卿論太過。"絳前論不已，曰："臣所諫論，於臣無利，是國家之利。陛下不以臣愚，使處腹心之地，豈可見事虧盛德，致損清時，而惜身不言？仰屋竊嘆，是臣負陛下也。若不顧患禍，盡誠奏論，旁忤倖臣，上犯聖旨，以此獲罪，是陛下負臣也。且臣與宦官素不相識，又無嫌隙，只是威福大盛，上損聖明，臣所以不敢不論耳。使臣緘默，非社稷之福也。"憲宗見其誠切，改容慰諭之。

李絳作相時，教坊忽稱密旨，取良家士女及衣冠別第妓人，京師囂然。絳謂同列曰："此事大虧損聖德，須有論諫。"或云："此嗜欲間事，自有諫官論列。"絳曰："居常病諫官不論事，此難事，即推與諫官，可乎？"乃極言論奏。翌日，延英，憲宗舉手諭絳，曰："昨見卿狀，所論采擇事，非卿盡忠於朕，何以及此！朕都不知向外事，此是教坊罪過，不諭朕意，以至於此。朕緣丹王以下四人，院中都無侍者，朕令於樂工中及閭里有情願者，厚其錢帛，只取四人，王各與一人。伊不會朕意，便如此生事，朕已令科罪。其所取人，并已放歸。若非卿言，朕寧知此過？"

文宗便殿對六學士，語及漢文恭儉，帝舉袂曰："此澣濯者三矣。"學士皆贊詠帝之儉德，惟柳公權無言。帝留而問之，對曰："人主當進賢退不肖，納諫明賞罰，服澣濯之衣，乃小節爾。"時周墀同對，爲之股栗。公權詞氣不可奪。

溫璋爲京兆尹，懿宗以同昌公主薨，怒殺醫官，其家屬下獄者三百人。璋上疏切諫，以爲刑法太深。帝怒，貶振州司馬。制出，璋嘆曰：“生不逢時，死何足惜？”是夕，自縊卒。

元積爲東臺御史，召還京，宿敷水驛。内官劉士元後至，爭廳，士元怒，排其戶，積襪而走廳後，士元追之，以箠擊傷積面。執政以積年少後輩，務作威福，貶爲江陵府士曹參軍。白居易爲拾遺，上疏云：“況聞士元蹋破驛門，奪將鞍馬，仍索弓箭，嚇辱朝臣。承前已來，未有此事。今中官有罪，未聞處置，御史無過，卻先貶官。遠近聞知，實損聖德。”

白居易爲翰林學士，嘗因論事，言：“陛下錯。”憲宗色莊而罷，密召承旨李絳，謂曰：“居易小臣不遜，須令出院。”絳曰：“陛下容納直言，故群臣敢竭誠無隱。居易言雖少思，志在納忠。陛下若罪之，臣恐天下各思箝口，非所以廣聰明，昭聖德也。”上悦，待居易如初。

裴度作相，五坊使楊朝汶以賈人張陟負錢逃匿，於陟家得私簿，有負錢人盧載初，云是故西川節度使盧坦書迹，即捕坦家人拘之。坦男不敢申理，即以私錢償之。及徵驗書迹，乃故鄭滑節度使盧群手書也。坦男理其事，朝汶曰：“錢已進過，不可復得。”臺諫上疏，陳其暴橫。度與崔群因延英對，極言之。憲宗曰：“且欲與卿商量東軍，此小事，我自處置。”度曰：“用兵小事也，五坊追捕平人，大事也。兵事不理，只憂山東，五坊使暴橫，恐亂輦轂。”上不悦，良久，方省悟，召朝汶，數之曰："向者爲爾，使我羞見宰相。"遽命誅之。

李渤爲諫大夫，長慶、寶曆中，政出多門，事歸邪幸。渤不顧患難，章疏論列，曾無虛日。敬宗雖昏縱，亦爲之感悟。寶曆中，肆赦。先是，鄠杜令崔發，以捕五坊內官被繫，立在雞竿下，內官五十餘人持杖毆之。是日，繫囚皆釋，發獨不免。渤疏論之，云："縣令所犯在恩前，中人所犯在恩後，中人橫暴，一至於此。"上以爲朋黨，出渤桂管。

大和中，李中敏爲司馬員外郎，時王守澄方寵鄭注，及誣構宋申錫後，人側目畏之。上以久旱，詔求致雨之方，中敏上言曰："仍歲大旱，非聖旨不至，直以宋申錫之冤濫，鄭注之奸蔽。今致雨之方，莫若斬鄭注而雪申錫。"士大夫皆危之，疏留中不下。

穆宗不恤政事，喜遊宴。即位之始，吐蕃寇邊，諫議大夫鄭覃與崔玄亮廷奏："陛下宴樂過多，畋遊無度，蕃寇在境，緩急奏報，不知乘輿所在。"又云："娼優近習，賞賜太厚，況金銀貨幣，皆生靈膏血，不可使無功之人濫沾賜與。"帝初不悅其言，顧宰相蕭俛曰："此輩何人？"俛對曰："諫官也。"帝意稍解，乃曰："朕之過失，臣下盡規，忠也。"乃謂覃曰："閣中奏事，殊不從容，今後有事面陳，朕與卿延英相見。"時久無閣中奏事，覃等抗論，人皆相賀。

憲宗時，王承宗叛，以吐突承璀爲招討使，諫官御史上疏相屬，皆言自古無中貴人爲兵馬統帥者，補闕獨孤郁、段平仲尤激切。憲宗不獲已，罷爲招撫處置等使，師出無功，平仲抗疏，論承璀輕謀弊賦，請斬之以謝天下。憲宗不獲已，降承璀爲軍器使。

蘇安恒諫則天曰：“陛下蔽太子之元良，枉太子之神器，何以教天下母慈子孝焉！能使天下移風易俗，惟陛下思之，將何聖顏以見唐家宗廟，將何誥命以謁大帝墳陵？陛下何故日夜積憂，不知鍾鳴漏盡？臣愚以天意人事，還歸李家，陛下雖安天位，殊不知物極則反，器滿則傾。”則天不納其言，亦能容之。

則天時，新豐因風雷山移，乃改縣名曰慶山，四方畢賀。俞文俊詣闕，上書曰：“天氣不和而寒暑併，人氣不和而疣贅生，地氣不和而堆阜生。今陛下以女主處陽位，反易剛柔，故地氣隔塞，而山變爲災，陛下謂之慶山，臣以爲非慶也。”則天大怒，流於嶺外，後爲六道使所殺。

德宗時，裴延齡、李齊運、韋渠牟等以奸佞相次進用，[①]誣譖時宰，毀詆大臣。陸贄等咸遭枉紲，無敢救者。諫議大夫陽城伏閤上疏，與拾遺王仲舒共論延齡奸佞，贄等無罪。德宗大怒，召宰相入議，將加城等罪。順宗在東宮，爲城開解之，城賴以免。時朝夕欲相延齡，城曰：“脫以延齡爲相，

---

① “牟”，原作“年”，據守山閣本及粵雅堂本改。韋渠牟（749—801），京兆萬年（今陝西西安）人，少慧悟，涉覽經史。初爲道士，後爲僧。興元中，韓滉鎮浙西，奏授試秘書郎，累轉四門博士。傳見《新唐書》卷一六七。

城當取白麻壞之。”

玄宗東封，徵突厥大臣扈從，突厥遣阿史德頡利發入朝。玄宗發都下，至嘉會頓，引頡利發及諸蕃酋長入仗，仍與之弓箭，時有兔起於禦馬之前，上引弓旁射，舍拔獲之，頡利發下馬捧兔，蹈舞曰：“聖人神武超絶，若天上則不知，人間無也。”上因令問“飢否？”對曰：“仰觀聖武如此，十日不食，猶爲飽也。”自是，常令突厥入仗馳射。起居舍人呂向上疏諫曰：“鴟梟不鳴，未爲瑞鳥。猛虎雖伏，豈齊仁獸。突厥安忍殘賊，賜以弓箭，同逐獸之樂，若荆卿詭動，何羅竊發，暫逼嚴蹕，仰犯清塵，縱殪玄方，墟幽土，單於爲醢，穹廬爲污，何塞過責？”上納其言，遂令諸蕃先發。

太宗平高昌，將以爲郡縣，魏徵諫曰：“未若撫其人而立其子，所謂弔民伐罪。今若利其土壤以爲州縣，常須千餘人鎮守，數年一易，每往交番，① 死者十有三四。十年之後，隴右空匱，陛下終不得高昌撮穀尺布，以助中國。所謂散有用以事無用，未見其可。”太宗不從，後亦悔之。

憲宗謂宰臣曰：“朕覽國書，② 見文皇帝行事少有過差，諫官論諍，往復數四。況朕之寡昧，涉道未明。今後事或未當，卿等每事十論，不可一二而止。”

---

① 交番，輪流值班。
② 國書，國史。

開元五年，太廟四室壞，上素服避正殿。時將幸東都，玄宗以問宋璟，璟陳天戒，請輟行。又問姚崇，曰：“太廟屋材，皆符堅時物，歲久朽壞，適與時會。”上大喜，右散騎常侍褚無量上言：“隋文富有天下，遷都之日，豈取符氏舊材以立太廟乎？此特諛臣之言耳。願陛下克謹天戒，納忠諫，遠諂佞。”上弗聽。

代宗時，程元振專權自恣，天下畏之。吐蕃入寇，元振不以時奏，致上狼狽出幸。上發詔徵諸道兵，李光弼等皆忌元振居中，莫有至者。中外切齒，莫敢發言。太常博士柳伉上疏，以爲：“兵戎犯關度隴，不血刃而入京師，劫宮闈，焚陵寢，武士無一人力戰者，此將帥叛陛下也。陛下疏元功，委近習，日引月長，以成大禍，群臣在廷，無一人犯顏回慮者，此公卿叛陛下也。陛下始出都，百姓填然，奪府庫，相殺戮，此三輔叛陛下也。自十月朔召諸道兵，盡四十日，無雙輪入關，此四方叛陛下也。内外離叛，陛下以今日之勢爲安耶、危耶？若以爲危，豈得高枕，不爲天下討罪人乎？陛下視今日之病，何由至此乎？必欲存宗廟社稷，獨斬元振首馳告天下，悉出内使逮諸州，持神策兵付大臣，然后削尊號，下詔引咎曰，‘天下其許朕自新改過，宜即募士西赴朝廷。若以朕惡未悛，則帝王大器，敢妨聖賢，其聽天下所往’。如此而兵不至，人不感，天下不服，臣請闔門并斬，以謝陛下。”帝以元振嘗有保護功，但削官爵，放歸田里。

後唐明宗時，大理少卿康澄上疏："國家有不足懼者五，深可畏者六，陰陽不調不足懼，三辰失行不足懼，小人訛言不足懼，山崩川涸不足懼，水旱蟲蝗不足懼，此不足懼五也。賢人藏匿深可畏，四民遷業深可畏，上下相徇深可畏，廉恥道消深可畏，毀譽亂真深可畏，直言蔑聞深可畏，此深可畏六也。"優詔獎之。澄言可畏六事，實中當時之病。

後唐明宗時，太常丞史在德上疏言事，其略曰："朝廷任人，率多濫進。稱武士者，不閑計策，窮則背軍；稱文士者，鮮有藝能，多無士行，問謀略則杜口，作文字則倩人。虛設具員，枉費國力。"又欲一一考試群臣。宰相見其奏不悅，班行亦多憤悱，諫官劉濤、楊昭儉乞出在德疏，辨可否。帝召學士馬裔孫，謂曰："在德語太凶，其實難容。朕初臨天下，須開言路。若朝士以言獲罪，誰敢言者？爾代朕作詔，勿加在德之罪也。"於是詔引貞觀中陝縣令皇甫德參上書謗訕，魏徵奏曰："陛下思聞得失，只得恣其所陳。若所言不中，亦何損於國家？"又云："昔魏徵則請賞德參，今濤等請黜在德，事同言異，何相遠哉。"

石晉高祖時，高行周奏修洛陽宮。諫議大夫薛融諫曰："今宮室雖經焚毀，猶侈於帝堯之茅茨；所費雖寡，猶多於漢文之露臺。況魏城未下，公私窘困，誠非陛下修宮室之日，請俟海內平寧，營之未晚。"上納其言，仍賜詔褒之。

湖南馬希範用孔目官周陟議，常稅之外，別令人輸米。

天策學士拓跋恒上書諫曰：“殿下居深宮之中，藉已成之業，身不知稼穡之勞，耳不聞鼓鼙之音，馳騁遨遊，雕牆玉食。府庫盡矣，而浮費益甚。百姓困矣，而厚斂不息。今淮南爲仇讎之國，番禺懷吞噬之心，荆渚日圖窺伺，洞待我姑息。諺曰‘足寒傷心，民怨傷國’。願罷輸米之令，誅周陟以謝郡縣，去不急之務，減興作之役，無令一旦禍敗，爲四方所笑。”希範覽之，大怒，以先王舊臣爲隱忍之。

　　唐莊宗患宮中暑濕，思得高樓避暑。宦官進曰：“臣見長安全盛時，大明、興慶宮樓閣百數，今大内不及故時卿相家。”莊宗曰：“吾富有天下，豈不能作一樓？”乃遣宮苑使王允平營之。宦官曰：“郭崇韜眉頭不伸，常爲租庸惜財用。① 陛下雖欲有作，其可得乎？”崇韜時爲侍中樞密使，莊宗乃問崇韜曰：“昔吾與梁對壘於河上，雖祁寒盛暑，披甲跨馬，不以爲勞。今居深宮，蔭廣厦，不勝其熱，何也？”崇韜對曰：“陛下昔以天下爲心，今以一身爲意。艱難逸豫，爲慮不同，勢自然也。願陛下無忘創業之難，常如河上，則可使繁暑坐變清涼。”莊宗默然。終遣允平起樓，崇韜果切諫，宦官曰：“崇韜之第，無異皇居，安知陛下之熱？”由是讒間愈入。後崇韜破蜀，竟以誣死，宦者爲之也。

---

① “財”，原作“才”，守山閣本及粵雅堂本作“財”，財用，財物，按文意，當改之。

　　周世宗深怒翰林學士竇儀，欲殺之。宰相范質入奏事，帝望見，知其意，即起避之。質趨前伏地叩頭，諫曰："儀罪不至死，臣爲宰相，致陛下枉殺近臣，罪皆在臣。"繼之以泣，帝意解，乃釋之。

卷十一

魯國孔平仲字毅甫

忿　狷

宋謝弘微，性本寬博，無喜慍。末年，嘗與友人棋，西南有死勢，一客曰：“西南風急，或有覆舟者。”友悟，乃救之。弘微大怒，投局於地。識者知其暮年之事，果次歲終。

劉瑀與何偃不相得，瑀位本在偃上，孝武時，偃遷吏部尚書，瑀猶爲右衛將軍。同從郊祀，偃乘車在前，瑀策駟在後，瑀追偃及之，曰：“君轡何疾？”偃曰：“牛駿御精，所以疾耳。”偃曰：“君馬何遲？”曰：“騏驥罷於羈絆，所以居後。”偃曰：“何不著鞭，使致千里？”答曰：“一蹴自造青雲，何至與駑馬爭路？”瑀、偃同發背疽，瑀疾方篤，聞偃之亡，歡躍叫呼，於是亦卒。

蕭惠開除少府，① 加給事中，不得志，曰："大丈夫入管喉舌，出莅方面，② 乃復低頭人中耶？"寺內所住齋，花草甚美，惠開悉剗除，別種白楊，每謂人曰："人生不得行胸懷，雖壽百歲，猶爲夭也。"發病嘔血，吐物如肺肝，卒。

陳傅緯負才使氣，③ 凌侮人物，毒惡傲慢，爲人所疾。以強諫，後主賜死。死後，有屈尾惡蛇來上靈牀，當前受祭酹，去而復來者百餘日，時時有彈指聲。

齊邱靈鞠，領驍騎將軍，不樂武位，謂人曰："我應還東掘顧榮冢。江南地方數千里，士子風流，皆出其中。顧榮忽引諸傖至要，妨我輩塗轍，死有餘罪。"

隋賀若弼既平陳，自謂功名出朝臣之右，每以宰相自許。既而，楊素爲右僕射，弼仍爲將軍，甚不平，形於言色，由是免官居，弼怨望愈甚。後數載，下獄。文帝曰："我以高熲、楊素爲宰相，汝每言此二人惟堪啖饭爾，是何意也？"弼曰："熲，臣之故人，素，臣之舅子，臣并知其爲人，誠有此語。"上數之曰："公有三太猛：疾妒心太猛，自是、非人心太猛，無上心太猛。"至煬帝，竟殺之。

蘇夔少有盛名，士大夫多歸之。後議樂事，夔與何妥各

---

① "蕭"，原爲空格，據《南史·蕭思話傳》補。蕭惠開，蕭思話長子，少有風氣，涉獵文史，家雖貴戚而居服簡素。傳見《南史》卷十八。

② 莅，治理，管理；方面，古指一個地方的軍政要職。

③ 使氣，恣逞意氣。

有所持，於是爕、妥俱爲一議，使百寮署其所同。時爕父威方用事，朝廷多附威，同爕者十八九。妥憙曰："吾席間函丈四十餘年，反爲昨暮兒之所屈也。"遂奏威等朋黨之罪。文帝令雜治之，事皆驗。上以《宋書‧謝晦傳》中朋黨事，令威讀之，威惶恐，免冠頓首謝，上曰："謝已晚矣。"

唐蕭瑀嘗稱房玄齡以下朋黨比周，但未反爾，太宗爲之信誓。瑀請出家，太宗曰："甚知公愛桑門，今者不能違意。"瑀旋踵奏曰："臣頃思量不能出家。"太宗心不能平，手詔切責，出爲商州刺史。後薨，諡曰"褊公"。

尉遲敬德與執政不平，嘗侍宴慶善宮，有班在其上者，敬德怒曰："汝有何功？合坐我上！"任城王道宗次其下，因解喻之，敬德勃然拳毆道宗，目幾至眇，太宗不懌而罷。

于公異，吳人也，應舉時，已與陸贄不協。贄在翰苑，聞德宗稱公異露布之文，尤不悅。及爲相，乃摭公異不爲後母所容事，下詔放歸田里。公異竟名位不振，憾恨而卒。人惜其才，惡贄之褊急焉。

李翱自負詞藝，以爲合知制誥，以久未如志，鬱鬱不樂。因入中書謁宰相，面數李逢吉之過失，逢吉不之校。翱心不自安，乃請告百日，有司準例停官。逢吉奏授廬州刺史。

王遂爲沂兗海觀察使，性猖急，不存大體。而軍州民吏，久染污俗，率多獷戾，而遂詈將卒曰"反虜"，將卒不勝其忿，遂被害。

李逢吉欲逐李紳，以紳爲中丞，以韓愈爲京兆尹兼御史大夫。知紳剛褊，必與韓愈忿爭。制出，果移牒往來，論臺府事體，而愈復性訐，言詞不遜，大喧物論，乃兩罷之。

吳越王錢弘倧，[①] 民有殺牛者，吏按之，引人所市肉近千斤。弘倧問内牙統軍使胡進思：“牛大者肉几何？”對曰：“不過三百斤。”弘倧曰：“然則吏妄也。”命按其罪。進思拜賀其明，弘倧曰：“公何以知其詳？”進思踧踖對曰：“臣昔未從軍，亦嘗從事於此。”進思以弘倧知其素業，故辱之，益恨怨。

仇　隙

劉毅家在京口，酷貧，嘗與鄉曲士大夫往東堂共射，時庾悦爲司徒右長史，要州府僚佐亦來東堂。毅以先至，進白悦曰：“身貧并躓，營一遊甚難，君如意人，何處不可爲適，豈不能以此堂見讓。”悦素豪，徑前不答。毅客并避，惟毅留射如故。悦厨饌甚豐，不以及毅。毅既不去，悦甚不歡，毅曰：“今年未食子鵝，請以殘炙見惠。”悦又不答。後毅貴用事，悦不得志，疽發背卒。

---

　　① “弘倧”，原作“宏淙”，係避諱改字。錢弘倧（929—975），既錢倧，原名錢弘倧，字隆道，吳越文穆王錢元瓘第七子。傳見《新五代史》卷六七。

梁鐘嶸爲《古今詩評》，其論沈約云：“觀休文衆製，五言最優。永明中，① 相王愛文，王融等皆宗附約，於時謝朓未遒，② 江淹才盡，范雲名級雖微，故稱獨步。”謂其詞密於范，意淺於江。嶸嘗求譽於約，約拒之，故追宿憾，以此爲報也。

北齊崔悛，素與魏收不協，收後專典國史，悛恐被惡言，乃悅之曰：“昔有班固，今則魏子。”收縮鼻笑之，憾不釋。

魏毛修之曰：“昔在蜀中，聞長老言，陳壽曾爲諸葛門下書佐，得撻百下，故其論武侯云‘應變非其所長’。”

北齊文宣崩，當時文士各作挽詞十首，擇其善者用之。魏收、陽休之、祖孝徵不過得一二首，惟盧思道獨得八首，時號“八米盧郎”。③ 劉逖亦只二首中選，中書郎李愔戲逖云：“盧八問、許劉二。”逖銜之。武成時，逖典機密，以事中愔，武成怒，大加鞭撲。逖喜復前憾，曰：“高捶兩下，執鞭一百，何如呼劉二時？”

唐劉文靜、裴寂，俱從高祖起義。文靜自以才能幹用，在裴寂之右，又屢有軍功，而位居其下，意甚不平。每廷議，

_____

① “明”，原作“平”，守山閣本及《南史·鍾嶸傳》作“明”，“永明”（483年正月—493年十二月）是南朝齊武帝蕭賾的年號。

② “於時”，原作“常曰”，據《南史·鍾嶸傳》改。“於時”，爲當時之意。

③ “八米盧郎”，原作“八采盧郎”，“采”爲“米”字之訛。關中語每歲以六米七米八米分上中下；“八米”取又好又多的意思。唐人因用作稱美文才的典故。

多相違戾，① 由是有隙。文靜酒後，出言怨望，拔刀擊柱，曰：“必當斬裴寂爾。”

劉晏爲吏部尚書，楊炎爲侍郎，各恃權使氣，兩不相下。炎坐元載貶，晏快之，昌言於朝。人以爲載之得罪，晏有力焉。及炎入相，追怒前事，且以晏與元載隙憾，爲載復讎。言晏嘗請代宗立獨孤妃爲后，有奪宗之計。賴崔祐甫救解，猶出晏爲忠州刺史。又誣晏與朱泚通書，乞誅之。方下詔暴言其罪，李正己上書表訟晏之冤，炎懼，乃遣五使往諸道，聲言宣慰，而實推過於上。德宗知而惡之，遂賜炎死。

豆參爲相，不悅李巽，巽自左司郎中出爲常州刺史，仍促其行。巽不平之。不數日，參貶郴州司馬，巽爲湖南觀察使，誣參與藩鎮交通。德宗怒，遂賜參死。

李揆秉政，苗晉卿薦元載，揆自恃門望，以載地寒，意甚輕之，曰：“龍章鳳姿之士不見用，獐頭鼠目之子乃求官邪。”載銜恨頗深。及載登相位，揆已先貶，因揆徙職，奏爲試秘書監，江淮養疾。揆既無俸，家復貧乏，孀孤百口，丐食取給。萍泛諸州者凡十五六年。牧守稍薄，則又移居。故其遷徙去者，蓋十餘州。

大曆末，李晟戌劍南，禦吐蕃，及師回，以成都官妓高氏隨行。張延賞爲成都尹，追取之，晟頗銜之，形於詞色。

---

① 違戾，違背。戾(lì)，違背，違反。

貞元初，德宗以延賞爲相，晟表論延賞過惡，德宗重違之，改授延賞左僕射。上亦忌晟功名，因吐蕃有離間之言，延賞騰謗於朝，無所不至。晟聞之晝夜泣，目爲之腫。上詔延賞與晟釋憾，同飲極歡。晟薦延賞爲相，遂加中書門下平章事。晟請以一子娉延賞女，延賞不許，晟謂人曰："武人性快，釋舊惡於杯酒之間。文生難犯，今不許婚，釁未忘也，得無懼焉？"後延賞竟罷晟兵柄，由此武臣不附。

韋執誼因王叔文以得宰相，時時立異，蓋欲矛盾以撟其迹。密令人詐叔文曰："不敢負約，欲共成國家之事故也。"叔文訧怒，遂成仇怨。

趙憬與陸贄同作相，贄恃久在禁庭，特承恩顧，以國政爲已任。才周歲，轉憬爲門下侍郎，憬深銜之。數以目疾請告，不堪當政事，因不相協。贄約憬同論裴延齡之奸，既至上前，贄極言延齡誑誕之狀，不可任用，德宗不悦，形於顏色。憬默然無言，贄由是罷相。

鮑防爲禮部侍郎，嘗遇知雜侍御史豆參，[①] 不時引避，僕人爲參所鞭。及參秉政，令防致仕。防謂親友曰："吾與蕭昕之子齒，而與昕同日致仕，非朽邁所致，以餘忿見廢耳。"防竟以憤終，參亦尋敗。

---

① "知雜侍御史"，原爲空格，據《舊唐書·鮑防傳》補。侍御史，西漢爲御史大夫屬官，由御史中丞統領，北宋前期爲寄祿官及武臣兼官，另以郎中、員外郎任侍御史知雜事，元豐改制后，罷知雜。

韋處厚曰：“楊炎爲元載復讎，盧杞與劉晏報怨，兵連禍結，天下不平。”

令狐楚因皇甫鎛作相而逐裴度，群情共怒，楚再貶衡州刺史。時元稹初得幸，爲學士，素惡楚與鎛膠固希寵。稹草制曰：“楚早以文藝，得踐班資，憲宗念才，擢居禁近。異端斯害，獨見不明。密贊討代之謀，潛附奸邪之黨，因緣得地，進士多門，遂忝台階，實妨賢路。”楚深恨之。

牛李之黨，皆挾邪取權，兩相傾軋，紛紜傾陷垂四十年。文宗繩之不能去，嘗謂侍臣曰：“去河北賊非難，去此朋黨實難。”楊嗣復、李珏、鄭覃作相，屢爭論於上前，李珏曰：“比來朋黨亦漸消弭。”覃曰：“近有小朋黨生。”覃又曰：“近日事亦漸好，未免些些不公，然嗣復、珏，牛黨也，覃李黨也。德裕爲相，指撝僧孺，欲加之深罪，但以僧孺貞方有素，無以伺其隙。德裕南遷，所著《窮愁志》，引里俗犢子之讖，以斥僧孺，又目爲太牢公，其相憎如此。

懿宗令韋保衡尚同昌公主，公主薨，懿宗殺醫官二十餘人，收捕其親族三百餘人，繫京兆獄中。宰相劉瞻召諫官吏言之，莫敢言者，乃自上言，上不悦，又面諫。上大怒，叱出之。瞻爲荆南節度使，保衡又譖瞻與醫官通謀，投毒藥，貶瞻康州刺史。路嚴作相，素與瞻議論不協，既貶康州，嚴猶不快，閲十道圖，以驩州去長安萬里，再貶瞻驩州司馬。僖宗即位，韋、路賜死，瞻自虢州刺史召爲刑部尚書。瞻之

貶也，人無賢愚，莫不痛惜。及其還也，長安兩市人率錢雇
百戲迎之。瞻聞之，改期由他道而入。未几，復作相。初，
瞻南遷，劉鄩附於韋、路，共短之。及瞻大用，鄩內懼，召
瞻置酒，瞻暴薨，時人皆以爲鄩鴆之也。

　　後唐崔協父彥融，素與崔蕘善。融爲萬年令，蕘謁之，
彥融未出，蕘見按上尺題，皆賂遺中貴人，蕘知其由徑，始
惡其爲人。及彥融除司勳郎中，蕘爲左丞，通札不見，曰：
“郎中行止鄙雜，故未敢見。”宰相知之，改彥融爲楚州刺
史，卒於任。誡其子曰：“世世無忘蕘。”故其子弟嘗云“崔
讎”。

　　石晉桑維翰與馮玉同在中書，會舍人盧價秩滿，①玉乃
下筆除價工部侍郎。維翰曰：“詞臣除此官稍慢，恐外有所
議。”因不署名。屬維翰休假，玉竟除之。由此尤不相協。玉
以語激少帝，出維翰爲開封尹。或謂玉：“桑公元老，奈何使
之尹京，親細猥之事？”玉曰：“恐其反爾。”曰：“儒生安得
反？”曰：“縱不自反，恐其教人爾。”

　　五代漢王章，置酒會諸朝貴，爲手勢令，史弘肇不閑其
事，客省使閻晉卿坐次弘肇，屢教之。蘇逢吉戲之曰：“坐有
姓閻人，何憂罰爵。”弘肇妻閻氏本酒家倡也，意逢吉譏之，

---

　　①　“價”，原作“櫃”，守山閣本及粵雅堂本作“價”，盧價，字待價，官至禮部
尚書。

大怒，以醜語詬逢吉，逢吉不應。弘肇欲毆之，逢吉起去，弘肇索劍欲追，楊邠泣止之，曰："蘇公宰相，公若殺之，置天子何地！願熟思之。"弘肇即上馬去。邠與之聯鑣，送至其第而還。於是將相如水火矣。

紕 漏

謝鳳子超宗，宋帝賞其文，謂謝莊曰："超宗殊有鳳毛，靈運復出矣。"時右衛將軍劉道隆聞此語，出候超宗，曰："聞君有異物，可得見乎？"超宗曰："懸磬之室，安有異物？"道隆曰："侍宴至尊，云君有鳳毛。"超宗聞諱，徒跣還內。道隆謂檢覓鳳毛，達暮，停待不去。

梁何敬容作宰相，淺於學術。嘗有客姓吉，敬容問："卿與丙吉遠近？"客答曰："如明公之與蕭何。"

侯景篡梁，王偉請立七廟。景曰："何謂七廟？"偉曰："天子祭七世祖考，故置七廟。"并請諱。景曰："前世吾不復憶，惟阿爺名摽，且在朔州，伊那得來噉是！"衆聞，咸笑之。

北齊王晧，從文宣北征，乘赤馬，旦蒙霜氣，遂不復識，自言失馬。虞侯爲求覓不得，須臾，日出，馬體霜盡，繫在幕前，方云："我馬尚在。"

北齊源師攝祠部，屬孟夏，以龍見請雩。時高阿那肱爲錄尚書事，謂爲真龍出見，大驚，問龍所載六經何顏色，師曰：“此是龍星，非真龍也。”阿那肱忿然作色，曰：“漢兒多事，強知星宿。”

隋劉臻爲儀同，有劉訥者，亦爲儀同，俱爲太子學士，情好甚密。臻住城南，訥住城東，臻嘗欲訪訥，謂從者曰：“汝知劉儀同家乎？”從者不知欲訪訥也，謂欲歸本家。既扣門，臻猶未悟，謂是訥家，據鞍大呼曰：“劉儀同可出矣。”其子迎門，臻驚曰：“汝亦來耶？”其子答曰：“此是大人家。”於是顧昐，久之方悟，怒叱從者，曰：“吾欲造劉訥爾。”

隋蘇威爲僕射，立條章，每歲責民間五品不遜。或答者，乃云“管內無五品之家”。不相應領，類如此。

隋王劭爰自志學，^① 至乎暮齒，篤好經史，遺落世事。用心既專，性頗恍惚，每至對食，閉目凝思，盤中之肉，輒爲僕從所啖。劭弗之覺，惟肉少，數罰廚人。廚人以情白劭，劭依前閉目，伺而獲之。

唐王君廓爲幽州都督，李玄道爲長史。君廓屢爲非法，玄道數裁正之。後君廓入朝，房玄齡即玄道之從甥也，玄道附書，君廓私發之，不識草字，疑其謀已，懼而奔叛。

《舊史·唐紹傳》云：“先天二年冬，今上講武於驪山，

---

① 志學，出自《論語·爲政》“吾十有五而志於學”，後借指十五歲。

紹以修儀注不合旨，坐斬。"此玄宗事也。修史者劉煦，後唐人也，乃謂之"今上"，蓋只用舊史，失於删潤爾。

李林甫典選，選人嚴迥判語用"杕杜"二字，① 林甫不識"杕"字，謂吏部侍郎韋陟曰："此云'杖杜'，何也？"陟俯首不敢言。

李林甫引蕭炅爲戶部侍郎。炅嘗與挺之同行慶弔，客次有《禮記》，② 炅讀之曰："蒸嘗伏獵。"③ 挺之戲問，炅對如初。

太常少卿姜度生子，李林甫手書慶之，曰："聞有弄獐之慶。"④ 客視之，掩口。

崔敬嗣爲房州刺史，供給豐贍，⑤ 中宗深德之。及登位，有益州長史崔敬嗣，每進，擬官皆御筆，超轉者數四。後引與語，乃同姓名人也。爲房州刺史者死矣。

第五琦爲相，貶忠州長史，既在道，有人告琦受人黃金二百兩者，遣御史劉期光追按之。琦對曰："二百兩金，十三

---

① "杕"，原作"杖"，《舊唐書·李林甫傳》作"杕"。杕，樹木孤立的樣子，杜，赤棠，杕杜，孤生的赤棠，按文意，當改之。

② 客次，接待賓客的處所。

③ 蒸嘗，本指秋冬二祭；伏臘，古代兩種祭祀的名稱，"伏"在夏季伏日，"臘"在農曆十二月。蕭炅將"伏臘"誤讀爲"伏獵"，因以"伏獵"爲大臣不學無文之典實。

④ 古稱生男爲"弄璋"，"璋"爲玉器，李林甫寫成了"弄獐"，"獐"爲野獸，后人用"弄獐書、弄獐"等嘲笑寫錯别字，沒有文化知識。

⑤ "豐贍"，原缺，據守山閣本及《舊唐書·崔光远傳》補。豐贍，豐富、充足。

斤重，忝爲宰相，不可自恃。若其付受有憑，伏請準法科
罪。"① 期光以爲此是琦伏罪也，遽奏之，請除名，配流夷
州，馳驛發遣，② 仍差綱領送至彼。

李克寧，初封隴西郡公，進武威郡王，每上疏，連稱二
封，頗爲時人所哂。

來子珣爲御史，時有朝士不帶靴而朝者，子珣彈之曰：
"臣聞束帶立於朝。" 舉朝大噱。

李勣征高麗，令元萬頃作檄，其語有："不知守鴨淥之
險。" 莫離支報云："謹聞命矣。" 遂移兵固守鴨淥。官軍不
得入。萬頃坐是流於嶺外。

李克用擒劉仁恭父子，命掌書記王緘草露布，緘不知故
事，書之於布，遣人曳之。

石晉康福，鎮天水日，嘗有疾。幕客謁問，福擁錦衾而
坐。客有退謂同列曰："錦衾爛兮。" 福聞之，遽召言者，怒
視曰："吾雖生於塞下，乃唐人也，何得以爲爛奚？" 因叱
出之。

石晉盧質，爲翰林學士承旨，賜論思匡佐功臣。③ 會覆
試進士，質以《后從諫則聖》爲題，堯、舜、禹、湯傾心求

---

① 科，判定。
② 馳驛，駕乘驛馬疾行。
③ "匡"，原作"注"，《舊五代史·盧質傳》作"匡"。"論思匡佐功臣"爲盧
質封號，盧質，字子徵，河南人，傳見《舊五代史》卷一四九。

過爲韻，舊例，賦韻四平四側，質乃五平三側，大爲識者所誚。

梁朝宰相李琪，以文章自許。唐明宗平中山王都，琪賀表云：“收契丹之凶黨，破真定之逆城。”馮道讓琪曰：“昨來收復定州，非真定也。”詔曰“契丹既無凶黨，真定不是逆城。李琪罰俸一月。”

唐明宗時，國子司業張溥，奏請復“八館”以廣生徒。按《六典》，監有六學，國子、太學、四門，律學，書算學是也，而溥云“八館”，謬矣。

石晉馮玉爲宰相，嘗以“姑息”字問於人，人以“辜負”字教玉，玉乃然之。

儉 嗇

魏司空長孫道生，性清儉，一熊皮障泥，[1] 數年不易。魏主使歌工歷頌群臣，曰：“智如崔浩，廉若道生。”[2]

宋武帝狎侮群臣，各有稱目。多鬚者謂之“羊”，顏師伯缺齒謂之“齴”，劉秀之儉吝，呼爲“老慳”。

梁王筠爲臨海太守，在郡侵刻，還，資有芒屩兩舫，家

---

[1] 障泥，垂於馬腹兩側，用於遮擋塵土的東西。
[2] “如”，原作“入”，守山閣本、粵雅堂本及《北史·長孫道生傳》作“如”，“如”比得上的意思。

累千金。性儉嗇，外服粗敝，所乘牛常飼以青草。及遇亂，爲盜所攻，墜井卒。家人十三口同遇害。棄尸空井中。

王琨儉於用財，設酒不過兩碗，輒云："此酒難遇。"①鹽豉姜桂之屬，并掛屏風，酒漿悉置牀下。内外有求，琨手自賦之。

梁到溉性率儉，不好聲色，虛室單牀，旁無姬侍。冠履十年一易，朝服或至穿補，傳呼清路，示有朝章而已。

齊高帝鎮東府，虞玩之爲少府，猶躡屐造席。高帝取屐視之，訛黑斜銳，齒斷以芒接之，問曰："卿此履，已几載?"玩之曰："初釋褐拜征北行佐買之，著已三十年矣。"

宋庾杲之，清貧自業，食惟有韭菹，韭茹、生韭。任昉常戲之，曰："誰謂庾郎貧，食常有二十七種。"

魏李崇，家富而儉，食常無肉，止有韭茹、韭菹。其客李元祐曰："李令公一食十八種。"人問其故，元祐曰："二韭十八。"

梁沈衆性吝嗇，財帛億計，無所分遺。自奉甚薄，每朝會，衣裳中裂，或自提冠履。起爲工部尚書，監起太極殿，常卧布袍芒屩，以麻繩爲帶，又囊麥飯，飢則啖之。朝士共誚其所爲。

---

① "難"，原作"對"。"遇"，原爲空格，守山閣本及《太平御覽》卷八四四作"難"。"難遇"，指酒好不易遇。

梁朱異，四方餽遺，財貨充積。性吝嗇，未嘗有所散施。厨下珍羞常腐爛，每月常棄數十車。雖諸子別房，亦不分贍。

梁陰子春，雖無他才，而臨人以廉潔稱。閨門混雜，而身服垢汗，脚數年一洗，言每洗則失財敗事。

北齊封述，厚積財産，一無分餽。雖親友貧病，亦絶拯濟，朝野鄙之。一子，娶隴西李士元女，大輸娉財，及將成禮，猶競懸違，① 述忽取所供養像，對士元打像爲誓。士元笑曰：“封公何處常得應急像，須誓便用。”一子，娶范陽盧莊之女，述又經府訴，云：“送騾乃嫌脚跛，許田則云鹹薄，銅器又嫌古廢。”皆緣吝嗇，致此糾紛。

北齊庫狄伏連，鄙吝。其妻病，以百錢買藥，每自恨之。家百餘口，盛夏，人料倉米二升，不給鹽菜，常有飢色。冬至日，親表稱賀，其妻爲設豆餅，問豆從來？云：“於馬豆中分減。”伏連大怒，典馬、掌食人并加杖罰。積年賜物，藏在別庫，遣一婢專掌管鑰。每入庫檢閲，必語妻子：“此官物，不可輒用。”至死，惟著敝褲，而積絹至二萬匹。被誅藉没，并歸天府。

唐王珪，通貴漸久，而不營私廟，四時蒸嘗，猶祭於寢。坐爲法司所劾，太宗優容，弗之譴也，因爲立廟，以愧其心。珪既儉不中禮，時論少之。

---

① “懸違”，原缺，據守山閣本及《北史·封述》補。懸違，背，反，不遵守。

徐岱，吝嗇頗甚，倉庫管鑰，皆自執掌，獲譏於時。

文宗大和三年，敕兩軍諸司内官，不得著紗縠綾羅等衣服。帝性儉，素不喜華侈。駙馬韋處仁戴夾羅巾，帝謂之曰："比慕卿門地清素，以之選尚。如此巾服，從他諸戚爲之，惟卿非所宜也。"

後唐李克修，爲昭義節度使，武皇撫封於上黨。克修性儉嗇，不事華侈，供帳饔膳，品數簡陋。武皇怒其菲薄，笞而詬之，克修慚憤，發疾卒。

石晉袁正辭，善治生，雖承父舊基，亦自能營構，故家益富。嘗於積鏹之室，有吼聲聞於外，人勸其散施以禳災。正辭曰："此必喝其同輩，宜更增之。"其庸暗多此類也。

石晉陳保極，性鄙吝，所得利禄，未嘗奉身，但蔬食而已。每與人弈棋，敗則手亂其局，蓋懼所賭金錢，不欲償也。及卒，室無妻兒，惟貯白金十錠，爲他人所有。

五代漢韋思，在上黨五年，無令譽可稱，惟以聚斂爲事。性又鄙吝，未嘗與賓佐有酒食之會。有從事，欲求謁見者，思覽札而怒曰："必是來獵酒也。"命典客者飲而遣之。其鄙吝如此。

江南李昇性節儉，常躡蒲屨，盥頮用鐵盎。① 暑則寢於

---

① 頮(huì)，洗臉。盎，從皿，從央，央亦聲。"央"意爲"小口"。"央"與"皿"合起來表示"小口大腹的容器"。

青葛，雖左右使令，①惟老醜宮人，服飾粗略。

　　五代漢隱帝時，吏部侍郎張允家貲萬計，而性吝，雖妻子不之委，常自繫衆鑰於衣下，而行如環佩。郭威入京師，允匿於佛殿藻井之上，登者浸多，板壞而墜，軍士掠其衣，遂以凍卒。

　　周太祖戒世宗以儉葬，令刻石置陵前，云周天子平生好儉約，遺令用紙衣瓦棺，嗣天子不敢違也。

---

　　①　使令,差遣,使喚。

卷十二

魯國孔平仲字毅甫

假 譎

宋檀道濟代魏，糧盡而還。軍士有亡降魏者，具告之。魏人追之，衆恟懼，將潰，道濟夜唱籌量沙，[①] 以所余少米覆其上。及旦，魏軍見之，謂資糧有餘，以降者爲妄而斬之。

魏劉仁之外示長者，内多矯詐。其對賓客，破牀敝席，麄飯冷菜，衣服敝惡，乃過逼下，[②] 善候當塗，能爲詭激。

唐文宗蕭太后，福建人，云有母弟一人。文宗詔於故里求訪，有户部茶綱役夫蕭洪，詐稱國舅，十數年間兩授旄鉞，事發賜死。閩人蕭本，又稱太后弟，賜予巨萬，官至金吾將

---

① 唱籌量沙，把沙當做米，量時高呼數字。用來安定軍心，製造假像來迷惑敵人。

② "逼"，原作"遇"，守山閣本及《魏書·劉仁之傳》作"逼"。"逼下"，謂由於在高位者生活儉樸，對下屬產生一種壓力。

軍，事聞除名，長流愛州。泉州晉江縣令蕭宏，又自稱太后弟，按問僞妄，配流儋州。

李密初從楊玄感，玄感敗逃，避至淮陽，隱姓名，自稱劉智遠。聚徒教授，鬱不得志。爲五言詩曰：「金風蕩初節，玉露雕晚林。此夕窮途士，鬱陶傷寸心。野平葭葦合，村荒藜藿深。眺聽良多感，徙倚獨沾襟。沾襟何所爲？悵然懷古意。秦俗猶未平，① 漢道將何冀？樊噲市井徒，蕭何刀筆吏，一朝時運來，千古傳名謚。寄言世上雄，虛生真可愧。」

蘇世長在陝州，部内多犯法，世長莫能禁，乃責躬引咎，自撻於都街。五百疾其詭，鞭之見血，世長不勝痛，大呼而走。觀者盛以爲笑，議者方知其詐。

許敬宗掌知國史，虛美隱惡。爲子娶尉遲敬德孫女，多得賂遺，及爲《敬德傳》，隱諸過咎。太宗作《威鳳賦》賜長孫無忌，敬宗改爲賜敬德焉。

杜淹與韋嗣福爲莫逆之交，相與謀曰：「上好嘉遁，蘇威以幽人見徵，擢居美職。」遂共入太白山，揚言隱逸，實欲邀求時譽。隋文帝聞而惡之，謫戍江表。

紀處訥，② 武三思寮婿也，爲太府卿。中宗以穀貴，召

---

① 「俗」，原爲空格，據守山閣本及《舊唐書·李密傳》補。

② 「紀」，原作「範」，守山閣本及《新唐書·蕭至忠傳》作「紀」，紀處訥，秦州上邽人。娶武三思妻之姊，累遷太府卿，傳見《舊唐書》卷九二，按文意，當改之。

處訥問其故，三思諷太史奏“其夜攝提星入太微，至帝座，此則王者與大臣私相接，大臣能納忠，故有所應”。中宗降詔褒述。

崔日知見事敏速，每朝廷有事，轉禍爲福，以取富貴。常謂人曰：“吾一生行事，皆臨時制變，不必專守始謀。每一念之，不覺芒刺在於背也。”

陳少遊爲揚州觀察使，李希烈陷汴州，聲言欲襲江淮，少遊懼，乃送款於希烈，曰：“濠、壽、舒、廬，尋令罷壘，韜戈卷甲，佇候指揮。”然人不知其送欵也。劉洽收汴州，得希烈僞起居注，某月日，陳少遊上表歸順，少遊聞之，慚而卒。

李抱真晚節好長生之術，有方士孫季長者，爲抱真煉金丹，紿抱真曰：“服之當升仙。”遂署爲賓寮。數謂參佐曰：“此丹秦皇、漢武皆不能得，惟我遇之。他日朝上清，不復遇公輩矣。”復夢駕鶴沖天，寤而刻木鶴，衣道士衣以習乘之。凡服丹二萬丸，腹堅不食，將死，不知人者數日矣。道士牛洞玄，以豬肪穀漆下之殆盡，病少間。季長復曰：“垂上仙，何自棄也？”益服三千丸，頃之卒。

裴延齡每奏討除，皆恣騁詭怪虛妄，[①] 他人莫敢言者，

---

① “怪”，原作“慳”，守山閣本及《舊唐書·裴延齡傳》作“怪”。詭怪，詭譎怪異；虛妄，指一些不着邊際的，不可捉摸的事物。

延齡言之不疑，亦人之所未嘗聞。因討料造神龍寺，須長五丈松木，延齡奏曰：“臣近於同州檢得一谷，① 木數千條，皆長八十尺。”上曰：“人言開元、天寶中，側近求覓長五六十尺木，尚未易得，須於嵐、勝州采市，② 如今何爲近處便有此木？”延齡奏曰：“臣聞賢材、珍寶、異物，皆在處常有，但遇聖君即出見。今此木生關輔，蓋爲聖君，豈開元、天寶合得有也！”又奏“近於左藏庫檢閱，乃於糞土之中，收得十三萬兩銀，其段匹雜貨，又百萬有餘，以充別庫羨餘”。太府卿韋少華抗疏，以爲皆是正數物。陸贄上書，以爲延齡險猾售奸，詭譎求媚。

柳泌爲憲宗合長生藥，自云壽四百歲。憲宗服藥多躁，爲宦官所弑。泌繫獄，府吏防虞周密，恐其隱化。及解衣就誅，一無變易，但炙灼之瘢浹身而已。

王鍔代杜佑鎮淮南，善小數。嘗有投匿名書者，左右取以授鍔。鍔内之靴中，靴中先有他書矣。鍔忽然探取焚之，而匿名在也。異日乃以他事連其所告者按驗之，以譎衆人。人以爲神明。

劉君良，累代義居，尺布尺粟無私焉。大業末，天下飢饉，君良妻勸其分析，乃竊取庭樹上鳥鷇，交置諸巢中，令

---

① 同州，今渭南市大荔縣。
② 嵐州，今山西嵐縣。勝州，今内蒙古鄂爾多斯左翼後旗黄河西岸。

群鳥鬭競。舉家怪之。其妻曰："方今天下大亂，爭鬭之秋，禽鳥尚不能相容，況於人乎？"君良從之。分別後月余，方知其計。中夜，攬妻發，大呼曰："此即破家賊爾！"召諸昆弟，哭以告之。於是棄其妻，與兄弟如初。

高駢好神仙，有方士呂用之，引其黨張守一、諸葛殷同蠱惑之。① 殷始自鄱陽來，用之先言於駢曰："玉皇以公職事繁重，輟左右尊神一人佐公。"明日，殷謁見，詭辨風生，駢以爲神。殷病風疽，駢有畜犬，聞其腥穢，多來近之。駢怪之，殷笑曰："殷常於玉皇前見之，別來數百年，猶相識也。"有蕭勝者，賂用之求鹽城監，駢有難色，用之曰："用之非爲勝也，近得上仙書云'有寶劍在鹽城井中，須一靈官取之'②，以勝上仙左右之人，欲使取劍爾。"駢乃許之。勝至鹽城數月，函一匕首以獻，③ 用之見，稽首曰："此北帝所佩，④ 得之則百里之內，五兵不能犯。"⑤ 駢乃飾以珠玉，常置坐隅。用之又刻青石爲奇字，云"玉皇授白雲先生高駢"。密令左右置道院香案，駢得之，驚喜，用之曰："玉皇以公焚修功著，將補真官，計鸞鶴不日當降此際，用之謫限亦滿，

---

① 蠱惑，指迷惑、誘惑、使人心意迷惑等。
② 靈官，是道教最崇奉的護法尊神。
③ "函"，原爲空格，據《資治通鑒》卷二五四補。函，匣，盒子。
④ 北帝，道教所謂五方大帝之一。
⑤ 五兵，泛指軍隊。

必得侍幢節，同歸上清爾。"用之每對駢呵叱風雨，仰揖空際，云"有神仙過雲表"。駢輒隨而拜之。後用之爲楊行密所誅，發其中堂，得桐人，書駢姓名，桎梏而釘之。

李寰鎮晋州，表兄武恭好道而誕妄。寰生日，恭送一故皂襪子，曰："此李西平收復京師時所服也。"恭生日，寰以一破幞頭遺之，曰："此洪崖先生初得道時幞頭也。"

朱全忠嘗與寮佐及遊客坐於大柳之下，全忠獨言曰："此木宜爲車轂。"衆莫有應。有遊客數人起應曰："宜爲車轂。"全忠敖然厲聲曰："書生輩好順口玩人，皆此類也。車轂須用夾榆，柳木豈可爲之？"顧左右曰："更何待？"左右數十人捽言宜爲車轂者，悉撲殺之。

朱梁雷滿，鎮澧朗，於府中浚一深潭，構一大亭於其上，每鄰道使車經由，必召燕於中，且言"此水府也，中有蛟龍，奇怪萬態，惟余能遊焉"[1]。或酒酣對客，即取筵中寶器，亂擲於潭中，因自褫其衣，裸露其身文，遽躍入水，遍取所擲寶器，戲玩於水面，久之方出，復整衣冠就坐。其詭誕如此。

後唐莊宗與梁相抗，劉郇軍於宗城。初，郇在洹水，數日不出，寂無人聲。莊宗遣騎覘之，無斥候者，[2] 城中亦無煙火，但有烏止壘上，時見旗幟迴循環往來。莊宗曰："我聞

---

① "余"，原爲空格，據守山閣本補。
② 斥候，指進行斥候（偵察）的士兵，古代的偵察兵。《墨子》："守入城，先以候始。"

246

劉郇用兵，一日百變，必以詭計誤我。"使視城中，乃縛旗於
芻偶之上，①使驢負之，循環而行。而郇去二日矣。

慕容彥超，漢隱帝時鎮鄆州，嘗召富僧數輩就食，日晏
不進饌，大餒而回，如是者累日。他日，復召之食，遣庖人
致蠅蟲於饌中，諸僧立嘔。彥超使人驗之，則皆已肉食矣。
大責其賂，乃釋之。

邪 諂

梁武帝時，朱雀門災，帝曰："此門制狹，我欲改造，遂
遭天火。"群臣相顧未對，何敬容曰："所謂先天而天弗違。"

永元中，任昉紓意於梅蟲兒，東昏中旨用爲中書郎。昉
謝尚書令王亮，亮曰："卿宜謝梅，那忽謝我。"昉慚而退。

北齊和士開用事，人多附之。有一人名曾參，士開病，
醫者云："須服黃龍湯。"士開有難色，參曰："此物甚易，
王不須疑惑，請先嘗之。"一舉而盡。士開深感其意，爲之強
服，遂得汗病愈。

隋郭衍，能揣燙帝意，阿諛順旨。帝每謂人曰："惟有郭
衍心與朕同。"又常勸帝取樂，五日一視事，無效高祖空自劬

---

① 芻偶，茅草扎的人。

勞。① 帝從之，益稱其孝順。

隋太史令袁充言：②"隋興以後，日景漸長，太平，日行上道。"文帝曰："景長之慶，天之祐也。"改元"仁壽"。百工役作，并加程課，③ 以日長也。丁匠苦之。④

唐侯君集馬病蚘穎，行軍總管趙元楷，親以指沾其膿而嗅之。御史劾奏其諂，左遷括州刺史。

有薦山人范知浚文學，⑤ 并獻其所爲文，宋璟判曰："觀其《良宰論》，頗涉佞諛。山人宜極言讜議，豈宜偷合苟容！"抑而不奏。

中宗朝，韋后亂政，右驍衛將軍迦葉志忠上表曰：⑥ "昔高祖未受命時，天下歌《桃李子》；太宗未受命時，天下歌《秦王破陣樂》；高宗未受命時，天下歌《側堂堂》；⑦ 天后未受命時，天下歌《武媚娘》；伏惟皇帝未受命時，天下歌《英王石州》；皇后未受命時，天下歌《桑條韋》也。謹進《桑條歌》十二篇。"宗楚客又諷補闕趙延禧，表陳符命，解

---

① 劬（qú）勞，勞苦、苦累的意思。
② "袁"，原作"李"，守山閣本作"袁"，袁充，字德符，陳郡陽夏（今河南太康）人，傳見《隋書》卷六九，今據改。
③ 程課，指徵發賦稅徭役。
④ 丁匠，夫役和工匠。
⑤ 山人，一般指隱士。
⑥ "迦"，原爲空格，據守山閣本及《舊唐書·後妃傳》補。
⑦ "側"，原作"桃"，粵雅堂本作"桃"，守山閣本及《舊唐書·後妃傳》作"側"。唐右御史中丞李嗣真常說："隋時樂府有《堂堂曲》，表明唐天子再度受命，近來有'側堂堂，橈堂堂'的歌謠。側，是不正的意思；橈，有危險的意思。"

《桑條》以爲十八代之符。①

張易之兄弟嬖幸，武三思、武懿宗、②宗楚客、宗晋卿候其門庭，爭執鞭轡，呼易之爲五郎，昌宗爲六郎。

裴乾祐，先爲御史大夫，出爲外郡刺史，雖強直有器幹，而昵於小人。既典外郡，與令史結友，書疏往反，令伺朝廷事。俄爲友生所發，坐流愛州。

長壽中，明堂災，則天欲避正殿，宰相姚璹言："成周宣謝，卜代愈隆；漢武建寧，盛德彌永。《彌勒下生經》云'當彌勒成佛之時，七寶臺須臾散壞。睹此無常之相，遂成正覺之因'。"則天依璹奏，遂不避正殿。

姚璹在桂州時，則天雅好符瑞。璹訪嶺南諸山川草木名號有"武"字者，皆以爲上符國姓，列奏其事。則天大悦，召爲天官侍郎。

楊再思知政十餘年，未嘗有所薦達。爲人巧佞邪媚，能得人主微旨。主意所不欲，因而毀之；主意所欲，因而譽之。左補闕戴令言作《兩脚狐賦》譏之。時張易之兄弟請公卿大臣宴集，或戲曰："楊內史面似高麗。"再思欣然，翦紙自帖於巾，卻披紫袍，爲高麗舞。縈頭舒手，舉動合節，滿坐嗤

---

① "條"，原缺，據守山閣本及《舊唐書·後妃傳》補。

② "宗"，原作"等"，守山閣本及《資治通鑒》卷二百六作"宗"。武懿宗，則天伯父士逸之孫也。父元忠，高宗時仕至倉部郎中。天授年，封士逸爲蜀王，懿宗封爲河內郡王，歷遷洛州長史、左金吾衛大將軍。傳見《舊唐書》卷一八三。

笑。易之弟昌宗，以姿貌有辟陽之寵，再思又諛之曰：“人言六郎面似蓮花，再思言蓮花似六郎，非六郎似蓮花也。”其傾側如此。

韋巨源爲宰相，韋后云：“衣箱中裙上有五色雲起，久而方歇。”巨源以爲非常佳瑞，請布告天下，許之。① 中宗又令畫工圖其狀以示百寮，大赦天下。巨源贊成妖妄，是歲星墜如雷，野雞皆雊，咎徵若此，不聞巨源有言。蓋與后通屬籍，固禄位爾。

張嘉貞被召，則天垂簾見之，嘉貞曰：“以臣草萊，得入謁九重，是千載一遇也。咫尺之間，如隔雲霧，竟不睹日月，恐君臣之道有所未盡。”則天遽卷簾見之，與語大悦，擢拜監察御史。又嘗奏玄宗曰：“今志力方壯，是效命之秋。更三數年，即衰老無能爲也。惟陛下早垂任使，死且不憚。”

來俊臣羅告裴宣禮七族反，武后薄其罪。殿中侍御史霍獻可，宣禮之甥也，言於太后曰：“陛下不殺裴宣禮，臣請殞命於前。”以頭觸殿階，血流沾地，以示爲人臣不私其親。太后不聽。獻可常以緑帛裹其傷，微露之於襆頭下，冀太后見之以爲忠。

武后時，朱前疑上書云：“臣夢陛下，壽滿八百。”即拜

拾遺。又言："夢陛下發白再黑，齒落再生。"遷駕部郎中。出使還，上書云："聞嵩高呼萬歲。"賜以緋魚袋。時未五品，於緑衫上佩之。

韋堅廣運潭成，陝縣尉崔成甫作《得寶歌》詞，自衣缺胯緑衫，錦半臂偏袒膊，紅羅抹額，於第一船作號頭唱之，婦人百餘人和之。

陳少游除桂州，畏遠官，覬近郡。時中官董秀用事，少遊乃宿於其里，候其下直，際晚謁之。從容曰："七郎家中几口，月費几何？"秀曰："久忝近職，然家累甚重，又屬時物騰貴，月費僅千餘緡。"少遊曰："據此費用，俸錢不足，須求外人，方可取濟。少遊雖不才，請以一身獨供七郎之費。每歲請獻錢五萬貫。今先輸大半，餘到官續送，免貴人勞慮，不亦可乎？"秀忻然逾望，厚相結納。少遊言訖，泣曰："南方炎瘴，深愴違辭，恐不生還，再睹顔色。"秀遽曰："中丞美才，不當遠去。請從容旬日，冀竭蹇分。"時少遊又已納財於元載子仲武矣。秀爲之內，載爲之外，數日，改拜宣州觀察使。後移越州，又徙揚州。十餘年間，三總大藩，皆天下殷厚處也。徵求貿易，且無虛日，斂積財寶，累巨億萬。初結元載，每歲饋金帛約十萬貫，又納賄於用事中官駱奉仙、劉清潭、吳承倩等，由是美聲達於禁中，累加官至同平章事。

韓滉判度支，秋霖彌月，壞人廬舍，鹽池爲潦水所入，其味多苦。滉慮鹽戶乞減稅，乃詐奏雨不壞池，池生瑞鹽。

上疑之，遣諫議大夫蔣鎮馳驛驗之。鎮與滉仍同上表賀，請宣副史館，置神祠，錫嘉號。

齊映爲江西觀察使，自以須爲輔相，無大過而罷，冀復進用。乃倍斂貢奉，及大爲金銀器以希旨。先是，銀瓶高者五尺餘，李兼在江西進六尺者。至是，映因德宗誕日端五，爲瓶高八尺者以獻。

嚴綬爲左僕射、司空。嘗預百寮廊下食。上令中使馬江朝賜櫻桃。①綬爲兩班之首，舊識江朝，叙語次，不覺屈膝而拜，江朝答拜，御史大夫高郢亦從而拜，爲卿史所劾。綬出鎮荊南，江朝降一官。

李逢吉與翰林學士李紳不協，逐之嶺外，知制誥龐嚴、蔣防坐紳黨，左遷。于敖封還詔書，時人皆以敖素與嚴善，訴其非罪，曰：“于給事犯宰相之怒，伸龐、蔣之屈，不亦仁乎？”及駁奏出，乃是論龐嚴貶黜太輕，中外無不大噱。

王彥威以戶部侍郎判度支，既掌利權，心希大用。時內官仇士良、魚弘志禁中用事，先是左右神策軍，多以所賜衣物，於度支中估判，使曲從，厚給其價。開成初，有詔禁止，然趨利者猶希意，從其請托。至是，彥威大結恩私，凡內官請托，無不如意。物議鄙之。

---

① 中使，宮中派出的使者。多指宦官。

　　中書主簿滑渙，與内官典樞密劉光琦相通。[1] 宰相議事，
與光琦異同者，令渙達意，未嘗不遂所欲。宰相杜佑、鄭絪
皆姑息之，佑呼爲“滑八”。

　　孟簡佞佛，鎮襄陽，以腹心吏陸翰，如上都進奏，委以
關通中貴。翰持簡陰事，漸不可制。簡怒，追至州，以土囊
殺之，以滅口。翰子弟詣闕訴冤，且告簡贓狀。御史臺按驗，
獲簡賂吐突承璀錢帛，共計七千餘貫匹，再貶簡吉州司馬。

　　崔元略，户部侍郎，出於宣授。時諫官有疏，指言内侍
崔潭峻方有權寵，元略以諸父事之。元略上章自辯，上詔答
云：“朕所命官，奚恤人言？”然終不能逃父事内官之名。

　　竇懷貞爲御史大夫，時韋后、安樂公主亂政，懷貞詔順，
委曲改名，以避后父之諱，娶韋后乳母王氏爲妻，自稱“皇
后阿奢”，時人或以爲“國奢”，懷貞處之不怍。宦官用權，
懷貞尤所畏敬，見無鬚者，或誤接之。又附會太平公主，爲
左僕射。時人語曰：“竇僕射前爲韋氏國奢，後作公主邑
丞。”言懷貞伏事公主，同於邑官也。奢，《唐韻》音遮，吳人呼
父也。

　　高力士作寶壽寺鍾成，力士齋慶之，[2] 舉朝畢至。凡擊

---

① 内官，宦官。典，主管。樞密，中樞官署的統稱。

② “齋”原缺，據守山閣本及《舊唐書·高力士傳》補。“齋”，專指拜懺誦
經、祈禱求福一類活動。

鍾者，一擊百千，有規其意者，① 擊至二十杵，少尚十杵。

金吾大將軍程百獻與力士約爲兄弟。力士母麥氏卒，百獻被髮受弔，擗踴哭泣，過於已親。

李輔國權盛，宰相李揆，山東甲族，位居台輔，見輔國執子弟之禮，謂之“五父”。

郭霸爲右臺御史，初召見於則天前，自陳忠鯁云：“往年征徐敬業，臣願抽其筋，食其肉，飲其血，食其髓。”則天悅。故時人號爲“四其御史”。御史大夫魏元忠臥疾，諸御史盡往省之，霸獨居後，請示便液，曰：“大夫糞味甘，或不瘳。今味苦，當即愈矣。”元忠剛直，殊惡之，以其事露於朝士。

則天不豫，令閻朝隱往少室山祈禱。朝隱乃曲申悅媚，②以身爲犧牲，③ 請代上所苦。

敬宗時，裴度自興元入觀。既至，李逢吉不欲度復入中書。京兆尹劉栖楚，逢吉黨也，栖楚等十餘人駕肩排度，④而朝士持兩端者，日擁度門。一日，度留飲酒，栖楚矯求度之歡，曲躬附度耳而語。崔咸疾其詭僞，舉觴罰度曰：“丞相不當許所屬官囁嚅耳語。”度笑而飲之。栖楚不自安，趨出坐。客皆快之。

---

① “意”原缺，據守山閣本及《舊唐書·高力士傳》補。
② 悅媚，逢迎取悅。
③ 犧牲，古指祭祀或祭拜用品。
④ “駕”，原爲空格，據《舊唐書·崔咸傳》補。駕肩，表示行動一致。

中宗宴近臣，① 國子祭酒祝欽明自請作《八風舞》，搖頭轉目，備諸醜態，上笑。欽明素以儒學著名，吏部郎中盧藏用，私謂諸學士曰：“祝公《五經》，掃地盡矣。”

中宗時，司農卿趙履溫，傾家資以奉安樂公主，爲之起第舍，築臺，穿池無休已，掀紫衫於項，挽公主犢車。公主與韋后作亂被殺，履溫馳詣安福樓下，舞蹈稱萬歲。聲未絕，相王命斬之。

後唐郭崇韜，父名宏。豆盧革諂奉之，上言請依《六典》，改“宏文館”爲“崇文館”。

後唐蘇循，莊宗將即位，張承業意未欲莊宗遽稱尊號，人亦無敢贊成者。循自河中來，入衙城，見府廨即拜，謂之拜殿。見莊宗，即呼萬歲，舞抃，② 泣而稱臣。翌日，又獻大筆三十管，謂之“畫日筆”。莊宗大悅。承業深惡之。

後唐梁翹爲給事中，因轉對上言，以星辰合度，風雨應時，請御前香一合，帝親爇一炷，餘令於塔廟中焚之，貴表精至。③

何澤爲吏部郎中，史館修撰，嘗因起居退，獨自遲留，以笏扣頭，北望而呼曰“明主！明主！”。明宗知其佞，亦不責之。

---

① 近臣，指君主左右親近之臣。
② 抃（biàn），拍手，鼓掌。
③ “貴表精至”原爲空格，據粵雅堂本及《舊五代史·列傳》補。

讒　險

梁徐摛，武帝問以《五經》大義、歷代史、百家雜書，末論釋教。摛商較縱橫，① 應答如響。帝加稱異，寵遇日隆。朱異不悅，謂所親曰：“徐叟出入兩宮，漸來見逼，我須早爲之所。”遂乘間白帝曰：“摛年老，又愛泉石，意在一郡。”帝謂摛欲之，乃召摛曰：“新安大好山水，任昉等并經爲之，② 卿爲我臨此郡。”遂出爲新安太守。

隋諸葛潁，煬帝所親幸，出入卧内，帝每賜之曲宴，輒與皇后、嬪御連席共榻。潁因閑隙，多所譖毁，時人謂之“冶葛”。

唐高祖校獵城外，太子建成、秦王世民、齊王元吉皆從，上命三子馳射角勝。建成有北馬，肥壯而善蹶，③ 以授世民，曰：“此馬甚駿，能超數丈澗。④ 弟善騎，試乘之。”世民乘以逐鹿，馬蹶，世民躍立於數步之外，馬起，復乘之，如是者三。顧謂宇文士及曰：“彼欲以此見殺，死生有命，庸何傷乎！”建成因令妃嬪譖之於上，曰：“秦王自言我有天命，方

----

① 商較，研究比較。
② 經爲，治理。
③ 蹶，騾、馬等用後腿向後踢。
④ 澗，兩山之間的水溝。

爲天下主，豈有浪死。"① 上大怒，責世民曰："天子自有天命，非智力可求。汝求之一何急邪？"世民免冠頓首，乞下法司案驗，② 上怒不解。

唐宗室吳國公孝逸有破徐敬業之功，時望益重。武承嗣深忌之，使人誣告孝逸，自云："逐走兔者，常在月中，月既近天，合有天分。"則天以孝逸常有功，減死，配徙儋州，尋卒。

蕭瑀薦封倫於高祖，高祖以爲中書令。太宗嗣位，瑀爲左僕射，倫爲右僕射。倫素險詖，③ 與瑀商量可奏者，至太宗前，盡變易之。

許敬宗既助立武后，遂謀陷長孫無忌，遣人上封事，稱無忌謀反。帝令敬宗鞫之。敬宗云："無忌與先朝謀取天下，衆人服其智。作宰相三十年，百姓畏其威。攘袂一呼，嘯命同惡，必爲宗廟深憂。"又引漢文帝簿昭事，帝竟不親問，惟聽敬宗讒構之説，遂流黔州。敬宗又遣大理正袁公瑜，就黔州重鞫無忌反狀，公瑜逼無忌，令自縊。

李靖破突厥，擒頡利，溫彦博害其功，奏靖軍無綱紀，致令虜中奇寶，散於亂兵之手。太宗大加責讓。未几，太宗謂靖曰"前有人讒公，今朕意已悟，公勿以爲懷"。

---

① 浪死，徒然死去，白白送死。
② 案驗，調查罪證，查詢驗證。
③ 險詖(bì)，陰險邪僻，多用形容人品卑劣，陰險狡詐之流。

太宗自遼東還，發定州，在道不康。左庶子兼民部尚書劉洎，與中書令馬周入謁。洎、周出，褚遂良傳問起居，洎泣曰：“聖體患癰，極可憂惶。”遂良誣奏曰：“洎云國家之事不足慮，正當傅少主行伊、霍故事。大臣有異意者誅之。”太宗疾愈，詰問其事，洎以實對。又引馬周以自明，周對與洎同，遂良又執證不已，乃賜洎自盡。

李義府狀貌溫恭，與人語，必嬉怡微笑，而褊忌陰賊。①既處權要，欲人附己，微忤意者，必加傾陷，故時人言義府笑中有刀。又以其柔而害物，謂之“李貓”。高宗知其罪，從容戒之，義府勃然變色，腮頸俱起，徐曰：“誰向陛下道此？”上曰：“但我言如是，何須問我所從得耶？”義府殊不引咎，緩步而去。

李林甫爲相，好陷人，世謂林甫“口有蜜，腹有劍”，以其陽與人善，啖以甘言，②而陰擠之也。與李適之爭權不協，適之性疏，林甫陰中之。林甫嘗謂適之曰：“華山有金礦，采之可以富國，上未之知。”適之心善其言，他日，從容奏之，玄宗大悅，顧問林甫，林甫對曰：“臣知之久矣，然華山，陛下本命，王氣所在，不可穿掘，臣故不敢上言。”帝以爲愛己，薄適之言，疏之。適之懼，求爲散職，由此罷相，

---

① 褊忌，褊狹忌刻。
② 啖，用餌引誘。

竟貶宜春太守，又脅殺之。①

嚴挺之爲絳郡太守，玄宗欲進用之。李林甫忌嫉，召挺之弟損之至門叙故舊，云：“當以子爲員外郎。”又云：“聖人待賢兄極深，須作一計入京。既見，當有大用。”令損之取絳郡一狀，云：“有少風氣，② 乞入京師就醫。”林甫持狀奏云：“挺之年高，近患風氣，且授與一閒官。”玄宗嘆咤久之。③ 林甫奏授員外詹事，便令東京養疾。

李林甫忌楊慎矜受玄宗恩遇，誣以慎矜是隋家子孫，欲復隋室。慎矜、慎餘、慎名俱賜死，令御史盧鉉，④ 收拷太府少卿張瑄，使誣證慎矜之罪。瑄不肯答，絆其足，以木按其足間，撤其枷柄向前，挽其身長校數尺，腰細欲絶，眼鼻皆血出，謂之“驢駒跋躠”。瑄竟不答，杖六十，長流臨封郡，瑄被杖而死。

王鉷與楊慎矜親且情厚，⑤ 慎矜頗汲引之。及貴盛爭權，鉷附李林甫，構成慎矜之罪，闔門誅滅。既而，王鉷亦赤族，史云“豈天道歟”！

---

① 脅，逼迫恐嚇。
② 風氣，風疾。
③ 嘆咤，嘆息感慨。
④ “鉉”，原作“鉉”，守山閣本、粵雅堂本及《舊唐書·楊慎矜傳》作“鉉”，係避諱改字。盧鉉，傳見《舊唐書》卷一八六。
⑤ “鉷”，原作“珙”，守山閣本及《舊唐書·楊慎矜傳》作“鉷”。王鉷，中書舍人璹側出子也，太原郡祁縣（今山西祁縣）人，初爲鄠尉，遷鑒察御史，擢累户部郎中。傳見《舊唐書》卷一三四。

朱泚之亂，德宗卒迫行幸。後數日，崔寧來。上喜甚，寧私謂所親曰：“聖人聰明爽邁，從善如轉規，但爲盧杞所惑，以至於此。”潸然出涕。或以告杞，杞謀陷之，誣告寧爲泚内應。俯伏欷歔，上信之，使中人引寧於幕後，二力士縊殺之。中外以爲冤。

盧杞忌張鎰名重道直，無以陷之。以方用兵西邊，僞自請行。上固以爲不可，乃薦鎰爲隴右節度使，鎰竟爲亂兵所殺。

盧杞字子良，貌陋而色如藍，[1] 人皆鬼視之。初爲御史中丞，尚父子儀病，百官造問，皆不屏姬侍，聞杞至，悉令屏去，獨隱几以待之。[2] 杞去，家人問其故，子儀曰：“杞貌陋而心險，左右見之必笑。此人得權，則吾族無類矣。”杞居相位，忌能妬賢，迎吠陰害，小不附者必致之於死。楊炎、崔寧、顔真卿皆杞所殺也。又激怒李懷光，使與朱泚連衡。袁高奏其惡云：“將校願食其肉，卿士嫉之若讎。”

李逢吉惡李紳，張又新、李續之、劉栖楚爲之鷹犬，同構紳，[3] 貶端州司馬。[4] 朝臣表賀，又至中書賀宰相，及門，

---

① 藍，靛藍，深藍色的染料。

② 隱几，憑靠几案，隱，憑依。

③ “構”，原作“旗”，粤雅堂本作“旗”，守山閣本及《舊唐書·張又新傳》作“構”，構，指誣陷，陷害，今據改。

④ “端”，原作“瑞”，守山閣本及《舊唐書·韋處厚傳》作“端”，端州，中國古代的一個行政區，轄區最大地域約相當於現廣東省肇慶市、雲浮市大部，隋時廢郡置州，今據改。

門者止之，云："張補闕在相公齋内。"俄而，又新揮汗而出，旅揖群官曰："端溪之事，又新不敢多讓。"人皆辟易憚之。與續之等，時號"八關十六子"。

姚南仲爲鄭滑節度使，監軍薛盈珍讒毀之，德宗頗疑。貞元十六年，盈珍遣小使程務盈馳驛奉表，誣奏南仲陰事。南仲裨將曹文洽，① 亦入奏事京師，伺知盈珍表中語。文洽私懷憤怒，遂晨夜兼程追務盈，至長樂驛及之，與同舍宿，中夜殺務盈，泥盈珍表於廁中，乃自殺。日旰，驛吏闢門，見血流塗地，旁得文洽二緘，② 一告於南仲，一表理南仲之冤，且陳首殺務盈事。上聞其事，頗駭異之。南仲慮其釁深，遂乞入朝。德宗曰："盈珍擾軍政耶？"南仲對曰："盈珍不擾軍政，臣自隳陛下法爾。如盈珍輩，所在有之。雖羊、杜復生，③ 必不能成，豈弟父母之政，師律善陳之制矣。"上默然久之。

李逢吉字虛舟，天與奸回，妒賢傷善。結朝臣之不逞者，造作謗言，百端中傷裴度，賴李紳、韋處厚救解。逢吉結王守澄，守澄言於敬宗，誣紳曾請立深王爲太子，乃貶紳端州司馬。朝士代逢吉鳴吠者，張又新、李續之、張權輿、劉栖

---

① "洽"，原作"給"，粵雅堂本作"給"，守山閣本及《舊唐書·姚南仲傳》作"洽"，曹文洽，鄭滑的副將，今據改。

② 緘，書信，這裏指是表章與狀文。

③ 羊、杜，指西晉名將羊祜、杜預。

楚、李虞、程昔范、姜洽、李仲言，時號"八關十六子"。又新等八人居要劇，而胥附者又八人。敬宗知裴度之賢，因中使往興元，即令問訊。度亦自請入覲。逢吉之黨坐不安席，如矢攢身。張權興尤出死力，遂撰謠言云："緋衣小兒坦其腹，① 天上有口被驅逐。"言度有天分。上疏，以度名應圖讖，宅據乾綱，不召自來，其心可見。而韋處厚又解析於上前，竟不能沮。度自漢中來，復知政事，逢吉出鎮襄陽。

唐次無故貶斥，久滯蠻荒，孤心抑鬱，乃采自古忠賢遭罹放逐，雖至殺身，而君猶不悟，著書三篇，謂之《辨謗略》，上之。德宗省之猶怒，謂左右曰："唐次乃方吾古之昏主。"憲宗即位，召還，累官至中書舍人。憲宗因閱書禁中，得次所上三篇，善之，謂學士沈傳師曰："唐次所上辨謗書，人君宜時觀覽，朕疑編錄未盡。"命傳師廣爲十卷，號《元和辨謗略》，其《序》曰："聖慮先辨，謗何由興？"

武后禁屠殺，右拾遺張德生男三日，私殺羊，會同僚。補闕杜肅懷一餕，上表告之。明日，太后對仗，② 謂德曰："聞卿生男，甚喜。"德拜謝，太后曰："何從得肉？"德叩頭

---

① "緋"，原作"非"，守山閣本及粵雅堂本作"緋"，緋衣，古代朝官的紅色品服，按文意，當改之。
② "仗"，原爲空格，據《資治通鑒》卷二〇五補，"對仗"，是指按照字音的平仄和字義的虛實做成對偶的語句。引證爲當廷奏事。古時皇帝坐朝聽政，必設儀仗，百官當廷言事，無所隱秘，故稱。

服罪。太后曰："朕禁屠宰，吉凶不預。然卿自今召客，① 亦須擇人。"出蕭表示之。蕭大慚，舉朝欲唾其面。

盧杞惡顔真卿，欲出之於外，真卿謂杞曰："先中丞弈也，傳首至平原，真卿以舌舐面血，今相公忍不相容乎？"杞矍然起拜，心甚怒之。李希烈叛，德宗問計於杞，杞曰："誠得重臣，爲陳逆順，希烈必革心悔過，可不勞軍旅而服。顔真卿三朝舊臣，忠直剛決，名重海内，人所信服，真其人也。"上以爲然，命真卿詣許州宣慰。詔下，舉朝失色。李勉表言："失一元老，爲朝廷羞。"真卿竟爲希烈所殺。

宣宗令白敏中爲萬壽公主選佳婿，敏中薦鄭顥。時顥已婚盧氏，行至鄭州，堂帖追還，顥甚銜之，由是數毀敏中於上。敏中自相府除邠寧節度使，將赴鎮，言於上曰："鄭顥不樂尚主，怨臣深入骨髓。臣在政府，無如臣何。今臣出外，顥必中傷，臣死無日矣。"上曰："朕知之久矣，卿何言之晚也。"命左右於禁中取小檉函以授敏中，② 曰："此皆鄭郎譖卿之書也。朕若信之，豈任卿以至今日？"敏中置檉函於佛前，焚香事之。

朱梁李振，唐自昭宗遷都之後，王室微弱，朝廷班行，備員而已。振皆頤指氣使，旁若無人，朋附者非次獎升，私

---

① "自"，原爲空格，據《資治通鑑》卷二〇五補。

② "檉(chéng)"，原爲空格，據《資治通鑑·唐紀六五》補。檉函，檉柳木函盒。

惡者數日沉棄。每自汴入洛，朝中必有貶竄，故唐朝士人，目爲鴟梟耳。

閩王王延鈞好鬼神，巫盛韜有寵。薛文傑惡樞密使吳昂，昂有疾，文傑省之，曰："主上以公久疾，欲罷公近密。僕言公但小苦頭痛爾，將愈矣，主上或遣使來問，慎勿以他疾對也。"昂許諾。明日，文傑使韜言於閩主，以告文傑，曰："未可信也。"遣使問之，果以頭痛對，即收下獄，遣文傑及獄吏雜治之。昂自誣服，并妻子誅之。

五代漢時，陶穀先爲李崧所引用，穀從而譖之，崧爲蘇逢吉所殺。他日，秘書郎李昉詣穀，穀曰："君於李侍中遠近？"昉曰："族叔父。"穀曰："李氏之禍，穀有力焉。"昉聞之，汗出。

奸 佞

宋鄭鮮之事宋武帝。帝時或談論，人皆依違不敢難。鮮之難必切至，未嘗寬假。① 與帝言，要須帝理屈，然後置之。帝有時慚恚變色，亦感其輸情。時人謂之"格佞"。

魏琅邪公主名玉儀，北齊文襄遇諸塗，悅而納之，遂被殊寵，秦魏帝封焉。文襄謂崔季舒，曰："爾由來爲我求色，

---

① 寬假，寬貸、寬恕。

不如我自得一絕異者。崔暹必當諫我，亦有以待之。"及暹諮事，文襄不復假以顏色。居三日，暹懷札墜之於前，文襄問何用，暹竦然曰："未得通公主。"文襄大悅，把暹臂入見焉。季舒語人曰："崔暹常忿吾佞，在大將軍前，每言叔父合殺，及其自作體佞，乃佞過於吾。"

北齊胡長仁，[①] 參預朝政，酈孝裕、陸仁惠、盧元亮厚相結托。屏人私語，[②] 停廢公事，人號爲"三佞"。

北齊和士開說武成云："自古帝王盡爲灰土，堯、舜、桀、紂，竟復何異？陛下宜及少壯，恣意作樂，縱橫行之。即是一日快活敵千年。國事分付大臣，何患不辦，無爲自勤約也。"帝大悅，三四日一坐朝，書數字而已，略無言，須臾，罷入。

李軌遣鄧曉使於唐，聞軌被執，舞蹈稱慶。高祖數之曰："汝委質於人，爲使來此，聞軌淪陷，曾無戚容，苟悅朕情，妄爲慶躍。既不能留心於李軌，何能盡節於朕乎？"竟廢而不齒。

封倫素從太宗征討，特蒙顧遇，以建成、元吉之故，數進忠款，太宗以爲至誠。倫又潛持兩端，陰附建成。高祖將謀廢立，倫故諫而止。後數年，太宗方知其事，治書侍御史

---

① "胡"原作"趙"，《北齊書·胡長仁傳》作"胡"。胡長仁（550—577），字孝隆，安定臨涇（今甘肅涇川縣）人。官至右仆射及尚書令。

② "私"原作"和"，守山閣本及《北齊書·胡長仁傳》作"私"，按文意，當改之。

唐劉追劾之，改謚"謬"，黜贈官，削實封。

崔湜，神龍初，桓彥範、敬暉知國政，懼武三思讒間，引湜爲耳目，使伺其動靜。俄而，中宗疏忌功臣，於三思寵漸厚，湜反以桓、敬等計議，潛告三思。桓、敬等徙嶺外，湜又說三思，宜盡殺之。三思問誰可使者？湜表兄周利貞，先爲桓、敬所惡而絀，湜乃舉充此行，桓、敬等聞利貞至，多自殺。

蘇味道爲宰相，云："處事不欲決斷明白，若有錯誤，必貽咎譴。① 但摸棱持兩端可矣。"時人號爲"蘇摸棱"。

盧藏用初隱居時，往來少室、終南二山，時人稱爲"隨駕處士"。及登朝，趨趙詭佞，專侯權貴，奢靡淫縱，獲譏於世。

李林甫面柔而有狡計，能伺候人主意，故驟歷清列，爲時委任。中官妃家，皆厚結托，伺上動靜，皆預知之，故出言進奏，動必稱旨。而猜忌陰中人，不見於詞色。朝廷受主恩顧，不由其門，則構成其罪；與之善者，雖厮養下士，盡至寵榮。玄宗欲罪太子瑛、鄂王瑤、光王琚，張九齡曰："陛下有三個成人兒，不可得，奈何忍欲廢之，臣不敢奉詔。"玄宗不悅。林甫惘然而退，② 初無一言，既而謂中貴人曰："家

---

① 咎譴，因过错而招致的罪譴。
② 惘然，同罔然。失意的樣子。

事何須謀及於人。"玄宗欲加牛仙客實封,^① 兼以爲尚書,九齡執不可,林甫密告仙客。仙客泣訴,帝後變色,謂九齡曰:"事總由卿。"九齡頓首謝。帝曰:"卿以仙客無門藉耶?^② 卿有何門閥?"九齡對曰:"臣荒徼微賤,^③ 仙客中華之士,然陛下擢臣踐臺閣,掌綸誥。仙客本河湟一使,^④ 兩目不識字,若大用之,恐非所宜。"林甫又退而言曰:"但有才識,何必詞學。天子用人,有何不可?"玄宗竟相仙客,逐九齡。林甫代九齡爲中書令。

元載附李輔國,已得宰相,輔國死,又結内侍董秀,多與之金帛,令探密旨。上有所欲,載必知之,承意會合,上益信任。後敗,賜死,毀載父母及祖墳,斷棺棄柩,焚家廟木主。

李道古便佞巧宦,早升朝籍,常以酒肴棋博遊公卿門。角賭之際,僞爲不勝,而厚償之,故得一時虛名,而嗜利者悉與之狎。

德宗崩,順宗寢疾,深居簾帷。閹官李忠言、美人牛昭容侍左右。王叔文因王伾,伾因李忠言,忠言因牛昭容,轉

---

① 實封,食邑制度之一。唐朝封户有虛實之别,虛封國并無疆土,封户亦徒有虛名,唯加實封者,始食其所得封户之租税。
② 門藉,指高門望族。
③ 荒徼,荒遠的邊域。
④ 河湟,黄河與湟水。

相結構。事下翰林，王叔文定可否，宣於中書。擢吏部郎中
韋執誼爲宰相，俾執誼承奏於外，[①] 以韓泰、柳宗元、劉禹
錫、陳諫、淩準、韓煜唱和，曰管，曰葛，曰伊，曰周，[②]
凡其黨，僩然自得，[③] 謂天下無人。

熊望性憸薄，大言詭意，務進不已。時京兆尹劉栖楚，
以不次驟居清貴，廣樹朋黨，門庭無晝夜，填委不息。望出
入栖楚之門，有同密戚，陰計密畫，人無知者。文宗即位，
貶漳州司户。

元積爲江陵府士曹，爲監軍崔潭峻所厚。長慶初，潭峻
歸朝，出積《連昌宮詞》等百餘首奏御，穆宗大悅，問積
安在，對曰：“今爲南宮散郎。”即日轉祠部郎中、知制誥。
朝廷以書命不由相府，[④] 甚鄙之。無何，爲翰林承旨學士。
中人以潭峻之故，爭與積交。樞密魏宏簡，尤與積相善，
穆宗愈深嘉重。河東節度使裴度上疏，[⑤] 言積與宏簡爲刎頸
之交，謀亂朝政，言甚激切。長慶二年，積拜相，詔下，
朝野嗤笑。

---

① 俾，使。
② “曰”，原缺，據守山閣本及《舊唐書·王叔文傳》補。
③ 僩(xiàn)然，狂妄貌、自大貌。
④ “書”原爲空格，據守山閣本及《舊唐書·元積傳》補。書命，書寫詔書、命令。
⑤ 下“度”，原爲空格，據守山閣本及《舊唐書·元積傳》補。

鄭注本姓魚，人目之爲水族。以藥術游長安權豪之家。①
李愬鎮襄陽，得其藥力。移鎮徐州，以注參決軍政。注詭辯
陰狡，善探人意，然專作威福，軍府患之。監軍王守澄怒以
軍情白愬，愬曰："彼實奇才也，將軍試與之語。或不如旨，
去之未爲晚也。"愬令謁守澄，守澄初有難色，及與語，機辨
縱橫，盡中其意，遂恨相見之晚。守澄入知樞密，注大用事。
御史李款奏彈注内通敕使，外連朝士，請付法司。旬日之間，
章數十上，守澄匿於右軍。左軍中尉韋元素等皆惡注，左軍
將李宏楚説元素曰："鄭注奸猾無雙，卵殼不除，使成羽翼，
必爲國患。今因御史所劾匿軍中，宏楚請以中尉意召注，②
僞有疾，使治之，因而擒之。"元素以爲然，召之，注至，蠖
屈鼠伏，佞詞泉涌，元素不覺執手欸曲諦聽之，忘倦，厚遺
金帛而遣之。太和八年，守澄引注見文宗於浴堂門，賜錦
彩。③是夕，彗星出東方，長三尺，光芒甚緊。

崔胤召朱全忠自助，④全忠自岐下還河中，胤謁於渭橋，
捧厄上壽，持板爲全忠唱歌詞，贊其功業。史以爲自古與盜

---

① 藥術，醫術。

② "召"，原誤置下文"使"之前，召，召集，據守山閣本乙正。

③ "賜"，原爲空格，據《舊唐書·鄭注傳》補，鄭注，絳州翼城人，始以藥術
游長安权豪之門。本姓魚，冒姓鄭氏，故時號魚鄭。傳見《舊唐書》卷一六九。

④ "胤"，原作"允"，係避諱改字。崔胤，(853—904)唐清河武城(今山東武
城西北)人，字昌遐，一説字垂休。乾寧二年進士及第，累遷御史中丞。景福二年
(893)，爲宰相。傳見《舊唐書》卷一二七。

合從，覆亡宗社，未有如胤之甚也。

江南李璟取湖南，遂謂諸國指麾可定。魏岑侍宴，言：
"臣少遊元城，樂其土風。俟陛下定中原，乞魏博節度使。"
唐主許之。岑趨下拜謝，其主驕臣佞如此。

蜀右補闕章九齡見蜀主，言政不治，由奸佞在朝。蜀主
問奸佞爲誰，九齡指李昊、王昭遠以對。蜀主以詆毀大臣，
貶九齡維州錄事參軍。

沅州公使庫

重修整雕補到《續世説》壹部，計壹拾貳卷，壹佰伍拾
捌板，用紙叄佰壹拾陸張。

右具如前。

紹興二十七年三月　日右迪功郎沅州司法兼監使庫翁
灌冊

右從事郎沅州軍事判官閔敦仁

右迪功郎沅州州學教授校勘胡摶

左朝奉郎通判沅州軍州事秦果

左朝散大夫知沅州軍州事王濯

今具印造《續世説》一部，計六冊，合用工食等錢如後：

一、印造紙墨工食錢，共五百三十四文足。大紙一百六
十五張，計錢三十文足；工墨錢，計二百四文足。

一、裱褙青紙物料工食錢，共二百八十一文足。大青白紙共九張，共錢六十六文足；麵蠟工錢，計二百一十五文足。

已上共用錢八百一十五文足

右具在前